二見文庫

感染爆発（パンデミック）　恐怖のワクチン

霧村悠康

目次

登場人物紹介

倉石祥子(29)	国立O大学医学部呼吸器診療研究部門医師。 内科医。
岩谷乱風(28)	埼玉署刑事。
藤島冴悧(34)	国立O大学医学部小児疾患総合部門。 小児科医。
阿山洋(45)	病原体研究所ウイルス部門教授。
阿山重光(70)	病原体研究所ウイルス部門元教授。 阿山洋の父親。
佐治川富重(60)	国立O大学医学部教授。呼吸器疾患専門。
川崎研一郎(33)	病原体研究所ウイルス部門准教授。
近藤照秋(58)	病原体研究所長。
橋本国男(55)	病原体研究所ワクチン製造販売部教授。
田村敏弘(34)	真創出版社員。
芹沢忠継(75)	1989年当時、 病原体研究所長兼ワクチン製造販売部教授。
脇坂隼於(72)	元厚生省伝染病対策局長。 元国立伝染病研究所顧問。
野々村宗吉(75)	元北陸K大学医学部教授。金沢在住。
黒川誠一(73)	元厚生省事務次官。
アドルフ・ルンゲヘルツ(35)	病原体研究所員。
張拾萬(35)	病原体研究所員。
ジュリアーノ・アスカリアス(32)	病原体研究所員。
ベラスケス・ポスペルト(33)	病原体研究所員。
東雲太郎(28)	病原体研究所員。

感染爆発（パンデミック）　恐怖のワクチン

01

パンデミック

一九一四年六月二十八日、ボスニアの首都サラエヴォの空に響いた大音響は、オーストリア＝ハンガリー帝国皇位継承者フェルディナント大公夫妻の命を奪った銃声であった。

長年におよぶ民族抗争から、一触即発、燃え上がらんとする火種は、いたるところにくすぶっていた。サラエヴォに起こった暗殺劇は、すべての火種に引火し、たちまちのうちに、その後の四年あまりにおよぶ全人類を巻き込んだ第一次世界大戦にまで拡大、水の惑星を燃やし熱することになる。

地上は人間という生物によってかき乱されていた。

人の目に見える地球規模の騒動の中、いかに優れた視力でも捉えることが不可能なもうひとつの脅威が、密かにヨーロッパ戦線からはほど遠いアメリカ合衆国五大湖、ミシガン湖の南西部に平野をひろげるイリノイ州の片田舎で発生していた。

同じ一九一四年、それまで棲み着いていた鳥の体を離れた大きさ一〇〇nm（ナノメートル）くらいの微小物体が、夏にしては冷たい風に乗って湖上をわたり、草原で飼われていた豚の鼻の孔から静かに侵入、奥の鼻粘膜咽頭粘膜に取りついた。身に不愉快な乾いた風と違って、いかにも心地よい温度と、適当な湿気に、微小物体はたちまちのうちに粘膜細胞表面の膜を分け入り、内蔵物を細胞の中に送り込んでしまった。

まったくの偶然にも、豚は今しも、これまでに何度も攻撃を受けたことのある別の微小物体の来襲に手を焼いていたところであった。体温はいつもより高く、くしゃみが頻発、のどが痛かった。鼻水を垂らしながら、気だるい身体を物憂げに持ち上げているのがやっとだった。結膜炎で潤んだ目を風が刺した。網膜に映る広大な養豚場も、今の彼らには殺伐とした原野でしかなかった。

北風を受けたとき、豚たちは脳を突き上げるような痛みを鼻腔の最も深いところで感じた。第一次微小物体で傷つけられた粘膜細胞が、第二次飛来物体によって、二重の損傷を与えられたのだ。

二つの微小物体から粘膜細胞に送り込まれた内蔵物は、たちまちのうちに二倍、四倍と膨れ上がっていったのだが、狭い細胞の中のこと、絡み合ってモザイクになってしまった。

絡んだものがほどけたとき、自分の体が見たこともない構造になっていても頓着する時間はなかった。細胞内の化学反応が必然的に進行するがままに、新しい遺伝子は、自らを包み保護する新しい蛋白質を合成したあと、粘膜細胞を離れていった。

豚がまたくしゃみをした。鼻水が垂れた。新種新型の微小物体ウイルスは、飛沫とともに風に乗った。風に乗って、どこまでも飛んでいった。

ここに、地球上に初めて出現する新型ウイルスが誕生し、とどまる術もなく拡散していったのである。

地上の戦火はますますひろがり、中央同盟国オーストリア・ドイツ・オスマントルコ・ブルガリア対連合国イギリス・フランス・ロシア三国に加えて、アメリカ合衆国・日本・イタリアをも巻き込んで、地球規模の戦争にまで発展した。ところが戦争はもうひとつ進行していたのである。密かに、突然に悪魔の正体を現す戦争が……。

アメリカ合衆国で一九一五年以降、インフルエンザと合併した肺炎による死亡率が急上昇していた。

人類を震撼させた新型ウイルスの爆発的感染拡大が見られたのは、一九一八年春から初夏のことであった。デトロイト（ミシガン州。イリノイ州のすぐ近く）あたりからはじまった流行は、間もなくボストン（マサチューセッツ州）、さらにシエラレオネ（アフリカ）、ブレスト（フランス）などで集団発生を見たあと、たちまちのうちに世界の各地にひろがった。

アメリカ発の兵士運搬による新型インフルエンザウイルス拡散がもたらした、いわゆるスペイン風邪の世界的大流行、すなわちパンデミックである。

アメリカ発なのかどうか、戦争のあいだ、中立を保ち報道管制を敷かなかったスペインが致死的感冒の流行を発信したために「スペイン風邪」と呼ばれるようになっただけのことで、別に「イリノイ風邪」でも「デトロイト風邪」でもかまわなかった。不名誉な名称を、ウイルス発祥の地アメリカが嫌う理由は別にあるのかもしれない。

そもそもが、新種のウイルスが発生する可能性など、どこにでもいつの時代にでも転がっている。遺伝子の再集合再結合は無作為に起こりうるのだが、起こったところで、この世界で安定した状態を保てなければ消滅する。

のちにA型インフルエンザウイルスH1N1亜型と呼ばれる強毒性の微小物体が合成され、人類を恐怖のどん底に陥れたのは、偶然でもあり必然でもあったわけだ。

おさまりそうで、おさまらず、翌一九一九年秋にまでインフルエンザ流行の猛威の波はうねりを繰り返した。

第一次世界大戦と同時進行で、人類対新型インフルエンザウイルスの大戦争が勃発していたのである。第一次世界大戦は一九一八年十一月十一日に終結しているから、対新型ウイルス戦争のほうが、さらに一年近く長引いている。

全世界での死者は五千万人を超え、日本でも五十万人近くが死亡した。当時の人口から計算すれば、四十人から百人に一人の死者が出たことになる。

世界じゅうの人間の三人に一人が感染したとされるが、前後左右にいる人たちが感染していて、自分一人だけが逃れられるはずもなく、人類全員がウイルスの洗礼を受けていたに違いないのだが、人々の三分の二は無事災禍をくぐり抜けている。現代医学をもって解釈すれば、健康だった人たちには徐々に強力な免疫ができていたに違いないのである。もちろん、発症して治癒した人たちこそ、極上の免疫力を獲得し、ウイルスとの大戦争に勝利したということになる。

こうして敗北を喫した新型インフルエンザウイルスは、人々の前から静かに姿を消した。

次の爆発的流行の機会を密かに窺いながら、ウイルスたちがひっそりと時機が来るのを待っていることを、のんきで忘れっぽい人類は知らなかった。ごく一部の人間を除いては……。

一九七六年二月、アメリカ合衆国ニュージャージー州フォートディクス陸軍訓練基地。

寒風吹きすさぶ中、厳しい訓練を今しも終えてきた若い兵士の一人が、与えられた自室に辿り着くなり、衣服も脱がずベッドに倒れ込んだ。軍靴が一方の足だけ半分脱げかけてぶら下がった。

荒く激しい息遣いに、先に帰っていた同室の仲間が尋ねても、言葉を返すことができない。

「どうしたのだ?」

顔が真っ赤だ。額に手をあてると、火のように熱い。

「えらい熱だな。医務室に行くか」

かすかにうなずいたかに見えたが、立ち上がる力もないようだ。

「くううっ!」

喉から奇妙な音が出た。と、兵士は激しく咳き込んだ。ベッドに横たわった上半身が波打って跳ねた。

「あっ!」

仲間が声をあげるのと、兵士の口もとに鮮血が弾けるのが同時だった。

「これはいけない! 待ってろ。今、医者を呼んでくる!」

軍医とともに駆け戻ってきたときには、すでに兵士の息はなかった。血まみれのシーツの上で、十九歳の若者のすべてが止まっていた。

薄暗い室内灯の光に、鮮血はむしろどす黒かった。

「何が起こったのだ? 訓練中、何か異常に気づかなかったのか」

「今朝から少し体がだるいとは言ってましたが……」

訓練基地の全員が集められ、兵士の死が告げられるとともに、外出禁止令が出た。吹雪でも舞おうかという凍りつくような夜に外に出る者もいないだろうが、突然の死亡事件に基地内は騒然としていた。

「いったい何が起こったのだ？」

いっこうに答えの出ない質問が飛び交う中、何名かが強い風邪症状を訴え、自室に戻ることを許された。昼間から凍てつく中での厳しい訓練だったのだ。体調を崩す兵士が相次ぐのも当然といえば当然であった。

高い熱が出た。身体の節々が痛んだ。何となく胸苦しかった。

「解剖するんだとよ」

「毒でも盛られたのか」

「誰がそんなことするんだ？」

残った兵士たち五百名あまりは、不安に満ちた顔を見合わせながら、互いの目の奥を覗き込んでいた。

その背後を、死体収納袋（ターポーリン）の載った担架が通り過ぎた。見れば、担架を担いだ兵士二人ともマスクをしている。

「おい、どうしたのだ」

「なぜ、マスクをしている」

死体運搬を命じられた兵士たちが同時に答えた。少しばかり声が震えている。

「何でも、新型のインフルエンザらしい」

「何ぃ！」

「新型インフルエンザ!?」

「ああ。軍医殿の話だ。豚インフルエンザが感染った可能性があるらしい」

「豚？」

「豚のインフルエンザ？」

「何だ、それ？」

「どこから、そんな発想が生まれるんだ？　聞いたこともないぜ」

医学知識のない若い訓練兵たちは、わけがわからず首を傾げたままだ。担架と兵士の影が廊下の向こうの侘しい灯火の中に溶け込んで消えていった。


一九七六年三月、アメリカ合衆国国防総省ペンタゴン内、最高機密会議室。

一日に最低でも二度、内部会議情報が室外に漏れ出ていないか、緻密な調査が欠かさず行われている。

さほど広くはない。前後左右の大集会室に囲まれて、十名も入れば満杯となる。気密性が高いだけに空調はいまひとつで、しかも中で討議される事案はトリプルXの最高機密に当たる事例ばかりである。

押し込められた幹部たちは、すべての重圧に肺胞が弾けそうになるのだが、実際に体調が崩れるようでは、この場で催される会議のメンバーには生涯なりえない。

「今回の感染実験は、今後の作戦の展開に充分な根拠を与える結果となりました」

「若い十九歳の兵士が一人死亡した原因は、間違いないのだな」

「遺伝子から合成を試みたスペイン風邪ウイルスは残念ながら、我々が満足するには不充分なものでした」

「だが、陸軍基地内のほぼ全員に感染した。そのうち一人が死亡した、それも十二時間以内にだ」

「死亡した兵士を解剖した結果、脳、肺をはじめ採取した臓器のすべてから、予想どおり合成ウイルスが検出されました」

「強毒性のウイルスということか」

「たしかに、人ひとりを倒したことは事実ですし、他にも症状を訴えた者が何十名とおりますが、死亡までには至りませんでした。スペイン風邪ほどの毒性は出ておりません」

「あらかじめ用意したワクチンをただちに射ったから、それ以上の死者が出なかったということではないのか」

「いえ。それは違います。ワクチンはフォートディクスでは使用しておりません」

「む。どういうことだ？」

「ワクチンは、弱毒化したウイルスをあらかじめ射っておいて、流行の前に免疫をつくるための処置です。すでに発症した者には意味がありません。今回の実験では、全員にウイルス感染が起こっているはずです。いえ、フォートディクスは感染力の強さと、人体への毒性を見るための実験。もうひとつ、フォートジャクソン空軍基地では、あらかじめワクチンを全員に接種後、同じウイルスを撒(ま)いたのです」

「とすると」

「ご推察のとおり、フォートジャクソンのほうでは、完璧にインフルエンザの発症が抑えられております」

「ワクチンが有効だったというわけだな」

「フォートディクスの訓練生には気の毒だったのですが」

「なに、このような実験には、対照実験が必ず必要だ。一人や二人、犠牲になったところで、得られる成果のほうが遥かに大きい。重要なことだ。気の毒、ではない。身を挺(てい)してわが合衆国のために働いたと解釈すればよい」

フォートディクス陸軍訓練基地で豚インフルエンザにかかって兵士が死亡したという

ニュースは、どこからかいつの間にか外部に漏れて、たちまちのうちに〈新型インフルエンザ猛威をふるう〉と、まだ一般市民には誰一人患者が出ていないにもかかわらず、人々をパニックに陥れた。スペイン風邪のことを思い出した者の顔が引きつった。

合衆国政府は急遽予防接種ワクチンの製造を国立感染症研究所に命令、大手製薬会社の協力を得て、秋には人口のほぼ半数に行きわたる「新型インフルエンザ」ワクチンの準備を整えた。

大統領命令により、十月には国民が待ちに待った大規模予防接種プログラムが開始され、人々はわれ先に、と診療所(クリニック)に殺到した。歯止めの利かない恐がりようと、異常なまでのワクチン崇拝であった。ただ豚インフルエンザ、新型インフルエンザと言うだけで、あるいは人の間を流れる風聞だけで、合衆国一般市民全員が洗脳されたというわけであった。

当然のことながら、このとき強毒性インフルエンザの恐怖で全米がパニックになりかけた、いや、まさしくなっていた人々の動静については、冴えた頭と冷ややかな目が解析を進めていたのだが、当事者以外知る者はいない。

同年十二月までの二カ月あまりの期間に、ほぼ四千万人がワクチン接種を受けている。その結果……。

悲惨な現実が待っていたというべきであろう。わずか二カ月でワクチン使用が中止されたのである。

「一般国民四千万人に投与した。結果はご覧のとおりだ。予想もしない……」

「本当に予想しなかったのですか」

質問を想定していたのか、間髪をいれず答えが返ってきた。

「当たり前だよ。予想だにしない副作用が数千人に出た」

「脳脊髄膜刺激反応ですね」

「そう。ギランバレー症候群にそっくりの症状だ」

「弱毒ウイルスによる感染とみていいですね」

「そのとおりだ。急ぎ製造したワクチンだ。安全性を担保する大規模臨床試験をやる暇がなかった」

「時間がなかったことは事実ですが、仕方ありませんね。この手のワクチンには副作用はつきものです。それより、インフルエンザに対する恐怖を可及的速やかに取り除いてあげるという大義名分のほうが、国民にとっては重要なことですから」

「そういうことだ」

「死者も出ているようですが」

「ワクチン接種後、半日もしないあいだに、三十八人の死亡が確認された。それも高齢者、老人ばかりだ」

「説明のつかない死亡、ということになりますか」

「そもそも免疫力が低下している高齢者にワクチンを射つこと自体、危険なことだ」

「弱毒化したとはいえ、インフルエンザウイルスはインフルエンザウイルスだ。免疫対応能力が落ちた老人たちでは、ウイルスに対する免疫の獲得、できるはずもないのに」

「要は、免疫のできない老人にワクチンを射つことなど、何の意味もないどころか、かえってウイルスに感染させられて、結果が『説明のできない死亡』というわけだ」

「予防接種の美名に隠れた、合法的高齢者削除ですか」

「これこれ。滅多なことを言ってはならん。不幸な老人が命を落としたというだけのことだ。多くの国民は、ありがたいワクチンのおかげで、起こりもしないインフルエンザの恐怖から逃れることができたのだ。まずは妥当な結果としてよかろう」

「同時に合理的に高齢者を排除でき、今後年金介護にかかるであろう余分な金も」

「こちらは今回の計画本来の目的とは別の余剰の利益ということだが。もっとも、老人が三十八人減ったところで、スズメの涙ほどにもならんがね」

「ところで、今回のワクチンプログラムで、いかほどの収益が」

「これも微々たるものだ。わずか二十億ドル」

「軍事費のかけらにもなりませんな」

「はじめから期待などしておらぬよ」

「それでも何かと」

「余剰の収益だ。好きなように使うがよかろう。特別なお小遣いだ」

「製薬会社のほうは」

「もちろん、連中は損になる仕事はやらぬよ。経費を差っ引いても、五億ドルほどの稼ぎだな」

「クリニックの医師も」

「ああ。それぞれ、懐が暖かくなっただろうよ」


豚インフルエンザなど、全米どこを見ても、流行は起こらなかった。患者一人発生しなかった。人々はその年にパニックに陥りかけたことなど、クリスマスからニューイヤーを迎えるころには、すっかり忘れてしまっていた。

あとに、ワクチン接種の副作用をこうむり、いつまでも運動機能障害、感覚機能麻痺に悩まされる何千人という健康被害者たちが残されただけであった。

02

新型インフルエンザ

　重い扉が、重い音をたてながら、ゆっくりと開いた。

　外の光に眩しそうに手をかざしながら出てきた男の白衣がさらに白く輝き、男の姿を一瞬風景の中から抹消した。立ち止まったまま、男はしばらく目が外の明るさに慣れるのを待っているようだった。

「ひと月ぶりか……。ようやく完成した」

　男はうーんとひとつ大きな伸びをした。右手が扉に触れて、男は慌てて身を縮めた。

「おっと、危ない、危ない」

　男は手の平を開いて、中に握った小さなバイアル（小瓶）が無事であることを確かめた。

　褐色のバイアルを光にかざすと、中の液体が揺れて、透過してきた光線を動かした。

「車は動くかな」

　男が歩きだすことで、背景の樹木に人間の形が浮かび上がった。

　少し先に、木陰に隠れるように停められた車には、枯れ葉が何枚もへばりついていた。

埃が車体についた雨筋を浮かび上がらせている。

手が汚れるのも気にせず、ロックをはずしてドアを開けた男は白衣を脱いだ。どこから入ったのか、うっすらと埃が積もっている座席を拭い、黒くなった白衣を丸めて足もとに落とすと、折った体を運転席に滑り込ませた。

キーが差し込まれた。ブルンと震えたエンジンは、一度きりでまた沈黙に戻った。

「まずいな。バッテリーがあがったか？」

少しばかり焦った声がした。

「M国行きの飛行機は、たしか……」

ポケットから取り出したメモの中に、航空機の出発時刻を確かめた男は、何度もエンジンキーをまわしつづけた。

動くことを拒否していたエンジンが、男の根気に負けたように、ブルンブルンと振動し、大きく連続して回転しはじめた。

「よろしい」

アクセルを踏み込んだり緩めたり、しばらくのあいだ、樹林に排気ガスを吹きかけていたが、やがてパリパリと路上の木の葉を踏みつけながら、埃だらけの車が遠ざかっていった。詰まって出ない洗浄液なしにワイパーを回したものだから、フロントガラスに白い埃が尾を引いた。

しばらくしてハイウエイに出た男は、携帯電話に相手の電話番号を探した。

「予定を三分遅れて出発しました。現在、ハイウエイ6を飛行場に向かって走行中。空港到着時刻および以後の計画に変更なし」

「昨日送った指示どおりに実行せよ」

「了解です。○時○分発、MＭXシティ行きに搭乗します。そのあと、バスでS村まで移動。予定では移動に要する時間は三時間。到着日夜間午前零時、バイアルの全量を散布します」

相手の返事を聞くことなく、男は指令のつづきを復唱した。

「そのあとただちに空港に戻り、極東J国病原体研究所に赴任いたします」

二〇〇九年、地球は新型[☆1]インフルエンザウイルス粒子に覆いつくされた。いったい幾粒のウイルスができたのだろうか……。

もっとも、のちの遺伝子解析の結果、「新型」でも何でもないことが判明したのだが。

中南米M国にはじまったとされる豚インフルエンザの流行、死者が続々と増えつづけ、たちまち諸外国に飛び火、ポツポツと死亡者が出るに至り、しかもウイルスの型が一九一八年世界を恐怖に陥れたスペイン風邪と同じ遺伝子タイプと判明したため、再び大量の死者が出るのではないか、とウイルスがパンデミックにひろがる前に、人々の盲信的防衛反応がパンデミックになった。

街から人影が消えた、とまではいかなかったが、昼の都会が都会とは思えないほどに閑散とし、朝夕の通勤電車の中は、マスクで鼻口を覆った人々が溢れる異様な光景となった。咳のひとつでもしようものなら、四方八方からの冷たい視線がたちまちにして突き刺さる。

関東の病院では、インフルエンザ患者が発生した関西の地から来た者は、入院患者に感染しては一大事だから面会お断りなどと、とても医師としての資質を疑わざるを得ない措置を取ったところもあるくらいで、医療関係者までまともな判断ができないほどに混乱していた。

人が来ないから、商店街は連日休店、シャッターを下ろしたままであった。一角をうまく撮影すれば西部劇の一画面、〈不穏な決闘がはじまる前に、住民たちは家屋の中に身を隠し、道に埃を巻き上げて荒野の風が吹きぬける〉といった映像が撮れそうだ。

ところどころで新型インフルエンザの発病者が病院を訪れた。無知から来ると考えて間違いのない過剰な恐怖は、わずかな熱や咳でも、人々の足を特設された感染症外来に向かわせた。

新型インフルエンザ感染者で死者が出れば、たちまちのうちに、鬼の首でも取ったかのような報道の波がうねった。同じような死者が毎年の季節型インフルエンザで出ても、何の騒ぎにもならないにもかかわらず、である。

散発的に患者の発生が認められた。秋からの流行を予感させるに充分な患者の発生だった。そして予想は的中した。

日本全国、患者が激増したというべきか。大流行、と言っても異議を唱える者はいないだろう。死者も少しずつ増えていく。昨今では、五十人も患者が出れば、大流行、である。

インフルエンザウイルスの感染力と、この人口密度の高さからすれば、たちまちにして蔓延(まんえん)すること当然なのだが。医師や専門家ですら、正確な判断ができなかった。

一刻も早いワクチン接種の必要性が、メディアを通じて毎日のように国民の頭に叩き込まれた。

ワクチンの製造速度が追いつかない、国民の半数に射てるだけしか用意できない、優先順位を決めなければならない、とこちらも毎日の話題として報道された。接種できない者たちは、ますます不安を駆り立てられることになる。見放されたような気持ちになった国民も少なくなかったに違いない。

幸いなことに、新型インフルエンザは当初恐れられたように、スペイン風邪に匹敵するほどの毒性を示さなかった。いつものように街を埋める人々は、多少の警戒心は残っているものの、誰もがマスクをして、外出を控えるような、かつてない異様な行動からは解き放されていた。

同時に、新型インフルエンザに対する過剰な恐怖もまた取り払われていく。

人類が右往左往しているあいだ、彼らの中を新型インフルエンザウイルスは自由気ままに飛びまわっている。すべての人間に、いや犬猫草木、地上にあるありとあらゆるものにインフルエンザウイルスは飛び散っている。

かくも自由で開放的な世の中だ。ウイルスもまた散りたい放題となる。これほどまでに、ところかまわず患者が発生すれば、ウイルスがいない場所空間を探すほうがむずかしい。一部だけを消毒したつもりでも、何の意味もないことを知るべきである。

あらゆる人間が多かれ少なかれウイルスに感染している。見えないだけである。

そして、ほとんどの人間がインフルエンザを発症しない。当然の現象である。わずかずつでもウイルスに感染っていれば、次第に免疫ができてくる。

〈感染っていないから病気にならない〉のではなく、〈感染っているが病気にならない〉のである。免疫という防御機構が確実に作動しているからだ。そうでもなければ、この病原体が溢れかえる地球という惑星の中で、人類が生き残っていられるはずもない。

いや、人類だけではない。地球上に繁栄する生物すべてが防御システムを持ち、外敵から身を護っているのである。細菌すらウイルスやバクテリオファージ[☆2]の攻撃を受けるが、彼ら独自の防衛手段を内蔵している。ウイルスもまた、自然環境の攻撃に耐えて、逞しく生き延びてくる。

「流行は自然がもたらした最高のワクチンですよ」

声を研究員室に大きく響かせた倉石祥子は、国立O大学医学部附属病院がある広大な総合大学敷地から三十キロほど北、山野を切り開いて建設された「国立病原体研究所」の中で、うなずきながら自分の表現に納得しているところだ。

「でも、今回の新型インフルエンザはA型H1N1タイプだから、かつてのスペイン風邪やAソ連型のように、呼吸器で増殖する。やはり肺炎、気管支炎には気をつけないと。特に、免疫がまだない小さな子どもたちはね」

祥子と相対して話しているのは、O大学医学部で五年先輩の小児科医藤島冴悧であった。ときおり眼鏡の奥の両眼球から鋭い光を放つ様は、祥子と対等の勝負だ。漆黒の髪は、これも祥子の髪と負けず劣らず艶やかな光沢を放っている。

「そうですね。大人たちはスペイン風邪だけでなく、これまでに何度かこのタイプのインフルエンザ流行を経験してきていますから、相当の免疫はできているのでしょうね。おかげで、ほとんどの人は流行の時期にもインフルエンザを発症しない」

祥子は今秋十月から、本来所属している医学部呼吸器診療研究部門を出て、この病原体研究所に研究員として配属されている。佐治川富重教授命令だ。研究成果によっては、海外留学の話までほのめかされている。

留学と言われたときに、祥子は複雑な気持ちになった。乱風(らんぷう)をおいて、一人異国の地に……。夜の電話で聞かされた恋人の岩谷(いわたに)乱風もまた、一瞬絶句した。

そのときと同じ空白の瞬間が目の前に漂ったような気がして、祥子は冴悧が口を開くまでのあいだ、じっと彼女の黒い瞳を覗き込んだ。

「倉石先生はワクチンは？」

「医療関係者優先で接種がはじまったようですけれど、まだ」

「そう……」

「私、インフルエンザの予防接種、したことないんです」

「まあ……」

「藤島先生は？」

「私は小児科でしょ。子どもたちに感染すといけないから。したくはないんだけど、一応義務上。もうすぐの予定よ」

「私たち、季節型インフルエンザが流行っているときにも、ほとんどインフルエンザ発症しませんよね。大学病院だけでなく、出向している病院とか、当直のとき、インフルエンザの患者さん、大勢いらっしゃいます。私たちも感染っていないはずないと思うんですよ。ウイルス、飛び回ってますから。患者さんがしゃべれば、それだけでウイルス飛びます」

「そうねえ。近づいて診察すれば、間違いなくウイルスの洗礼を受けるわね」

「だから感染っていないはずがない。にもかかわらず発症しない。以前は私も、ウイルスに感染していないからインフルエンザにならない、風邪のウイルスに感染していないから風邪をひかないと思っていましたが、このごろは考え方を改めました。絶対に流行時にはウイルスの洗礼を受けている。にもかかわらず発症しないのは、きちんとした免疫が完成している、身体が対応しているからだと思います。いくらウイルスが入ってきても、免疫で排除できる。だって、これだけ大勢の人間の中で生活しているんですよ。感染らないはずありませんよ」

「たしかに倉石先生の言うとおりだわね」

「だから、栄養をたっぷり摂って、疲れすぎないように自己管理していれば、ほとんどの場合、風邪もひかないし、インフルエンザにもならない」

「で、倉石先生は、疲れすぎないように自己管理できているの」

祥子はペロッと舌を出した。

「できるはずもありませんが」

祥子は日中は研究所につめている。いや、朝から深夜近くまで研究三昧の生活に入っている。外に出るとすれば、週に一度の夜間当直で市中の病院に行っているときだけである。生活費は大学でもらう安月給と、当直費だけというわけだ。もっともこれは大学病院で医師として働いていたときと何も変わらない。

「ところで藤島先生。今度の新型インフルエンザワクチンなんですけど」

「ええ」

「あれ、本当に必要なんでしょうか？」

「え？」

「先ほども言いましたように、これほど全国で患者が発生していますから、ほとんどの人はすでに感染していると思うんですよね」

藤島医師は組んでいた脚をほどいて組み替えた。研究室用のスラックスを穿いている。

「とすると、免疫はできている、あるいはできつつある。流行が自然のワクチンと言ったのは、そういう意味です。今さらワクチンの意味、ないのではありませんか。もちろん、まだ不充分な免疫しか持っていない方とか、総合的に見て、侵入したウイルスが急速に増殖して毒性を発揮するのによい条件の方は、インフルエンザを発症すると思います。現に私も一昨日の当直のとき、高熱、鼻ズルズルの大学生の患者さん診ましたから。検査で即A型陽性。今の時期じゃ、PCR[☆3]をやるまでもなく新型インフルエンザと診断しました。結構辛そうでしたよ」

「抗ウイルス薬は？」

「本人が欲しがったので、処方しておきました」

「とりあえずはよく効いて、体が楽になるいい薬ね」

「いろいろと問題も報道されたようですが」

「私は小児科だから、あれ、使い方、難しいのよね」

服薬後、異様な行動をとる患者の話題は、同薬が発売されて以来ずっと注目されている。投与可能年齢が制限されたほどだ。

しかし、インフルエンザ発症で異常行動をとることは、薬剤とは無関係に、症状の一つとして周知のことである。藤島医師はつづけた。

「私はむしろ、ああいう薬を、体が楽になるという理由だけで安易に使うほうが、今後に問題を残すと思う」

祥子の目がキラリと光った。

「遺伝子変異ですか」

「そう。ウイルスのような、遺伝子とそれを包む蛋白質だけでできている簡単な生物――じゃないわね、構造物と呼べばいいのかしら――、むやみにいじくると、容易に遺伝子変異を起こす危険性がある」

「すでに耐性ウイルスが出ているようですが」

「そのうちに、人類の手に負えないような、強毒性のウイルスが出てくるような気がする」

「その恐れは充分にありますね。抗生物質が効かない多剤耐性の細菌で散々な目に遭っているのに、懲りないですね、人類は」

「ウイルスで手に負えないやつが出てくると、人類の未来がなくなるかもしれない」

藤島冴悧はさらに強い口調になった。何か怒りが含まれているように感じて、祥子は首を傾げて、五つ年上の先輩の顔を眺めた。

「でも、天然痘のような致死率の高いウイルスを、人類は完全に封じ込めた歴史がありますよ」

一瞬だが祥子は冴悧から視線で突き刺されたような気がした。

「もちろん、相手の正体がわかれば、予防接種ワクチンという手が残っている。天然痘だって、種痘という方法で免疫をつくることができる。でも、私は種痘をうけているからいいけど、倉石先生、先生は一九八〇年生まれでしょう。種痘は受けていないわね。天然痘に対する免疫がない」

祥子は少しばかり腹の底がひやりとするのを感じた。天然痘の予防接種は、この地球上から完全に患者がいなくなった時点で、日本では一九七六年以降、中止されている。感染源となる天然痘ウイルスが、厳重に保管されている場所を除いて、人類の前から消え去ったのだ。病原体がいないから、その病気が発症するはずもなく、したがって予防接種で免疫をつくる必要性がない。

天然痘発症患者より、予防接種した種痘の副作用で激しい脳炎を発症し死亡した被害者——それもほとんどが小児幼児である——の数のほうが多かった年があるくらい悲惨な歴史がある。病原体の存在しない病気の予防接種は不必要である。

しかし……万が一にも、保管されている天然痘ウイルスが地上に洩れ出て、人に感染したら……免疫のない人間は、たちまちのうちに感染し、致死率の高いこの病気を発症するだろう。

「やはり、生命を危険に陥れる病気に対しては、免疫をつくるためのワクチンが必須なんでしょうね。でも、インフルエンザなんか、本当に予防接種の効果があるんでしょうか。むしろワクチンで起こる副作用のほうが気になるんです」

藤島医師はまた脚を組み替えた。祥子は目を相手の顔から動いた脚に落とした。

「今度のインフルエンザ騒動で、私、ネットでいろいろと調べてみたんです。豚インフルエンザで検索したら、スペイン風邪のことも書いてありましたが、一九七六年アメリカで豚インフルエンザワクチンによって、多くの犠牲者が出た記事がありました」

「豚インフルエンザが発生して、病気で死んだ患者が一人、ワクチンで死んだ人が三十名以上、ギランバレー症候群のようなワクチンの副作用と思われる神経症状を認めた者が何千人か、というとんでもない事件でしょ」

「さすが藤島先生。ご存じでしたか」

普段でも厳しい顔つき、鋭い目つきの藤島医師の表情がさらにこわばっている。小児科の医師にしては珍しい、と祥子は藤島冴悧を見るたびに思う。

小児の患者さんの前では、きっとまったく正反対の柔和な顔を用意しているに違いないけれど……。

「倉石先生の言いたいことは、私にもよくわかる。健康を護るために行った医療行為で、多大な健康被害を被(こうむ)っちゃ、何をしているかわからないものね」

「ですから私は、今度の新型インフルエンザのように、当初予想されたような毒性を持たないとわかったなら、安全性が担保されていないワクチンなんか必要ないと思うんです」

「ちょっと大胆な発言ね。私としては、半分賛成、半分反対ね。免疫のできていない子どもたちにどう対応するか、ということが問題ね」

「百パーセント感染するとして、免疫のない子どもたちは、大人より発病する確率は高くなるのは間違いないでしょう。でも、ほとんどの子どもたちは治りますよね。自力で免疫ができてくるから」

「一部の患者が重症化するわよ。死ぬかもしれない。現実に死者が出ている」

「こういう人たちを、どのようにして救うかということですよね」

「だから予防接種するんじゃないの」

「うまくすると、たしかに未然に発病を防げるかもしれません。でも、ワクチンで副作用が起こる可能性もあります。そもそもインフルエンザの予防接種が効果があるのかないのか、明確な答えがありません。私はのちに重大な後遺症を残す副作用、脳症やギランバレー症候群のような髄膜神経症状を残す副作用が気になるから、余計にワクチンの効果に疑いを持つのかもしれませんね。免疫のない子どもたちに免疫をつくるためにワクチンを射つ。ほとんどは免疫がうまくできてくるでしょう。でも、一部の子どもたちは免疫ができる前に、注射されたウイルス、不活化なんて言っていますが、完全に毒性がないわけじゃない、そのウイルスで重大な副作用、最悪の場合、死亡するような事態に陥る危険性がある。ワクチンを射ったから脳症、髄膜症になった。ワクチンを射たなかったからインフルエンザに罹り、病気が重症化して脳症、髄膜症になった。どちらが悔やまれるか、ということでしょうか」

「いずれを選択するか、むずかしい判断を迫られるわね、わたしたち医師としては。倉石先生は、インフルエンザごときではワクチンは無用派ね」

祥子は大きく頭を縦に振った。藤島医師の表情がわずかに和んだように見えた。

深く息を吸い込んだ冴悧の胸が、祥子の胸と同じくらいに膨らんだ。息を吐きながら藤島医師が何か言ったのと、どこかさほど遠くない場所で、ドーンという鈍く重たい音、何かが倒れるような音がしたのが同時だった。

「何かしら」

祥子は床に置いた足底に少しばかりの振動を感じて立ち上がった。

「前の部屋じゃないですか？　教授室でしょうか？」

「行ってみましょう」


二人が研究員室から狭い廊下に顔を出したとき、甲高い叫び声が対面の教授室から起こった。

「誰か！　教授が！」

教授秘書村岡佐和子の声だった。祥子と一瞬顔を見合わせた冴悧が教授室のドアノブに手をかけるのと、ドアが中に強く引かれるのがほぼ同時だった。秘書の血走った目が取り乱した顔の真ん中に二つ、大きく見開かれていた。

「ああ、藤島先生。倉石先生」

「どうしたの!?」

さらに大きくドアが開いた。秘書室奥のドアから、教授室の中が見通せた。背後の明るい窓からの光を、いつもなら阿山洋教授の黒い影が遮っているのだが、今は窓全面に外の陽光が白くひろがっていた。

二人は秘書を押しのけて、教授室に飛び込んだ。

「あっ！」

冴悧の体が斜め前に跳躍した。床にある物体をかろうじて跳び越したのだ。

「あ！」

視線を床に落とした祥子が見たのは、長々とうつぶせに横たわる男の姿であった。

「教授！」

祥子と冴悧が声をあげながらかがみ込んだ。さすがに二人とも現役の医師だ。それぞれが近いほうの手を取り、脈を探っている。冴悧の空いた手が、わずかに横を向いて目を閉じている教授の顔を探り、祥子は背中の動きに目をやった。呼吸がせわしない。

「すごい熱だわ」

額に手をあてた冴悧が、驚いた目を祥子に向けた。脈を取っている祥子の手にも、教授の腕の熱さが伝わってきている。

「脈、一二〇もありますよ」

冴悧がうなずいて、入り口で立ち竦（すく）んでいる秘書に視線を向けた。秘書の口が開いて、震える声が出た。

「教授、朝から何だか調子が悪いからと、そこのソファで横になっておられたのです」

教授室の窓際、大きなデスクのこちら側に、二人がけのソファが小さなガラステーブルを挟んで二つ相対している。

「藤島先生」

祥子は目で冴悧の視線を、教授の脚に導いた。

「痙攣？」

「ええ。少しですが、間歇的に痙攣が起こっているようです」

「村岡さん、救急車呼んで。倉石先生は病院の救命救急に連絡してくれる」

秘書は部屋の電話に飛びついた。祥子は携帯をポケットから取り出し、大学病院の救命救急の電話番号を選択した。呼吸器内科の倉石祥子と名乗ったあと、急患受け入れを要請した。

「そうです。病原体研究所の阿山洋教授です。意識レヴェルは」

祥子は冴悧に視線を送った。冴悧が三〇〇と口を動かした。祥子はうなずきながら、救命救急への説明をつづけた。

「三〇〇です。脳内の病変が考えられます。高熱も出ています。ええ、出血とか梗塞というよりは、何か感染症、それも髄膜脳炎が疑われます」

救命救急治療室前に、けたたましいサイレンの音が鳴り響き、白い車体がめまぐるしく回転する赤色灯とともに滑り込んだ。国立O大学医学部附属病院正面玄関から五十メートルばかり左手に停止した救急車を見て、何人もの外来通院患者たちが驚いた表情で足を止めている。客待ちのタクシー運転手たちも運転席から体を捻じ曲げて、目で白い車体を追った。

消防隊員がバラバラと走り寄り、後部扉を開いて、中の担架を運び出した。男性の意識のない頭が揺れた。車内から担架とともに飛び出して、横に付き添った女性の顔がチラリと見えたが、すぐに救命救急病棟の中に吸い込まれるように消えた。

もう一人、あとを追うように救急車から姿を現した女性に、外来通院患者の中から声があがった。

「倉石先生！」

祥子には、かつて主治医を担当した入院患者の呼びかけに返事をしている余裕はない。わずかに視線を投げて声の主を捜し、誰にともなく小さくうなずいたのもつかの間、救命救急の扉の奥に駆け込んだ。

鉄扉の内側には、外とはまったく異なる空間がひろがっている。わずか扉一枚、壁一面で、自由な世界から拘束を余儀なく強いられる、重病という身動きが取れない限局空間が切り取られて存在している。

阿山洋の体が迅速正確に医師たちの管理下に置かれていくあいだ、祥子と冴悧は教授が倒れたときの様子を質問されていた。この救命救急部の中では、たとえ二人が当O大学医学部附属病院に所属する現役医師であったとしても、救命救急医のほうから要請がない限り、治療行為には一切参加できない。

救急車が研究所に到着するまで、二人の女医が阿山にできたことと言えば、静かに教授の身体を仰向けにし、両肩の下に丸めたクッションをあてがって首を後屈させ、気道を確保し、呼吸と脈拍の観察、瞳孔の対光反射をときどき診るくらいのことで、何とも歯がゆい時間が過ぎた。

村岡秘書の話からも格別の情報はなく、朝、定時に教授室に姿を現したとき、すでに辛そうだったということしかわからなかった。

教授の自宅では夫人が電話を取った。夫が倒れて意識がないと聞かされて、一瞬絶句した阿山の妻は「出かけるとき少し熱っぽく、指先がしびれるようなことを言っていた」と答えている。

少ない情報が救命救急部の主治医土居(どい)医師に伝えられているあいだに、全身のCTを撮られた阿山洋の体が戻ってきた。医師が目の前のモニター画面に画像を映し出して覗き込んだ。祥子と冴悧も横から、CT断面像の一つひとつに異常がないか、すばやい視線を走らせている。

「何もないいな」

「ありませんね。脳の出血も」

「梗塞はどうです？」

「急性期はＣＴでは描出しにくいな。しかし四十度近い高熱は脳梗塞では考えられない。それに神経症状が違う」

突然、藤島冴悧が思いもかけない病名を口にした。

「新型インフルエンザということはないですか」

「え!?」

土居は怪訝(けげん)な顔をし、祥子は驚いて藤島小児科医の横顔を眺めた。

「実は二日前、今、病原体研究所で準備中の新型インフルエンザワクチンを、教授ご自身に投与されたのです」

「な、何だって！」

祥子は声が出ない。

「阿山先生から言われて、私が先生に射ったのです」

冴悧は阿山のベッドに近寄って、左腕の病衣をたくし上げた。上腕中央部にわずかな注射痕があった。周辺に発赤も腫れもなかった。

土居医師は目に強い疑いと非難の色を浮かべた。

「阿山教授がまだ誰にも使っていない新型インフルエンザワクチンを自ら試されたというのですか」

「だからこそ、です」

「え？」

意味がわからないという顔つきの土居医師に冴悧が近づいて、耳元でささやいた。

「少しお話があります。教授の状態が落ち着いておられるのなら、どこか」

人工呼吸器は必要ない状態と判断されたのか、阿山の顔には緑色透明の酸素マスクが当たっているだけだ。冴悧は阿山の体から心電図や点滴、尿カテーテルの管がのびているのを確認した視線を、患者とベッドで埋まった救命救急病棟内に移した。

土居はしばらく患者の様子を見ながら考えていたが、広大な病室の向こうに主任の姉川准教授の姿を認めると、二人の女医にここで待てというように目配せをして、姉川に近づいていった。

姉川と土居はチラチラとこちらに目を向けながら話していたが、やがて祥子と冴悧に手招きをした。

「阿山洋教授は、とても責任感の強い方でいらして」

三年前から阿山研究室で世話になっているという藤島冴悧がもっぱらの語り役だ。救命救急病棟の一隅に設けられた二十名ほどでいっぱいになるカンファレンスルームに、四人はそれぞれに椅子を引っぱり腰を下ろしている。

　姉川准教授も土居医師も顔つきは真剣なのだが、冴悧の理知的な双眸に見つめられ、祥子の病院随一と言われる美貌が隣に並んでいるとなると、抑えようとしても抑えきれない嬉しさが湧き上がってくる。何とか自分たちの感情を冷やしながら、二人の男性医師は冴悧の声に集中する努力をしていた。

「この度の国からの要請で、病原体研究所が独自に開発製造した新型インフルエンザワクチンについて、教授は副作用に多大の懸念を持っておられたのです。万が一にも、かつて起こった悲惨なワクチン禍のような大事件が繰り返されてはならない、予防接種で健康被害が出てはいけないと」

　土居医師は冴悧の言うワクチン禍のことはよく知らないようで、姉川のほうにチラリと視線を流した。

「例の……Mワクチン禍……ですか」

　姉川の顔が明らかにくもった。

「ええ。それに今回の新型インフルエンザ、出どころは豚インフルエンザですよね」

　冴悧は一九七六年にアメリカで起こった豚インフルエンザワクチン副作用騒動を簡単に紹介した。姉川も土居もこちらのワクチン禍は知らなかったらしい。声がない。

　冴悧はつづけた。

「今お話ししたアメリカの例もあります。安全性を充分に確認せず、慌てて行われた予防接種。大きな被害が発生する懸念があります。毎年、季節型のインフルエンザワクチンでも、脳症や髄膜炎症状を呈する重篤な副作用が何例も発生しています。データは公表されてもメディアが取り上げないから、医師でも気にかけて探さないとわからないし、国民には伝わらない。公表されたデータも多くはワクチン行政側に有利な数字になっている」

　冴悧の声に棘が交じったのを感じて、姉川と土居の眉がピクリと反応した。

「本来なら病気の予防のために射ったワクチンで、その病気以上の重大な副作用が出れば、大問題になるはずですが、健康被害救済基金などで相当額の補償がされるようで、なかなか公にはならない。被害者側でも自分や家族のことを人前に曝したくないでしょうから」

　冴悧の声がわずかばかり震えたのに三人は気づいた。

「予想もしなかった災厄にみまわれた当人や家族としては、いくらお金をもらったところで、もとの体に戻るわけじゃありません。最悪の場合は死亡したり、生涯寝たきりになったり、重い障害を脳神経系に残す悲惨な状態になります。もとの健康な、未来のある生活を二度とは楽しめないのです。ワクチンを受けなければ、おそらくはインフルエンザに罹ったとしても、普通は治り、大過なく人生を送れたはずなのに」

　また冴悧の声が強くなった。間違いなく怒りを含んでいる。

祥子の耳朶が冴悧の声に引かれた。普段はもの静かな藤島先生、いつもワクチンの話をしているうちに、声が強く大きくなる……。何かあるのかもしれない、この小児科医にも……。祥子は思いながら、耳にさらに神経を集中させた。

「……阿山教授のお父さま」

急に話の方向が転じられて、三人は面喰らった。

「この方もかつて病原体研究所の教授だったのです。種々のワクチンの開拓者でもあり、製造側の総責任者の一人でもあった方です。Mワクチン禍に直接関係した人でもあります」

阿山洋の父親が同じ病原体研究所の教授であったことを初めて知った祥子は、目玉を大きくして冴悧を見た。姉川は身を乗り出し、土居は背筋をのばした。土居の腰のあたりでゴキリと音がした。

「阿山教授は常々おっしゃってました。とにかく健康な人が予防のために射つワクチンだ。不活化ウイルス、弱毒化ウイルスだから、通常は病気を発症させることはない。しかし、いくら不活化弱毒化の処理をしても、幾分かは病原性を残している。そもそも残っていなければ、人体が反応して免疫をつくることもできないから、理論上も仕方のないことだ。何らかの悪さをする危険性はある。とは言っても、死者が出たり、一人の人間の生涯を奪ってしまうような副作用は、決して許されるものではない。どうあっても正当化されるものではない。我々科学者医学者に重大な責任がある」

冴悧の語りには、まるで阿山教授自身が話しているような力強さがあった。

「だから、毎年提供する季節型インフルエンザワクチン、あるいはその他のワクチン、私たちが開発製造した分については、一般に出回る前に、自分に射って、安全性を確かめる義務があると。インフルエンザも毎年ご自身に射たれていました」

「今回の新型についても、阿山教授は同じことを」

「そうです。一昨日、午前十時、教授から直にわたされた新型インフルエンザワクチンを、私が規定量、教授の左上腕皮下に注射投与しました」

「そいつは、どうも……」

これまで静かに聞いていた姉川准教授が困惑した顔つきだ。

「いかに責任があると言っても、これでは人体実験じゃないか」

姉川の声に怒りが混じった。明らかに阿山の行為を非難している声色だ。冴悧の反応はすばやかった。

「姉川先生。私は阿山教授の、ご自身の身を挺しての安全性確認行為が間違っているとは思いません」

意外な強い反発に、姉川の顔色が変わった。

「何!?」

「先生は今、人体実験とおっしゃいました。今度の新型インフルエンザ、当初恐れたほどの毒性がないにもかかわらず、国民の怖がることばかりをメディアで流して、急遽ワクチン接種になった。それも優先順位をつけて。半分は正しいと思います。免疫のない子どもや基礎疾患を持ちインフルエンザに罹患したら重症化する方たちを優先するという判断。ですが、これ、毎年の季節型でも同じことではありませんか？　スペイン風邪と同じタイプのＡソ連型のとき、こんな優先順位という対応をしましたか？　別の型の新型インフルエンザが流行の兆しを見せたときにも、こんな騒ぎはなかった。それに、半分賛成ということは、半分反対ということです。今日も教授が倒れられる直前まで、ここにいる倉石先生と話していました。子どもたちは免疫がないからワクチン射たれたら、副作用が出る確率もまた、他の大人より格段に大きいのですよ。重病を持つ方、普通の人なら何ともないワクチンの毒性、耐えられるでしょうかね」

　何を言いたいんだというように、姉川と土居の顔が並んで突き出た。

「そもそも日和見（ひよりみ）感染、免疫が落ちた人ほど、普通じゃ病原性を発揮しないＭＲＳＡ[☆4]のような弱毒菌にやられるんじゃなかったですかね」

　男性二人の医師の顔が固まっている。

「倉石先生がいいことを言いました。流行は最高の自然のワクチンだって。私もそのとおりだと思います。自然に知らぬ間に少しずつ感染し、免疫ができる。これが、人類がこの病原体だらけの地球という星の上で生き延びてきた本来の姿です。みんな、いちいち病気になっているわけじゃない。全部免疫ができていて、日常茶飯に感染しても、その度に身体が対応し、病原体を排除している」

長い冴悧の話を姉川が手をあげて遮った。

「藤島先生、倉石先生。お説はごもっとも、とうかがっておこう。だが阿山教授が自らに人体実験を施したことが問題だと言っているのだ」

「お言葉を返すようですが、充分な完全性確認をしないで見切り発車する今回の新型インフルエンザワクチン、私ははっきりと申しあげます、国民の半分を実験台にした大規模人体実験だと」

冴悧の顔が真っ赤に上気し、それはあっけに取られた男性二人の医師のしばらくの静寂のあいだに鎮火していった。

祥子はいつもの自分を冴悧に見ているような気がしていた。冴悧の過激な発言を聞いて、なぜ五千万人分しか用意できないのだろう、製造能力の限界とこれまで納得していたが、脳内で突然に思考転換が起こるのを感じて、自然に口が開いた。

「五千万人分、一人六千円……。総額三千億円の国家プロジェクトですかぁ。誰がどれだけ儲けるのだろう」

それに……と祥子も思いついたことをすぐに話してしまう性格だ。

「本当に必要なら、国民のすべてに行きわたるようにワクチンを用意すべきなのに。万が一にも五千万人全員がワクチンの副作用で死んでも、半数は残る、国は存続するというわけですかぁ」

男性医師たちは自分たちの目が、二人の女医を化け物でも見るような目つきに変わったことをたしかに認識していた。

☆1【新型インフルエンザ】いつまでも「新型」という言語が国民に与える印象を重視したい日本国のワクチン行政事情に照らし合わせて、本書も「新型インフルエンザ」という表記を使用することにする。

☆2【バクテリオファージ】細菌に感染し、溶かしてしまうウイルス。

☆3【PCR】ポリメラーゼ連鎖反応。検出したい特定のDNAを合成増幅する方法。

☆4【MRSA】メチシリン耐性黄色ブドウ球菌。ヒト常在菌。弱毒性で、通常は病原性を発揮しないが、免疫が落ちた人で発症すると、多剤耐性のために治療困難。致死的になる。

03 死者沈黙

救命救急に緊急入院した阿山洋教授の容態は、時間を追って悪化の一途を辿った。夕方には痙攣が全身におよび、鎮痙剤を射ったときだけ、わずかな時間、沈静を得たが、しばらくすると再びピクンピクンと、本人の意識では制御できない不随意運動が全身を覆った。

間もなく痙攣が消え、全身が弛緩した。落ち着いてきた……かに見えた。

熱が下りはじめた。解熱剤が奏功した……と喜んだのも束の間、自動血圧計が五分ごとに測定するたびに、その数字を減らしていった。坂道を転がり落ちるボールのように、わずか十五分ほどのあいだに血圧が計れなくなった。阿山の呼吸はか細く浅いものになり、指先に取りつけられた血中酸素飽和度を示すパルスオキシメーターの赤い文字が、九〇を切り、八〇を下回り、あっという間に口唇にチアノーゼが現れるまでになった。

控え室に待機していた阿山教授夫人と娘二人が呼ばれたのは午後六時ごろのことであった。緊急入院から七時間、家族が救命救急部に到着し、もの言わぬ夫、父親に短い時間、悲しみと不安の対面をしてから五時間が経っていた。呼びに来た救命救急部看護師の顔つきを見て、三人は萎える全身に抗うように立ち上がった。

「ご容態が急変いたしました。ご家族にお知らせしろと」

阿山洋のベッドでは、主治医の土居が上半身を曲げて、患者に覆いかぶさるように両腕を真下にのばしている。土居の頭が上下に揺れるたび、ベッド全体がギシギシときしんで、今にも飛び跳ねそうだ。点滴瓶がぶらぶらと宙に遊んだ。

土居が汗を滲ませた額を、足早に近づいてきた三人の女性に向けた。目が合った。怯えと不安に満ちた視線を土居は受け切れなかった。すぐに下を向いて、死相が出はじめている阿山のもの言わぬ顔に視線を落とした。死人と向かい合っているほうが、このような突然の死の場面では、気持ちが楽だった。

土居は手を止めた。再び目が合った阿山の妻に小さく顔を横に二度、三度と振った。悲しみの凝集の時間、土居は阿山のベッドを離れ、死亡直前の処置をカルテに記載した。なす術がなかった。熱の下降、血圧の下降、呼吸不全による血中酸素濃度の低下、そしてすべてが停止するまでの時間が余りにも速かった。

「いったい、何が原因なんだ。やはり彼女たちが言った、新型インフルエンザ脳症なのか」

これは是非とも解剖の必要がある……。土居は電子カルテを閉じると、椅子から重い腰をあげた。

阿山教授の病理解剖は病院病理解剖室において、夜八時から開始された。病理学教授が外国学会出張とのことで、江藤二三男(えとうふみお)准教授が執刀している。対面で解剖助手を務めている男と、筆記役兼摘出臓器整理の男のほかに、救命救急部土居医師が少し離れたところで解剖の様子を見ていた。

彼ら以外に、解剖用ガウンをまといマスクで顔半分を覆った、明らかに体形から女性とわかる二人が、それぞれに選んだ位置から、大きく開かれた阿山の体腔内を覗き込んでいた。祥子と冴悧だ。

病原体研究所での研究を一旦中断し、夕食を研究所内食堂で摂ったあと、教授の容態を見に来て、阿山の死を知ったのだ。あまりの急激な容態変化と突然の死に、さすがの二人も言葉を失っていた。ことに阿山の要請とはいえワクチンを注射した冴悧は、阿山の死を知らされて、顔を両手で覆ってしゃがみこんでしまった。

救命救急部のベッドには阿山の姿はなかった。土居医師の姿を捜したが、彼も見つからなかった。看護師から病理解剖が行われると聞いて、二人は病院病理に駆けつけ、こうして今、土居とともに解剖の成り行きを見守っているのである。

江藤の声がマスクを通して聞こえた。

「内臓器に格別の肉眼的異常所見はない。もちろん心筋梗塞、肺梗塞、あるいは凝固異常に基づく組織変化は見当たらない」

　各臓器の一部が採取され、一般染色用はフォルマリン容器、特殊染色用は液体窒素を充填した容器に、分けて収められている。

　江藤の視線が上がって、祥子と冴悧に注がれた。

「君たちが疑っている新型インフルエンザだが、肺にもまったく異常はなかった。臨床症状から推察すると、やはり脳に間違いないようだ。これから頭蓋を開く」

　遺体の頭のほうに移動した江藤は、胸腹部の閉創を助手に任せると、自分は頭部の処理にかかった。頭皮後ろに半周性の皮切を加え、前方に向けて頭蓋骨からメスで剝がしていく。前額部あたりまで進むと、内面裏返しになった頭皮が顔の上によれてのっかった。まるでゴムマスクをつけた銀行強盗が、今しもマスクを取り去ったという感じである。

　電気ドリルで一カ所孔を開け、江藤は注射器で脳脊髄液を二〇ccほど吸い上げた。本来ならば無色透明であるはずの液が、濁りを含んでいる。注射器から内容液をガラス試験管に受け取った助手が蛍光灯にかざすと、ぼんやりとした鈍い光を蓄えた液体がゆりと中で動いた。

　頭蓋骨を斬る電動ノコギリの音は、斬れたところから流れ出てくる血液が混じった脳脊髄液までも切っていくから、何とも異様な音響になる。

キーン、ジュボボボ……ジョボ……シャリシャリ……ジャリギギ……。

ノコギリが一周し、頭蓋骨に手をあてて引くと、わずかに浮かび上がった。頭蓋内を分室のように分けている鎌(カマ)の付着部を切断、ようやく頭蓋骨上半分がはずれた。

脳脊髄液はほとんどなくなっている。

息をのむ気配があった。江藤は身を静かに後ろに引いて、開頭の様子を見ていた祥子たちに、露(あらわ)になったばかりの脳を観察するように促した。

医師三人の顔が近づいた。

「ああ……」

三人とも声をあげたのだが、冴悧の声はうめきに近かった。

「教授……すみません……」

耐え切れないように、冴悧は阿山の遺体から離れて、解剖室の隅で顔を覆っている。肩が小刻みに揺れた。細く長い指の間から涙が流れ落ちた。

「藤島先生……」

横に冴悧の体に手をあてた祥子がいた。

「大変なことになりましたね」

祥子の言葉がかえって冴悧の悲しみを大きくしたようだ。崩れるように座り込んだ冴悧が、必死で泣き声をこらえている。

遠くで江藤准教授の所見を述べる冷静な声が、冷たい病理解剖室内に響いた。

「大脳表面いたるところに微小出血点あり。周辺は一部壊死(えし)に陥っていると思われる。くも膜下腔までは出血した様子はないから、脳実質内での強い炎症が汎発性に発生したようだ。毒性の強いウイルス性脳炎の所見として矛盾ない」

解剖が終了したあと、車を操って、祥子は冴悧とともに研究所の自室に戻ってきたのだが、大学から出た暗い道筋をどう辿ってきたのか、街灯の光を感じることもなく、何となく澄んだ夜空にひとつだけ強く光る金星を見たような気がする……気がつけば、二人は言葉もなく、並んだデスクの前に腰かけていた。

普段なら、研究データが表示され、今日の実験記録を残すページが開かれているデスクトップのコンピュータも、スクリーンセイバーの画像が気ままな動きをしているだけであった。夕食に出かけたあとの数時間、ずっとこのままだったのだろう。

細かい粒子点が中心に現れ、数を級数的に増やしながら、次第にひろがっていく。いずれかの粒子が画面の端まで到達すると、突然すべての粒子が破裂して粉々になり、画面一面がさらに細かい粒子で覆われ、たちまち消えていく。しばらく静寂を保った黒い静止画面に戻る。

阿山洋の脳は表面のみならず、灰白質、白質いたるところに微小出血点があった。大脳、小脳、脳幹部、ところかまわず強い炎症が発生した証拠だった。頭蓋内から取り出された脳にメスが入り、割面を観察した江藤准教授が「全脳炎だな、これは」とうめくように言ったのだ。

「髄膜炎どころの話じゃない。脳全体がやられている。これが新型インフルエンザワクチンのせいだとすると、阿山教授はとんでもないワクチンを開発製造したことになるぞ。ご本人はこれまでの経験から自信がおありだったのだろうが、考えられないほど毒性の高いワクチンをご自身に射たれたことになる。万が一にもこのワクチンが医療現場で使用されるとなると、大変な犠牲者が出る可能性が高い。射ったワクチン、本当に間違いないのか？」

「阿山教授から直接手わたされたワクチンです。ご本人が造られたもののはず。間違いようがありません」

冴悧は立ち上がろうとして、ぐらりとよろけた。

江藤の頭が少しばかり傾いている。つぶやくような声が洩れた。

「インフルエンザ脳炎だとすると、脳全体の浮腫の所見が強いのだが、阿山教授の脳はむしろ微小出血を伴う汎発性の炎症所見が主体だ……」

「早急に対処しなければ」

涙で化粧も何もなくなった顔だけを江藤のほうに向けた冴悧が声を荒らげると、病理学准教授は慎重な言葉を発した。

「いや。阿山教授の死因となった脳症が新型インフルエンザウイルスワクチンのせいかどうか、科学的に証明されたわけではない。こちらのほうを先に確定する必要がある」

まだワクチンが国民に使用されるまでには時間があるだろう。ワクチンが危険だなどと根拠のない噂が流れると、ただでさえインフルエンザで右往左往している国民が、さらにパニックに陥る危険性がある。ともかく確証が必要だ、と江藤は目じりをつり上げている二人の女医を制したのである。

目の前の画面で弾ける微粒子が、阿山の脳内で爆発的に増殖していくウイルス粒子に重なった。祥子は隣の席で身動きもしない冴悧の横顔を見た。視線を感じたのか、冴悧が顔をこちらに向けた。

「藤島先生。どうします？　新型インフルエンザウイルスの遺伝子配列、わかっていますから、プローブ[☆1]さえ造ればＰＣＲで調べることができますが」

冴悧の視線がゆっくりと、デスクの上に置いてある小さな液体窒素ボックスに移動した。中には阿山洋の脳の一部が凍結保存されている。

それは江藤准教授からの依頼だった。

「新型インフルエンザは阿山教授の専門だ。そちらのほうがウイルスに関する情報は豊富だろう。教授の脳を破壊したウイルスが果たして新型インフルエンザなのかどうか、君たちのほうで確かめてもらったほうが早いのではないかね」

江藤の言葉に、祥子は冴悧を見ながらうなずいた。冴悧も、許可をもらえればやってみる、と唇を噛みながら賛意を示したのである。

「藤島先生。そんなにご自分を責めないでください……なんて言っても意味ないですよね。先生のお気持ち、痛いほどわかります。まさかこのようなことになるなんて、誰にも想像もできなかったことです。阿山教授ご自身もそうだったに違いありません。ご自身が安全性を確信しておられたからこそ、自信を持ってご自分に投与されたのでしょう。それはこれまでも、そうだったはずです。これまで何事も起こらなかった。当然だと思います」

藤島冴悧の眼球が細かく揺れているのが、横顔でもわかる。冴悧が何も言わないので、祥子は自分を納得させるようにつづけた。

「とにかく、明日一番でPCRのプローブを依頼します。三日ほどでできてくるでしょうから、すぐに調べること、できますよ。新型インフルエンザの遺伝子が教授の脳に確認されたら、病原体研究所が製造しているワクチン、製造を停止しなければいけません。使ったら大変なことになる」

「そうなると製造販売を止めないと。でも、どうすればいいの」

研究員にワクチン製造と販売ルートの商業的知識は皆無である。

「よくわかりませんが、調べてみればわかるのではありませんか」

冴悧と話しながら祥子は、目の前のパソコン画面に新型インフルエンザウイルスのＲＮＡ（リボ核酸）塩基配列（シークエンス）を検索、描出していた。適当な核酸配列を選択し、念のためと、三種類のプローブを設計した。

「これでいいですか」

少し椅子を引いて、冴悧の確認を促したが、小児科医は真っ赤な目を向けて言った。

「任せるわ」

「わかりました」

教授を倒したと思われるワクチンを射った冴悧に、これ以上を要求するのは酷だった。

「明日は、教授のお通夜ですねえ……」

ともすれば涙が出そうになる悲しみを打ち消すように、祥子は声に力を込めた。

「プローブが届いたら、ただちにＰＣＲができるように、明日のうちに教授の脳からＤＮＡ、ＲＮＡを抽出しておきます」


深夜に阿山洋の遺体が無言の帰宅をした。わずか十数時間のあいだにあまりにも変わり果てた愛する夫、誰よりも大好きな父親の姿に、泣きつくした家族の目からまた新たな涙が溢れ出た。

郊外の閑静な住宅街に一戸建てを購入、最近移り住んだばかりであった。阿山は新居を家族とともに楽しむ時間もなく、旅立ってしまった。

門の前に車のタイヤがアスファルトに軋む音がした。しばらくしてバタンとドアが閉まる音とともに、車が遠ざかる気配があった。呼び鈴が激しく鳴らされた。玄関のドアに打ちつける拳に、家が揺れそうだ。

さすがに深夜を慮って大声を出さなかった老人は、中から鍵をはずす気配に、わずかな気持ちの鎮静を図る時間を持った。

「お義父さま」

老人は胸に飛び込んできて、大きな泣き声をあげた嫁の身体をかろうじて受け止めた。

「令子さん」

夜の住宅街に揺さぶられた空気は、すぐに静かになった。老人が令子を抱いたまま、中によろめく足を運んで、ドアを閉じていた。

「いったい、洋に何が起こったというのだ!?」

「わかりません。私には何が何だか……」

途切れ途切れに話す令子の言葉とともに、老人は、血の気のまったく失せた仮面のような顔を上に向けて横たわる息子が安置された部屋にまで進んだ。

「解剖の結果は、どうだったのだ」

令子にわかるはずもなかった。

阿山洋の父親重光が突然の息子の危急の報を受け取ったのは夕刻のことだった。少々体調に異変を感じて、阿山重光は検査のために国立O大学医学部附属病院呼吸器内科に入院していた。まさか真下の外来フロア救命救急部で、意識をなくした息子が集中治療を受けていることなど露知らず、令子から重光の携帯に第一報が入ったときにも、内視鏡室で辛い気管支鏡検査を受けている最中だった。

午後いっぱいを使った検査がすんで病室に戻り、しばらくのベッドでの安静を強いられ、時刻を遅らせた夕食を口にしたとき、着信記録を示す携帯の光が視野に入ったのである。間もなく消灯の時間であった。

画面を見れば、息子の嫁から何度も電話が入っていた。心配させまいと、重光は息子夫婦には検査入院のことは知らせていない。

令子からの電話は苛立つように、午後の短い時間帯に集中していた。空白の時間が何を意味するのか、最後の着信は夜の八時前であった。

院内は原則として携帯電話使用禁止である。特別のはからいで個室に入院している重光は、規則のことは充分に承知していたが、敢えて違反した。

息子が病理解剖の真っ最中であることを令子から聞かされた重光は、携帯をベッドの上に取り落とした。何のことか、すぐには理解できなかった。

　ぼんやりとした脳が間もなく復活した。重い体を運んでナースステーションに夜勤の看護師を見つけた重光は、今すぐ退院したいと申し出た。

「何をおっしゃってるんです、阿山さん。退院は明日です。もう一度、先生の診察を受けてから」

「息子が、息子が死んだんだ」

　しぼり出すような阿山の声に、看護師は仰天した。

「何ですって!?　息子さんが、亡くなった？」

「今、この下で、解剖している」

「ええっ！」

　看護師には状況の把握が困難だったようだ。声が聞こえたのか、白衣の男が奥から顔を覗かせて近づいてきた。当直医だった。

「どうしました？」

　看護師より話が早いと思った重光は、医師に向かった。

「息子が――息子は病原体研究所教授阿山洋というのだが、さっき救命救急で死亡して、いま解剖していると報せが入ったのです」

「え？」

医師は何も知らないらしい。まさか、という顔つきだ。

「とにかく退院させてください。私も医者だ。息子の身にいったい何が起こったのか……」

重光は病原体研究所教授を停年退官したあとも、私立N医科大学医学部教授の任についていた。激しい咳が出た。胸郭があちこち悲鳴をあげた。吐き出した痰に、わずかだが血が混じっていた。

「無理ですよ、そのお体じゃ。今日、気管支鏡の検査をしたばかりじゃないですか」

「と、とにかく、佐治川教授に連絡を取ってくださらんか。事情を話せば」

自分では対処できないと考えた当直医は、とりあえず患者をナースステーション内の椅子に座らせて、呼吸を鎮静させたあと、佐治川に連絡を試みた。すでに九時をまわっている。教授室に電話を取る者はいなかった。

緊急の場合には、教授自身の携帯に電話してよいという許可が出ている。若い当直医は緊張しながら、教えられた佐治川の携帯番号を選択した。

今ひとつ要領の得ない説明に苛立った重光は、当直医の携帯にむかって「貸せ」と手を伸ばした。

「これは阿山先生。退院なさりたいとか。ご子息の阿山教授のことは、うちの若いのを預けてありますので、よく存じあげておりますが、まさか」

佐治川は東京にいた。学会出張である。阿山洋の危急を知るはずもない。佐治川の声が詰まった。

「私は大丈夫です。とにかく息子に会いたい。退院、許可願えませんか」

「今日は先生はたしか気管支鏡の検査でしたね」

結果が気になるところであった。佐治川が見た阿山重光のこれまでの画像検査結果は悲観的なものであった。確定診断のための細胞採取が、今日の検査の目的である。

「呼吸に支障ありませんか」

佐治川は自ら重光の症状を確かめたあと、当直医に代わってくれるよう言った。

「どうだ。阿山先生、退院可能か？」

「先ほど、相当に咳き込まれて、少し血痰が」

教授に報告している当直医を重光は睨んでいる。

「どの程度だ」

「いえ。ごくわずかですが」

「そのあとは」

落ち着いていらっしゃいます、という当直医の返答と、今しも患者と話したばかりの相手の息遣いから、佐治川は退院の許可を出した。

「ただし、阿山先生」

佐治川は自分の携帯番号を重光に教えた。

「万が一、血痰が増えたり、呼吸が苦しくなったら、いつでも結構です、連絡をください」

自分の呼吸どころではなかった。目の前には、すでに血が流れていない愛息の冷たい骸が横たわっている。

重光はしばらく息子の顔を撫で、胸の前に組み合わされた両手を自らの皺が増えた手で包み、はらはらと涙を落としていた。横では令子が畳の上に突っ伏して嗚咽にむせんだ。二人の娘が母親の体に覆いかぶさった。背中が大きく波打っている。

「何ということだ。いったい、どうしたというのだ。おい、洋」

握った手を揺さぶっても、当人はこの世との一切の意思疎通を断っている。

「お義父さま……」

令子の顔が上がった。重光は令子の視線にこめられた何かを感じた。

「洋さん、朝から何だか熱っぽいと言ってました」

「熱？」

「体もだるそうで……」

「研究所には行ったのだな」

「ええ。いつもの時刻に」

重光はあとを促した。手は息子の手を包んだままだ。

「大学病院から連絡を受けたのは、お昼ごろだったと思います。研究室の藤島さんという女性から。高熱で倒れて、救命救急部で治療中だと」

「高熱で倒れた？　倒れるほど熱が上がったのか？」

「意識がなかったようです」

「意識がないだと！　そんなに……」

重光の視線が令子から離れて息子の顔に戻り、そのあと宙空を彷徨(さまよ)った。

「私がこの子たちと駆けつけたときにも、洋さん、まったく呼んでも答えてくれなくって」

後ろで娘たちの泣き声が大きくなった。もの言わぬ父親が白い病床に横たわっている様子を思い出したのだろう。

「そして、とうとう……」

これ以上は無理だった。令子はまたワッと泣きだして、突っ伏してしまった。

「何か聞いていないのか、医者たちから」

知りたいことにまったく答えがなかった。苛立った重光の声に、令子はさらに悲しみを深くしている。頭を振りながら、令子は声を搾り出した。

「急性、急性脳症とか」

「何!?」

重光は息子から離した手で、令子の肩を持ち上げた。乱れ髪が額から頬にはりついた、重光も好ましく思っている嫁の令子の顔が歪んでいる。

「急性脳症と言ったのか。誰が言ったのだ」

「救命救急の担当のお医者さんです」

「原因は何だ?」

「え?」

「原因だ。脳症の原因だ」

素人に医学的質問に答えることは不可能だ。重光は息子の頭に手をやった。ソロリと後頭部をなでると、毛の中に半周にわたる縫合針が次々と触れた。

「脳は、洋の脳は、いったいどのような所見があったのだ……」

重光の医科学者としての目が異様なまでの強い光を放ちはじめていた。

「ただ……」

令子がつぶやいた。

「令子さん。何か、思い当たることでもあるのか?」

「洋さん。一週間ほど前、研究所で何か妙なことが起こっていて、気になることがある

「わかりません。でも、何だかいつもと違う顔つきだった……」

「研究所で妙なこと？　気になること？　何だ、それは？　今度のインフルエンザのことか？」

ようなことを」


息子との最後の夜を隣で過ごしたいという重光に、令子は涙をぬぐって床を延べた。二階にある夫婦の寝室には、令子の両脇に娘たちが身体を横たえた。父親のにおいを求めているのだろう。娘たちの震えが令子に伝わってくる。

階下からしわがれた咳が聞こえてきた。

「おじいさま、ずいぶん咳き込んでいらっしゃるわ」

「そうねえ。さっきまでは気がつかなかったけれど。大丈夫かしら」

夜が更けていく。何を考えているのか、考えようとしても何をどう考えたらいいのか、三人は何度も寝返りを打った。眠れるはずもない。疲れた体が睡眠を欲しても、生まれて初めての大事件に、あらゆる脳細胞が興奮したままだった。

階下の咳がまたひどく響いてきた。

「お義父さま」

令子は我慢しきれなくなって起き上がった。娘たちも起きてきた。

「お義父さま、大丈夫ですか」

「おじいちゃま、大丈夫？」

階段を下りて和室に入ると、薄灯りの中、重光の曲がった背中が見えた。令子は駆け寄って、背中を撫でた。

「まあ、おじいちゃま。血」

枕元に丸められたティッシュに黒ずんだ染みが見えた。

「ああ。もう大丈夫だ」

「お義父さま。これ……」

令子がティッシュを指でつまみあげた。

「ああ。何でもない。お前たちには心配するだろうと思って話していなかったのだが、このごろ少し咳がひどいので、今日、いや、もう昨日になるか、ちょっと検査を受けたのだ」

「検査？　お義父さま、そんなこと一言も」

「たいしたことない。大学病院に行ったら、大げさなことを言いおって」

「そんな……ずいぶんひどい咳でしたよ」

「検査のためだ。普段はあんなに出はせんよ」

言いながら重光はまたひとしきり咳き込んだ。令子が慌てて背中をさすった。

「ああ。ああ、ありがとう。ずいぶん楽になった。気管支鏡というやつだ。そいつで傷がついたのだろう。その血だ。心配ない」

重光は令子の手を優しく包んだ。

「こんな心の優しい令子さんや、かわいい娘たちを残して、洋というやつは……」

四人の号泣を止めるのは、何をもってしても不可能だった。

☆1【プローブ】長いDNAを合成増幅させるためのきっかけとなる短いDNA。

04
病原体

阿山洋教授の急逝は、彼が教授を務める病原体研究所に勤務するすべての人間に衝撃を与えた。まだ四十五歳という若い教授で、これからの研究所を背負っていく重要人物であった。

驚きは、たちまち、いったいどうして亡くなったのだ、という疑問につながった。誰も情報を持っていなかった。

緊急入院治療を行った救命救急部と、解剖を担当した病院病理では、もちろん緘口令が敷かれたから、阿山が新型インフルエンザワクチンを自らの体で試したということは、知る者の頭の中にしまいこまれていた。

主のいなくなった教授室が、廊下を隔てているにもかかわらず、研究室で仕事をはじめた倉石祥子に、いかにも冷たい死を感じさせている。

昨夜は乱風にかけた電話で、一方的にしゃべっていたような気がする。興奮して眠気がさしてこなかった。乱風も捜査で疲れているだろうに、気遣うような温かい言葉をときおり挟みながら、長い時間つき合ってくれた。だが、電話を切る前に言われたことが気になった。

「教授が亡くなった原因は、おそらくは二日前に射ったワクチンだろう。阿山教授の脳から新型インフルエンザウイルスが検出されたら話は早いが、そうでなかったらどうする」

熟睡時間は一時間ほどか、乱風が祥子に吹き込んだ新たな問題の答えが見つかるはずもなく、祥子はいつもより熱っぽく感じる頭を振りながら、江藤准教授から預かった阿山洋の脳の一部をすりつぶし、核酸抽出を試みている。朝一番にPCR用のプローブは注文ずみだ。

本来の研究もある。教授が亡くなったからといって、研究の手を休めるわけにはいかない。昨日のつづきをやりながら、ときどき祥子の脳内には乱風の声が響いてくる。

「教授の脳から新型インフルエンザウイルスが出なかったら、じゃあ、いったい何が」

考えてもわからない。江藤准教授は全脳炎、脳全体がやられていると言った。強毒性のウイルス脳炎として矛盾ない、と科学者の声で所見を述べた江藤の声音まで、祥子の頭蓋内で反響している。

「強毒性のウイルスって……。教授が藤島先生に射つように指示したワクチンは、別のウイルスのもの？　そんなことって」

話をしようにも、藤島冴悧は体調がすぐれないと言って休んでいる。今日の通夜は出ることができないだろうけど、明日の葬儀には参列すると電話で連絡があった。

「先生も相当にショックだったに違いない」

頼まれたとはいえ、自分が射ったワクチンで、教授を死に追いやったのだ。冴悧の心中、察して余りある、と祥子はため息をついた。

ふと気がついて、祥子はどこかに冴悧が教授に射ったというワクチンのバイアルかアンプルが残っていないかと、研究室の中を、それこそゴミ箱まで探してみたのだが、毎日清掃業者が片づけていく。見つかるはずもなかった。

教授秘書にも尋ねてみたが村岡佐和子は、何も知らない、教授が注射したことさえ知らないと涙声で答えた。

研究室に戻って祥子は考えている。病理解剖のときに見た阿山の脳にところかまわず点在した微小出血点。江藤は頭蓋骨から取り出した脳を、いっぱいに開いた手のひらに載せて、まるで豆腐でも切るように、長いメスで躊躇いなく横切した。断面にもまた、細かい出血点が白質灰白質区別なく散らばっていた。

祥子の手がコンピュータに伸びた。「インフルエンザ脳炎」と入力、検索画面が現れるのを待った。病理学は学生時代に勉強したにもかかわらず、脳炎脳症に関する知識に乏しいことに気づいて、唇を噛んでいる。

さらに「病理所見」と追加検索をかけた。並んだ項目に視線を流し、ひとつを選んでクリックすると、脳の画像が映し出された。

「インフルエンザ脳症……浮腫が主体で脳が腫れ上がっている……あまり出血点はない……」

祥子は体の芯が寒くなった。

「どちらかというと、ヘルペス脳炎とか日本脳炎のほうが」

画面は日本脳炎で死亡した患者の脳に変わっている。白い脳の断面にいくつもの赤黒い出血点が飛び散っていた。単純ヘルペスによる脳炎患者でも同じ所見だった。

「まさか……乱風……阿山先生の脳、本当にインフルエンザウイルスにやられたのかなあ」

祥子の顔が緊張の色を濃くしている。

「でも、新型インフルエンザ、ウイルスの型が違えば、脳炎の所見も違うかもしれない」

検索を重ねていた祥子は、あらっと声を上げた。

「インフルエンザ脳症、浮腫っぽいのは、ウイルスが脳の中で増殖したためではなく、高サイトカイン血症による血管透過性が亢進することが主たる病態……それに、各臓器で細胞死を起こす多臓器不全」

祥子は眉をひそめた。

「脳だって、浮腫、壊死、出血など、いろいろな所見を呈する」

思わず声を張り上げていた。

「脳の中でウイルスが増殖しないなら、脳からのウイルス検出なんて、意味ないじゃないの？」

「川崎（かわさき）先生」

祥子は病原体研究所ウイルス部門の准教授を訪ねていた。川崎研一郎（けんいちろう）は弱冠三十三歳だが、鋭い研究眼を乞われて、阿山教授の下で准教授を務めている。阿山の右腕となる普段の研究活躍ぶりだ。

冴悧が休んでいる今日、祥子が信頼して相談できる相手は川崎しかいない。

「インフルエンザ脳症って、ウイルスの脳内増殖が原因ではないようなことが書かれていましたが、ＰＣＲで調べて、脳からウイルス検出可能でしょうか」

「そいつは、やってみないとわからんな」

キラリと光った眼鏡に、川崎の聡明なまなざしが反映している。

「教授がワクチンを自らの体で試されていたなんて、初めて聞いたぞ」

准教授は阿山の人体実験を批判しなかった。

「ワクチン用に弱毒化した新型インフルエンザウイルスが体内に入って問題を起こし、

過剰な免疫反応によるサイトカインストーム[☆1]で脳がやられたとしたら、ウイルスは脳にはいないかもしれない。従来のインフルエンザ脳症の場合でも、たとえば髄液にウイルスが侵入していたとしたら脳膜や髄膜に達しているだろうから、おそらくはＰＣＲは陽性になるに違いない。新型がどう動くか、まだ情報が少ないから、とにかくやってみたまえ」

川崎は基礎医学者である。脳内思考も活発だが、疑問があれば、とことん実験で正解答を探求する実践派である。

「今回のウイルスがかつてのスペイン風邪を起こした同型のウイルスとテレビなどで報道される症例は、やはり呼吸障害が多いようだ」

「でも、教授の肺はまったくと言っていいほど、問題なかったのです」

川崎は祥子の目を覗きこんできた。

「肺は問題なかった？」

祥子はうなずいた。川崎が間髪をいれず質問してきた。

「脳はどうだったのだ？」

「実は阿山教授の脳、普通のインフルエンザ脳症の所見と少し違っていたので、気になっているんです」

「ん？　どういうこと？」

川崎は昨日は東京の研究会に出席していて、深夜近くに帰阪している。教授の危難については何度か携帯に連絡があったが、細部までわかるはずもなく、最後の電話での教授死亡の報に重たい心を抱えて、自宅に戻っていたのだ。

「インフルエンザ脳症は脳の浮腫が主たる所見だそうです。もちろん出血があることもあるそうですが、阿山教授の脳はいたるところに出血点があったのです。浮腫というよりは」

「なるほど」

「ただ、今回のウイルスは新型のようですから、これまでの考え方があてはまらないかもしれません」

「僕の知識では」

川崎は何かを思い出そうと、宙空に視線を這わせている。

「スペイン風邪ウイルスは最近遺伝子学的に再生されたんだ。実験動物では、急速に進行する肺炎が、ウイルスの主たる毒性だ。脳炎などを起こす前に、強い肺炎で死亡する」

「でも、今回、病原体研究所がワクチン製造用に使った新型インフルエンザウイルスは、スペイン風邪ウイルスと少し塩基配列が異なります。毒性も違うかもしれません。江藤先生も強毒性のウイルス全脳炎として間違いないとおっしゃってましたし」

「とにかく、ＰＣＲプローブが届いたら、調べてみることだな。ないデータで議論はできない。よけいな憶測もこの際必要ない。ウイルスが出るか出ないか、それだけだ。結果がすべてだよ」

「わかりました。やってみます」

研究室に戻るあいだに、祥子は乱風の言葉を思い出していた。もし、ウイルスが出なかったら……先生の脳は、いったい何にやられたの？　阿山洋の通夜の最中も、葬儀のときにも、祥子の目の前に、しばしば阿山の脳が浮かんでは消えた。ところかまわず飛び散った赤い微小出血点が、白い脳を背景に際立って浮かび上がっていた。

捜査が忙しく、土曜日曜とあまり話ができなかった乱風は、短い時間に祥子から得た知識を咀嚼（そしゃく）したあと、ウイルスが出なかった場合が一番困るな、何か別の強毒性のウイルスでも体内に入ったことになる、教授自身が間違ったか、あるいは他の人物の意図が……と疑惑とも思えるような思考をさらに展開してきた。

祥子は自分の脳までかき回される気がした。阿山教授の脳内に飛び散った出血点が猛烈に気になりはじめていた。

「明日は待望のＰＣＲ用プローブがくるな。万が一、ＰＣＲで出ないとすると」

乱風は何か考えているらしく、葬儀の様子を訊いてきた。

「何か気づいたことはないか？　気になるような人物はいなかったか？　祥子はどのくらい葬儀にいたんだ？」

記憶は時間が経つにつれて薄くなる。何がどうということもない今の時点であっても、気になることは脳細胞の中で濃くしておこうと乱風は考えているようだ。

「一時間だったのだけど、私は初めから最後まで、お棺が運び出されるまで会場にいたわ。弔辞を読まれたのは病原体研究所長の近藤先生。参列者は外国出張されている二人の教授を除いた病原体研究所教授九人、准教授十三人、ほか研究所員。私たち研究室員は昨日の通夜と今日の葬儀に分かれて参加」

「医学部関係は？」

「何人か、阿山先生と交流があったと思われる教授。佐治川教授は見えてなかった。土曜日のお通夜に出られたそうよ」

「妙な様子の人物はいなかったんだな」

乱風が電話のむこうで咳をした。

「どうしたの？　風邪？　まさかインフルエンザ？」

「お断りだね、新型インフルエンザなんて。それに祥子ども話したように、これだけ全国に流行しているんだ。とっくに感染っているよ。でも症状はでない。免疫は上々だ」

「激務なんだから、気をつけて」

また何度か咳の音がした。

「大丈夫？　熱は？」

「ない。さっき電話をもらう前に、ちょっとばかりビールでむせたのが」

乱風は咳払いをして、のどの違和感を拭った。

「そういえば……」

「何？　何か思い出した」

「ええ。阿山先生のお父さん、重光教授。私立N医科大学の教授なんだけど、葬儀のあいだに何度か、けっこう激しい咳をなさってた」

「インフルエンザか？」

「いえ、何となく、あの咳」

呼吸器疾患専門医である祥子のくもった声が、乱風の頭の中にも翳(かげ)りを落とした。

「気になる咳なんだな」

まさか阿山重光が祥子の古巣である呼吸器診療研究部門の患者であることを、祥子が知るはずもなかった。

☆1【サイトカインストーム】免疫関連物質の過剰反応。

05

遺伝子の行方

　翌朝、祥子は目覚めとともに、肌を護る最小限の化粧を顔にのせて愛車を飛ばし、病原体研究所に車を入れた。駐車場に何台か車が停まっている。徹夜研究者のものか、それとも暗いうちから研究をはじめた者の車か。駐車場は北側のワクチン製造販売部と西側の研究所玄関に囲まれた位置にある。

　ワクチン製造販売部の窓のひとつに中の灯りが見えた。早朝には珍しい光だった。この部署はワクチンの製造を国から受注し、完成したワクチンの販売以降の一切を管理する。製造販売部以外の部署が研究を中心に未知の真実を探究していく学問的色彩が濃い中で、ワクチン製造販売という、営利を目的とする会社の形態をとっている。

　この夏の異様な暑さはどこへやら、十一月半ばの冷たい空気に白い息を吐きながら、祥子は研究所玄関横の開錠装置にＩＤカードをかざした。ガタリと重い音が厚いガラスの扉に引きずられていった。

　夜に冷えた中の空気が祥子を包んだ。冷たい壁がさらに冷たい。二カ月前までつづいた強烈な暑さからは想像もできない気温の変わりようだった。

祥子は手を口にかざしながら研究室に向かった。気持ちが急いている。ＰＣＲのプローブが届けば、すぐにでも実験をはじめられるように、必要なものを遺漏なく準備しておかなければならない。

以後の一時間を費やして、すべての準備を整えた祥子は、ようやく一息ついて、持参した朝食のサンドイッチを頬張り、ジュースを喉に流し込んだ。

研究所のあちらこちらで人の気配が増えていく。阿山研究室でも八時にもなると、次々と研究員が現れ、朝の短い挨拶を交わしたあと、研究のつづきに取りかかっていった。世間一般の雑談など、している暇がない。また彼らの関心事でもない。研究員の心はいま手がけている研究で占められている。誰もが真剣な顔つきで、それぞれの一日をはじめていた。

待ち焦がれていたＰＣＲ用のプローブが届いたのは、昼過ぎであった。今か今かと、研究室に出入りしている七島化学薬品会社の営業担当三輪が来るのを待っていた祥子は、食堂に行っているあいだにすれ違ってはいけないと昼食を摂る気にもならず、研究室のドアが開くたびに自席から顔を向けていた。

三輪はこれまでと同じ時間にやってきた。よほどのことがない限り、三輪は時間どおりに注文品を届け、同時に新たな注文を聞いていく。祥子は差し出されたＰＣＲ用プローブをひったくるように三輪の手からもぎ取ってデスクに戻り、さっそく開封した。

後ろに気配があった。祥子に話しかける三輪の声がした。

「こ、このたびは教授が大変なことで」

祥子は小さくうなずいただけで、中の確認に忙しい。

「ほんとに急でしたねえ。どうして亡くなられたのですか」

プローブの塩基配列が間違っていないか、自分のメモと見比べている。何となく話の行き先を探しながら、三輪の声が小さくつづく。

「あの……先生、これ」

振り向いた祥子の目の前に、伝票が遠慮がちに差し出された。

「先生。受け取りのサイン、お願いします」

若い三輪は、阿山研究室を訪れるのを楽しみにしている。何しろ特級の美人が研究員として秋ごろから加わったのだ。初めて祥子を見たときには、目が瞬時に固定し、口から心臓が飛び出しそうになった。

「ああ。ごめんなさい」

祥子がすばやく倉石と書いて丸で囲むのをじっと見ていた三輪は、何か言いたそうに口をモグモグさせていたが、伝票を返すとすぐにプローブが入ったバイアルを持って立ち上がった祥子の引いた椅子で、思い切りむこうずねを蹴とばされた。

「わっ！　いたっ！」

「まあ。ごめんなさい。大丈夫？」

強烈な痛みを感じても、男としては美人の前で弱いところを見せられるはずもない。

「あ、いいえ。だ、大丈夫です」

祥子は三輪のやせがまんには頓着せず、実験台に足早に進んだ。

「あ、あのう、倉石先生」

「すみません。ちょっと実験、急ぎますので」

祥子は振り返りもしない。

「は、はあ。じゃあ、伝票、秘書さんに渡しておきますね」

情けない声を張りあげて一歩踏み出した三輪は、すねに焼けるような痛みが充満するのを感じて、膝がくずれそうになった。

早朝から用意してあったサンプルを冷凍庫の中から取り出し、祥子は他の一切を頭から追い払って、新型インフルエンザのＲＮＡ検出をはじめた。研究室に来てから一カ月あまり、課題として与えられた研究の中で、ＰＣＲによるＤＮＡ、ＲＮＡ解析も重要な実験手段のひとつである。

最初は書かれている手技方法どおりにやっても、まったくうまくいかなかった。出るはずの増幅されたＤＮＡのバンドが出なかった。研究実験とはこうしたもので、どこが悪いのか、何度か考察を加え、慎重に繰り返すうちに、目的とする結果が出たときには、祥子は唸り声をあげた。

すでに確立した実験方法ですら、実際に手を染めてみると、さまざまな壁に突き当たる。一つひとつ解決していかなければならない。これもまた研究の面白さではあるのだが……。

料理と同じである。本に書いてあるとおりにやっても、なかなか満足のいく味が出ない。試行錯誤を繰り返すうちに、おいしいものができてくる。

いま手を動かしている祥子の頭の中には、過去の苦労はすでに存在しない。三十分ほどかけて調整した反応液の入ったチューブをＤＮＡ増幅器にかけ、スイッチをいれた。

機械の微かな唸りが起こった。

「これから三時間……」

祥子は腕の時計を見た。機械が止まるのは夕方だ。休む間もなく、祥子の思考は自身の実験に移っていた。

阿山洋の脳の中に新型インフルエンザウイルスが侵入していたならば、合成増幅されたＤＮＡのバンドが検出されるはずである。手順どおりアクリルアミドゲルに、今できあがったばかりのＰＣＲ産物を流し込み、電気泳動装置のスイッチをいれると、ゲルを浸してある液から細かい気泡が立ちのぼりはじめた。半時間ほどかかる。

冴悧の姿を捜したが、見当たらなかった。自分の研究に忙しいのだろう。何となく気ぜわしい。実験ノートを見返したり、文献を読んだりしても、すぐに文字が検出されるべきDNAのバンドのキラキラとした輝きに置き換わってしまう。

何度か泳動の進行具合を見るために自席を立ち上がった。一緒に流してある色素の動きがいつもより遅い……はずもなく、時間はこれまでと変わりなく均等に進んでいる。

三十分。色素がゲルの一番下まで到着した。祥子は電気を切って、ゲルを取り出し、暗室に入った。この部屋にはトレイの中にDNAを染色する反応液が置いてある。ゲルを浸し、またしばらく待った。

「いよいよだ……」

紫外線防護用マスクをつけ、スイッチを入れて、ゲルに紫外線を当てる。暗い中、ぼんやりと十センチ四方のゲルが青白く浮かび上がる。左端にDNAのバンドの大きさを示すマーカーが鮮やかに光ってきた。対照(コントロール)として反応させた新型インフルエンザウイルス、ここには計算どおりのDNAバンドが現れているはずである。期待どおり、くっきりと一本の輝線が自己を主張している。

「え?」

ゲルに紫外線を当てた瞬間から、嫌な予感があった。

マーカーとコントロールのところには、DNAバンドが光るのが最初から祥子の目に飛び込んできていた。

阿山教授の脳にも同じバンドが光るはずであった。

「ない？」

祥子は、わずかでも見えないかと、顔を近づけてみた。蛍光はゲル本体の淡い色しかなかった。

しかし実験で目標とする物体物質が検出されないからといって、「ない」と断定することはできない。研究の原則である。検出方法に、ごく微量のものを捉えるだけの力がない、すなわち検出限界以下ということがある。増幅されたDNAバンドとして見えないから「ない」とは言えない。人間の目で見ることができる限界もあるかもしれない。幾分かでも増幅されてきているかもしれない。

「もう一度、PCRをかけてみるか……」

今は見えないがあるかもしれないDNAを、さらにPCRで増幅しようというのである。そのときのことまで考えて、別のプローブを用意してある。同じプローブで繰り返しても、うまくいかない場合が多い。

「コントロールも限界まで希釈したものを使おう。これで出なければ……」

阿山教授を倒した原因は、ワクチンに含まれている弱毒化新型インフルエンザウイルスではないことになる。ワクチンに安定剤として加えてある物質は従来のワクチンと同じものであり、この物質で阿山が死亡した可能性はないとみてよいだろう。

何によって阿山は激しい脳炎を起こして死亡したのか……恐ろしい疑惑が浮上することになる。

「急いで今から仕掛けて、できあがりは」

祥子は時計を見た。

「十一時近くか……」

そのあと電気泳動をするわけだから、結果が出るのは日が変わるころとなる。

「今夜は出前をとるか……」

暗室から出て自席に戻ると、パソコンに今日の実験記録を打ち込んでいた冴悧が振り向いた。

「あ、藤島先生」

「ＰＣＲ、どうだった？」

冴悧も気にしていたらしい。せっかちに訊いてきた。祥子は首を振って、蛍光に浮かび上がったゲルのポラロイド写真を見せた。

「コントロールはきちんと出てるのね。ＰＣＲプローブに間違いはない。でも、教授の脳からは」

「ＰＣＲ、もう一度かけてみます。もしかしたら少しくらいは増幅されているかもしれませんから」

冴悧は黙ってうなずいた。少し顔色が悪い。

「藤島先生。何か……」

「あ。いいえ。このところ、いろいろとあったものだから」

「そうですねえ……」

感慨に浸りかけて、祥子は背筋を伸ばした。

「今から仕掛けます」

「まあ。夜中になるわよ」

「今日じゅうに結果見ないと、気になって眠れそうにありませんから」

「倉石先生らしいわね」

決めたらとことん追究する祥子の性格を冴悧は見抜いている。

「私、つき合ってあげられないけど」

祥子は笑顔でうなずいて、再びＰＣＲ用実験台のほうに足を向けた。

暗室の中、青白い蛍光だけが、そこにものがあることを示している。ゲルに反射された蛍光が祥子の姿を冷たく照らしていた。まるで透き通った氷結の美女のようだ。

事実、祥子は凍りついていた。阿山洋の脳からは何も検出されなかった。コントロールには、強い光を放つ鮮やかなＤＮＡバンドがはっきりと現れている。いく度、目を近づけても、あるべきＤＮＡバンドは見えなかった。方法論からしても、もはや検出限界以下とは言えなかった。

「ない……」

祥子はしばらく蛍光だけの暗室に佇んでいた。

「ない……。どういうことなの……」

冗談のように聞いていた乱風の言葉が、いや、何となく阿山洋が新型インフルエンザ以外のウイルスに倒されたなどと考えたくなくて、それでもどこかに教授がとんでもない陰謀に巻き込まれて殺害されたような、疑惑とも恐怖とも感じていた得体の知れない焦燥感。見えない何かが祥子の脳の中にも忍び込んできている……。

どこかで、ペールギュントの朝のメロディーが……次第に強くなり、消えた。と、また歌曲の調べが……。

「あ。乱風」

祥子は手早くゲルのポラロイド写真を撮り、蛍光を消して暗室の外に出た。祥子の机のあたりからペールギュントの朝がいつまでも流れていた。

「乱風！」

「よかった。何かあったのかと心配で、何度も鳴らしたんだよ」

「ごめん。ＰＣＲやってたの」

「こんな遅くまでか？　どうだったんだ？」

祥子は今日一日の経過を手短に話した。インフルエンザウイルスが出ないと聞いた途端に乱風の声が弾けた。

「出なかったのか!?」

祥子は携帯を頰と肩ではさみながら、ゲルを撮影したポラロイド写真を剝がした。

「なーんにもない」

「ムム……」

乱風の唸り声だ。

「コントロールは？」

「きっちり出ている」

しばらくの沈黙のあと、乱風の声がした。

「こいつは、大変なことになってきたな」

「新型インフルエンザじゃない、別のウイルスかもしれないって言ったの、乱風よ」

研究室に響くのは祥子の声だけだ。時計が日を変えようとしている。窓の外は真っ暗で、少し離れたところに見える民家の明かりが、いかにも侘しい。

「何が、何が教授を倒したのだ？　ウイルス脳炎の所見は間違いなかったんだろう」

「江藤先生は強毒性のウイルス脳炎として矛盾ないとおっしゃってた」

「強毒性のウイルスか。何が考えられる？」

「ウイルス脳炎の病理画像を見たときの感じじゃ、ヘルペス脳炎とか日本脳炎、西ナイル熱」

「とんでもないことになったな、これは」

乱風は唸りながら繰り返している。

「乱風が言ったとおりのことが。何がどうなってるの」

祥子は頭の中が熱くなってきた。

「わからない。だが、教授が自ら射ったワクチン、じゃないな、とにかく死ぬ二日前に射ったものが間違いなく原因だろうけど」

「教授が藤島先生に頼んで射ったのよ」

「そのあたり、藤島先生の言っていること、間違いないんだろうね。藤島先生が」

「藤島先生を疑ってるの!?」

「教授からワクチンを受けとって射った、という話、すべて」

「止めてよ、乱風。藤島先生が嘘を言っているとは思えないわ。第一、何のために藤島先生が阿山教授を」

「まあ、すべてを疑わなければならない商売だ」

「いくらなんでも」

「祥子。お腹立ちはごもっともだが、ここはひとつ冷静に」

祥子は携帯を握りしめた。一瞬に脳を冷やし、これまでの経過を辿る思考回路を、すばやく廻らせている。

「わかったわ。様子みてみる。でも、PCR出なかったことは知らせておかないと」

「よろしく。あ、いかん。日が変わった。今日は疲れただろう。早く帰って休んだほうがいい。それこそ新型インフルエンザにでもやられようものなら、踏んだり蹴ったりだ」

窓の外の暗闇が、急に疲労感を強くした。

「病原体が何か突き止める必要がでてきたな、こうなると」

「阿山先生の脳のPCR用検体が残っているから、思いつく限りのウイルス、調べてみる」

「あまり根をつめるなよ。ゆっくりでいい。このことは、しばらくは信用できる関係者のみに留めておいたほうがよさそうだ」

乱風は病原体研究所の中に、漠然とではあったが、きなくさい煙が立ち込めているのを感じていた。誰にも見えない、当事者以外には決してわからない疑惑の煙だった。

「藤島先生には、あとでメールしておく。あと、川崎准教授と病理の江藤先生にも伝えておいたほうがいいかな」

「ぎりぎり、そのあたりで留めておいたほうがいいだろう。病院病理なんか、あちらから問い合わせがあるまでは、何も言わないほうがいいんじゃないか。研究室の藤島先生と准教授は仕方がないだろうな。二人にも口止めしておいたほうがいい」

「そこまで……」

「妙な胸騒ぎがする。阿山教授が自らワクチンを射つことを知っているのは誰だ？　祥子たちが原因を追究しているのを知っているのは誰だ？」

「いま話した人たちくらいじゃないかしら。でも、どうしてそんなこと」

「阿山教授が、自分が開発製造したワクチン、普通なら間違えるはずがない。とすると、どこかで何かとすり替わったことが考えられる。それも激しい脳炎を起こすようなものだ。もちろん本人が間違えた可能性は残るよ。しかし、誰かの意思が働いたとしたら」

「教授を殺したい人物がいるとでも言うの」

身体を冷たい風が吹きぬけた。

「そう。まだ、何が何だか、五里霧中だがね。とにかく祥子、身辺には気をつけたほうがいい。研究所など、病原体の宝庫だ」

乱風の声が大きくなった。

「この話は今日はこれまでだ。早く帰ってお休み」

「頭が混乱して眠れそうにないわ」

緊張しているはずなのに、祥子は大きなあくびをした。

「ほうら。じゃあ、今夜はこれで、一、二、三だ。運転、気をつけて。変な輩（やから）にも要注意」

「そんな奴、ぶっ飛ばしてやるわよ」

あいた手が空間に向かって突き出された。祥子の「一、二の三っ」という声のあと、しばらくして研究室の明かりが消えた。

藤島冴悧はベッドの中で何度も寝返りをうっていた。

「眠れないのか」

男の声とともに、ベッドが少しばかり揺れた。

「あ、ごめんなさい。起こしちゃった」

「いや、俺も眠れなかったんだ」

「倉石先生がやった二回目のＰＣＲの結果、どうなったのか気になって」

「ＰＣＲのことはよくわからないけれど、もしそれで出なかったら」

「阿山先生は新型インフルエンザのワクチンで死んだのではない可能性が非常に濃厚に

なるわ」

「冴悧が責任を感じる必要もなくなるということだな」

冴悧は小さくうなずきながらも、怒った声で反論した。

「私の責任なんか、どうでもいい。万が一、ワクチンのせいでないとなると、いったい阿山先生に何が起こったのか」

「妹のことと何か関係があると思っているのか」

暗い寝室に目を開けていれば、ぼんやりと互いの顔がわかる。

「一度だけ阿山先生から聞いたことがある。これは前教授だったお父さまと二人で決めたことだと」

「ワクチンを新たに開発したときには、市場に出す前に、必ず自分たちの身体で安全性を確認する、ということだな」

「ええ。私が阿山先生の研究室に入ったとき、その年のインフルエンザワクチンを射ってくれと言われて、本当に驚いた。九月だった」

「まだワクチン接種がはじまる前だったんだよね」

「試し射ちだ、と。そこまでやらなくても、と心底驚いたのよ」

「阿山父子が自らの身体を張ってまでやる理由は何だ？」

「訊いたけれど、教えてはもらえなかった。ただ一言、これは医科学者としての責務ではなく、人間として当然のことだと」

　これまで何度も冴悧から聞かされたことだった。

「贖罪……かな……」

「阿山重光さんが病原体研究所の教授だったとき、あなたの妹さんをあのような目に遭わせたMワクチン事件が起こった。その罪滅ぼしに違いないと私たちは思っている。それこそ、人間として当然のことよ」

「そのような、ある意味、崇高な精神の持ち主である阿山洋教授が、本人が思っていたのとはまったく違ったワクチンで死んだかもしれない。いったい誰が何のために……」

　冴悧は暗がりに瞳を動かした。どこからの光か、瞳の動きが闇に光跡を残した。

「あのとき、ワクチン行政担当の政府関係者と、Mワクチンを製造販売した病原体研究所ワクチン製造部関係者のあいだに、何か取引があった。阿山重光教授がそこに絡んでいたのは間違いないと思うわ」

「俺たち、何度もこのことについて話をしたな。今、冴悧が言ったことが、俺たちが辿り着いた結論だ。ワクチンを強行した結果、思いがけず続出した被害者への贖罪……か。そうかもしれない。そうでないかもしれない。しかし、卑劣なワクチン行政を進めた張本人たちが、果たしてこのような殊勝な気持ちになれるものだろうか」

　冴悧は黙って、静かな呼吸をつづけている。

「阿山重光先生のことはよく知らない。でも洋先生とは三年間ご一緒させていただいた。これほど真摯で、研究にすべてをかけておられる先生、他にどのくらいいらっしゃるかしら。私利私欲というものをまったく感じなかったし、毎年の季節型インフルエンザワクチンで、報道はされなかったから一般の人は知らないけれど、相当の副作用が発生しているときも、いつも悲愴な顔をしていらした」

「その季節型も自分で射って試したんだろう。何もないのに、そんなに副作用が出るのか？」

「ワクチン、ほとんどの人は何事もなく免疫ができる。ワクチンの本来のあるべき姿よね。でも、どうしても副作用は起こる。その中で、死亡者とか悲惨な後遺症を残すような強い障害、当局から報告があるたびに、阿山教授は……」

　言葉を詰まらせた冴悧の横顔に、訝るような視線が向けられた。

「泣いておられたように思う」

「泣いていた！　そこまで、どうして」

「わからない。でも、私だって、あなたの妹さんと初めてお会いしたとき、涙が止まらなかった」

　男はうなずいて、冴悧の肩に手をまわしてきた。

「阿山洋教授はそういう方だったのかもしれない。冴悧がそう感じた教授は信じるとしても、お父さんのほうはわからないだろう」

「今度のお葬式で初めてお目にかかった。何となく気になる咳をしてらしたけれど、どのような方なのか、ご本人の性格までは」

「妹の人生を奪ったMワクチンを強行した当時、病原体研究所側の責任者の一人だった人物だ。普通に考えれば、ワクチンの欠陥を知りながら強行しつづけた、科学者の風上にもおけないやつということになる」

「でも、ご自身に新しく造ったワクチンを試すこと、阿山洋教授だけではなく、相前後してお父さんの重光先生もされていたのよ」

「それがわからん。ひとつ間違えば、自分の命がなくなるかもしれない、危険極まりない行為だ……」

長い吐息があった。

「阿山重光という人物……。少し心当たりがある。近づいてみるか」

それきり、二人は口をつぐんで、互いの思いを暗がりの中に漂わせていた。いつの間にか眠りに落ちた冴悧の脳細胞は、携帯に祥子からのメールが入ったことも知らず、朝まで活動を鎮めていた。

06 空白

臨床医ともなると、緊急呼び出しもあれば、眠れない当直もある。祥子の若い身体は四時間の睡眠で、たちまち生気を回復している。

夜明け近く、起床前の浅い眠りの中で、祥子の脳細胞はさまざまなウイルスの遺伝子を追いかけていた。GenBankという、これまでに解析された遺伝子の塩基配列が無償で閲覧できるシステムがある。いつでも誰でもインターネットでアクセスできる。最後の眠気を振り払った祥子は、急いで朝食をかき込み、たちまち化粧を施し、部屋を飛び出した。研究所に着きしだい遺伝子検索をかけるウイルスの一覧表は、運転中に頭の中で次々と埋められていく。

地球上に存在したありとあらゆる生命体、あるいはウイルスなど微生物の遺伝子解析を、世界中の科学者たちがこぞって推し進めている。新型インフルエンザもまた、ウイルス粒子が単離された途端に、たちまちのうちにウイルスを構成する八つの蛋白質遺伝子の塩基配列が丸裸にされた。と同時に、過去のインフルエンザウイルスと比較検討され、病原性、毒性予測が立てられる。

一方で、ウイルスが単離同定されて、おなじみの電子顕微鏡写真が新聞紙面上で人々の目に触れるころには、国家プロジェクトとして弱毒化ワクチン製造ラインが走りはじめている。脅威の病原体、新型インフルエンザに感染した患者が死亡……連日のメディア報道で充分な恐怖を植えつけられた国民の、いや世界人類の不安をできるだけ早く取り除いてあげなければならない……と・誰かが・考えて・いる。

ワクチン今や遅し……人々は首を長く伸ばし、鼻をヒクつかせて、我先にワクチンを受けようとしている。十月の中ごろからワクチン接種開始と発表されても、どうしてそんなに待たせるのだ、ワクチンが足りないとはどういうことだ、優先順位をつけるとは不公平だ、などなど巷に不平不満が溢れ漂う。

ワクチン製造には厳密な工程と時間が必要で、半年はかかる。普段から製造工場を整備しておかないと、いざというとき安定供給に間に合わない。それでも製造に取りかかってから六カ月はかかると認識すべきで、遅いと非難するのは無知かつ理不尽である。

ところで、優先順位をつけるのは医学的根拠からではない。他に意味がある。待つだけ待たせて、何とか射ってほしいという気持ちを維持させ強くさせるのだ。大衆心理をしかるべき方向に操っておけば、ワクチンは造れば造るだけ消費される。一昨年のように季節型インフルエンザが思ったほど流行らず、用意したワクチンが余ってしまって在庫が溢れるような、収支が合わない下手なワクチン行政をやっていては話にならない……と・誰かが・考えて・いる。

国あるいは製薬会社、ワクチン製造元としては、一日でも早く国民の期待に応えたい……と・表面上・誰かが・考えて・いる。

それこそ、今回のインフルエンザが当初の予想どおりスペイン風邪並みの死者を生むような強毒性のものであったなら、足りないワクチンに、恐怖にかられた人民による暴動が起こるに違いない。しかし、現実は違う。

今回のインフルエンザウイルスは、人類にとって真の意味での新型ではない。これまでに遭遇したことのない、まったく未知の病原体ではないのだ。ほとんどの人が免疫を多少なりとも持っていたようで、毒性が低いのも、人間が充分対応可能だったためと考えられる。

日ごと死者の報道があり、もはや全国、学級閉鎖をしない学校がないほどに蔓延したインフルエンザ、にもかかわらず、さほどのことがないと感じたのか、昨今マスクをする人などちらほらとしか見られない、街は人でごった返している。

不幸な死者がたしかに数を増してきている。ウイルスの毒性には免疫が不充分な人を倒すだけのものが間違いなくある。もっとも季節型でも毎年同様の死者が出ているのだが、なぜか今回はやたらと死亡事例がメディアに載る。

まだまだ国民に、新型インフルエンザは恐ろしい病気だということを忘れさせてはならない、ワクチンを受けなければならないと思わせておかなければ……と・誰かが・考えて・いる。

そのうちにインフルエンザの流行が下火になれば、ワクチンの必要性もなくなるから、今のうちに生産のピッチを上げ、できるだけ供給しなければいけない……次のインフルエンザは今回と同じ型のものかどうか未知数だから、今回製造したワクチンは余すことなく消費しなければならない。

祥子が脳炎ウイルス一覧作成で思考回路をフル回転させた頭を傾けながら愛車を滑り込ませた駐車場。北側に窓明かりを灯す低い建物、ここ病原体研究所ワクチン製造販売部でも気合が入っている。

まだ八時前だというのに、橋本国男（はしもとくにお）ワクチン製造販売部教授が電話器を握りしめて、相手の質問に答えていた。ときに自分の口唇が送話口に触れて、冷え切った唾液の雫（しずく）に不快感を覚えながらも、まもなく出荷販売にこぎつけるところまで完成してきた新型インフルエンザワクチンに、腹の中で何回も喝采を上げていた。

「ワクチン研究開発でリーダーシップをとっておられた阿山教授が急逝されたことは、こちらとしては大きな痛手ではございますが、ワクチンは出来上がっております。阿山先生が亡くなられた先週木曜日あたりには、サンプルも完成しており、安全性は動物実験で確認されております」

では、近日中に供給可能ですな、と受話口に聞こえた。

「間違いなく。今回のワクチン製造は、供給されたウイルス株の関係から、関東のＫ研究所に先を越されましたが、そろそろ一カ月」

今日明日と二日間、国産ワクチンの安全性検討会が開催されます、と橋本の耳に届いた。

「としますと、週末にでも発表されますか」

相手がうなずく気配が伝わってきた。

「万が一にも、まずい結果が公表されたら」

その心配はない、と即座に打ち消す声があった。

「それなら、よろしいのですが。当方のワクチンは来週早々にも出荷可能ですので」

出荷時期にワクチンに不都合な報道が出ると、確実に使用状況に影響が出る。商売に響く、とは橋本の口からは決して出ないが、腹の底では算盤（そろばん）を弾いている。

横を通り過ぎた建物の中でそのような会話が交わされているとは露知らず、相変わらず冷たい壁の廊下を祥子は研究室に急いでいた。

祥子が自席でコンピュータを立ち上げて、ウイルス遺伝子をデータバンクの中に検索しはじめたとき、研究室のドアが弾けるように開いた。

「倉石先生！　出なかったのね！」

「メールご覧になりましたか」

「ごめんなさい。夕べは早く寝てしまって。今朝、気がついた。出なかったのね」

冴悧は二度同じ言葉で確認した。

「これです」

祥子はパソコンの横に置いておいたゲルの蛍光写真を手渡した。

「全然、出ない？」

「ええ。まったく。ですから、これから、脳炎を起こすウイルス、考えられる限りPCRで調べてみようと思って」

細かいアルファベットがぎっしりと整列しているコンピュータ画面に視線を流しながら、祥子は冴悧が芝居をしている可能性を完全に消去した。

冴悧は真剣な顔を近づけて、書かれたウイルスの名前をすばやく読み取っている。

「日本脳炎ウイルスね」

小文字のaとtとgとcの四文字だけを数珠のように連ねた文字配列。英語の文章として読んでも何の意味もない暗号もどきのものなのだが、自然現象として読めば、立派な意味を持つ。ウイルスを構築する蛋白質を表す重要な文章なのである。

「阿山先生の脳全体に見られた点状出血、たしかに日本脳炎なら……」

「でも、いまどき日本脳炎なんて。流行もありませんし」

「そうね。このところ患者さん、年に数人しか出ていないんじゃなかったかしら」

「日本では予防接種で患者さんが劇的に減ったと習いましたが」

「これまでの製造方法を変えて、今年になって新しいワクチンが開発されているわ。まだまだ東南アジアとかでは、毎年万を超える人が犠牲になっている。しばらく予防接種が中断された時期があるから、免疫がない子どもたちの間では日本でも流行する危険性があるわ」

「日本脳炎に罹ったら死亡率が高いし、後遺障害が悲惨な脳症ですから、こちらの予防接種は絶対に必要でしょうね」

「でもね、以前のワクチン接種と急性散在性脳脊髄炎との因果関係が認められて、二〇〇五年に中止されたの。ようやく新しいワクチン、というところね。それでも、充分に注意しないと」

話しながら、祥子は日本脳炎ウイルスの遺伝子塩基配列をすべてプリントアウトした。

「次は何？」

「単純ヘルペス」

「なるほどね。ねえ、倉石先生、遺伝子検索しながらでいいから、少し話できる？」

祥子は画面に視線を固定したまま答えた。

「ええ、いいですよ」

「阿山教授の脳が新型インフルエンザのワクチンでやられたわけではないということは、じゃあ私が教授から受け取ったワクチンのバイアル、何が入っていたのかしら。別のものが入っていたに違いない」

「別のもの……ですか」

冴悧のすべてを感じとろうとしながら、祥子は表情を変えずに画面の文字を目で追っている。冴悧の言葉を反復して、先を促した。

「そうとでも考えないと。先生がこんな激しい脳炎を起こすようなウイルスに感染していたとも思えないし」

「でも、単純ヘルペスなんか、単発でも発症しますよ。当直病院で患者さんを診たことがあります。まだ若い看護師さんだった。最初は原因がわかりませんでした。死亡して解剖の結果、単純ヘルペス脳炎だとわかったのです。もしかしたら教授も、いつの間にか感染していて」

言いながら、祥子自身、まったく否定する気になっている。

「倉石先生。本当にそう思ってらっしゃるの」

心の中を見抜かれたようで、祥子は思わず冴悧に視線を動かした。

「そうじゃない、と顔に書いてあるわ」

冴悧の身体が祥子に触れるくらいに近づいた。

「私ね」

研究室には二人のほかに誰もいない。それでも他人に聞かれたら困るような、微かな声が冴悧の口から出てきた。

「阿山先生、誰かに殺されたのではないか、と思ってる」

今しもキーボードを叩いて、次のウイルス名を入れようとしていた祥子の指が滑った。冴悧の右手の人差し指が唇に当たっている。小さくうなずいたのは、祥子に声をあげさせないためのようだ。

「私が阿山先生の研究室を選んだのは、いえ、小児科の教授から研究をやるよう指示が出たとき、即座にこの病原体研究所を選んだのには理由があるのよ」

祥子がパソコン画面から離れそうになったので、冴悧は言った。

「いいから、ウイルス遺伝子の検索をつづけて。まだ、詳しくは話せないけど、少しこの研究所の過去のことを知りたかったの」

「過去？」

嫌な予感がした。祥子は画面の遺伝子検索に集中しようとする自分を、自らの別の意思が引き裂こうとしているのを強烈に感じていた。かろうじて、顔は正面を向いていて、たった今、画面に現れた西ナイル熱ウイルスの遺伝子に目だけは行っている……。

祥子はこのあとのウイルス遺伝子検索を機械的に行うことに決めた。

手と目の運動は脳細胞の一部を使うだけでできる。だが、冴悧の話を完璧に理解し解釈しようとすると、それこそ全脳細胞を駆使しても足りないかもしれない……。

「そう。阿山先生のお父さん、阿山重光教授がなさったお仕事、あるワクチンがらみの大事業……」

揶揄しているような響きが冴悧の声にあった。

「そして、病原体研究所ワクチン製造販売部の本当の顔」

「本当の顔って、藤島先生、どういう意味ですか」

「表に出ない、本当の顔よ」

もはや予感ではなく、たしかに祥子の体に嫌な感覚が満ちはじめていた。

「倉石先生には初めて話すことだけど、私、ある男性と一緒に住んでいるの」

「まあ。ドクターですか」

祥子は冴悧の指を確認したが、何もなかった。

「いいえ。普通のサラリーマンよ。彼の妹さん、Mワクチンの犠牲者なの」

「ええっ！」

冴悧がまた人差し指を唇にあてた。

指を離してうなずいた冴悧の目に冷たい怒りの炎が上がったように思えたのは、錯覚か……。……乱風……。

「え。何かおっしゃった？」

「あ、いえ。どうぞ、先生」

祥子は冴悧につづきを促した。脳裏には、小学校時代の友人、田村真奈美（たむらまなみ）の姿が浮かんでいる。

「妹さん、重い脳の障害を残している」

自然に冴悧の目蓋が強く閉じてしまった。目を開けたとき、間違いなく睫毛（まつげ）に冷たい雫がついていた。

「裁判にもなって」

祥子は黙って先を促した。

「裁判で裁かれたのは、国とか研究所とか、この手の予防接種禍にお定まりの、わけのわからない組織だけ」

「藤島先生……」

「ワクチンを造り、ワクチン投与を決めたのは、国という組織でもなければ、研究所という建物でも何でもない。人間よ。そこにいた人間たちよ」

冴悧の声は小さいまま、強烈なエネルギーを含んで、祥子の耳に届いている。

「藤島先生。私の」

乱風のことを言いかけて、冴悧がつづけるのに阻まれた。

「阿山教授、いや前教授が、当時のワクチン行政に深くかかわっていたことがわかった」

「教授のお父さまですよね」

「そのころのことが知りたくて、私は阿山洋教授の研究室に入れてもらったのよ」

祥子はあらためて冴悧の顔をしげしげと見つめた。冴悧の瞳に浮かぶ光の意味を読み取ろうとしたが、拒絶されているように思えた。

「何かわかりましたか」

「私がここに来て三年間、機会があるごとに教授にかつてのMワクチン事件のことを尋ねたのよ。教授はそのたびに悲愴な顔をされて、多くは語ってはくださらなかった。ただ、行政側に暴走を歯止めするいくぶんかの手段は講じてある、とおっしゃった。そのうえで、自らワクチンを試すのは、人間としての責任だとおっしゃった」

「歯止めの手段？　人間としての責任？　それは……」

「それ以上は、いつも口をつぐんでしまわれた。行政に対して何をなさっているのか、まったくわからない。でもね、教授――洋先生のほうね――、私利私欲のない、崇高な科学者と呼ぶに相応しい方だと私は思ってる」

祥子はうなずいた。短いつき合いだったが、日常接する阿山洋からは邪念のひとつも感じることがなかった。

「でも、藤島先生が知りたかったのは、お父さまのほうでしょう」

「ええ。厚生省が主催するワクチン関係の委員会に長いあいだ関わっていた」

しばらく沈黙があった。

「さっき、私、阿山教授が殺されたかもしれないって言ったでしょう。私が教授から受け取って射ったワクチン、倉石先生の実験から新型インフルエンザではないことがわかった」

祥子は硬い表情のまま、強くうなずいた。コンピュータの画面には先ほどから、脳を溶かす恐怖のウイルスとまでセンセーショナルに報道された西ナイル熱ウイルスの遺伝子が表示されたままだ。突然画面が消えて、黒い背景に小さな粒子がひろがり、画面の端に当たって一斉に弾けた。スクリーンセイバー画面に変わったのだ。

「あのバイアルには、強毒性のウイルスが入っていたに違いない」

推理を進めた冴悧の手が祥子の手をつかんだ。

「バイアルは捨ててしまった。探したんだけど、清掃業者が持っていったあとだった。倉石先生、突き止めて。必ず、ウイルスを突き止めて」

「わ、わかりました」

握られた手が痛んだ。祥子は静かに冴悧の手をほどいた。

「でも、誰が、誰が阿山教授を殺すんです？」

きなくさい臭いが祥子の頭蓋内に立ち込めている。冴悧は祥子から離した手に拳をつくった。

「ワクチン製造販売部」

きなくさい煙の中に、ときどき炎があがる。

「当時のトップは芹沢忠継（せりざわただつぐ）という人物。もちろん教授よ」

祥子には初めて耳にする名前だった。分厚い『病原体研究所史』なる書物が、研究所図書室の書架に並んでいるのを見たことがあるが、読む気にはならなかった。研究所の歴史は、日本の科学史に燦然（さんぜん）と輝いている。世界的に評価の高い研究がつづけられた記録である。

こういった記録からは、歴史の影、裏によどむ汚点ともいうべき時間は省かれるのが常である。記憶から消してしまいたい事実は、どこかに何らかの形で残されているとしても、未来永劫、日の目を見ないところに隠されてしまっている。

「今は橋本国男教授」

冴悧の視線が研究室の壁を通して、ワクチン製造販売部のほうに投げられた。

「阿山洋教授はしばしば、この橋本教授と衝突していたのよ」

「ワクチンのことで……すよね」

「一人は潔癖極まりない教授、もう一人はどちらかというと研究より商売をする部門の長」

何となく冴悧の言いたいことが、祥子の漠然とした疑惑と一致している。

「新型インフルエンザが三千億円の事業と言ったのは、倉石先生、あなたよ」

祥子は橋本教授と会ったことはない。

「橋本教授ね、何度か研究発表会で見たことがあるけど、話を聞いていると、あの人は科学者じゃない、商売人よ。そもそも、ワクチン製造販売部の教授は、行政からの派遣、あちら側の人間よ」

「え？　教授選で選ばれたんじゃ」

「ないわ。一応、教授選考会は開かれるようだけれど、すでに決まっている人間を報告承認するだけ、と聞いている。人事権はここにはない」

「他の部門もですか？」

「まさか。阿山先生をはじめ、他の研究部門は、きちんとした研究実績のある優秀な方が、正規の教授選で選ばれる」

過去に国民を震撼させた予防接種Mワクチン禍事件……。起こるべくして起こった構造が、なんとなく祥子には理解できるような気がした。

「ですが、そうだとしても、阿山先生を」

「阿山教授が、いま製造中の新型インフルエンザワクチンに決定的な欠陥を見つけたとしたら？　ワクチンが使えないほどの欠点が見つかったとしたら。間違いなく、世に出るのが遅れる。インフルエンザの流行が過ぎてしまえば、ワクチンなんて、ただの水よ。製造にかかった金と時間がすべてパァよ」

「まさか、そんな欠陥のあるワクチンを、阿山先生を殺してまで売り出そうと。その欠陥ワクチンで阿山教授は……」

「それはない、と思うわ。インフルエンザワクチン、欠陥があったとしても、射てば死ぬなんて激烈なもののはずはない。さすがに、そんなもの、世に出せないでしょう。そこまでの毒性はなくとも、不幸な犠牲者が多数出る危険性を秘めたワクチン」

「そ、そんなものが……」

「それくらいやりかねない……と私は思っている」

祥子は顔から血の気が引いていくのを感じた。

「あ、あの」

いつの間にか、妙な方向に話が流れて、しかもとんでもない推理を冴悧の口から聞くことになった。祥子は思考回路を整理した。最初の疑問にまだ答えがない。

「先生が一緒に住んでおられる方の妹さんがＭワクチン禍事件の犠牲者で、それに阿山教授のお父さまが絡んでいるというお話でしたが」

「ワクチン製造販売部のことを話したのは、阿山重光教授の時代から、いま話したことと同じようなことが行われていたに違いないからよ」

「外国で中止されていたにもかかわらず、日本でMワクチンを強行したことですか」

冴俐ははっきりとうなずいた。

「阿山重光教授。初めは、Mワクチンの欠陥を知りながら見て見ぬふりをした、とんでもない奴と思ったんだけど」

冴俐は唇を噛んだ。

「阿山洋教授から聞かされた。新しいワクチンを造ったときには、お父さんのほうも必ずご自身に射たれたそうよ」

「ええっ！　お父さんのほうも」

祥子は妙な咳を繰り返しながら、息子の告別式に参列していた阿山重光の姿を思い浮かべている。呼吸器専門医としては、非常に気になる咳だ。

「今回のものは？」

「それは、わからない。阿山教授があんなことになられて、お父さんも射たれていたのかどうか」

「もし射たれていたとして、重光先生には何も起こっていないとしたら、阿山洋教授が激しい脳炎を起こすウイルスらしきものを射った、そこに誰かの意図が働いた可能性がとても高くなる。いや、可能性どころか、確実になる」
得体の知れない悪意が急に研究室を満たしてきたようで、祥子は体が押し潰されるよ
うな気がした。
思いがけない話を聞かされた祥子は、冴悧の中に激しい復讐心のようなものが燃えて
いるのを感じていた。
冴悧は最後に言った。
「当初は阿山重光や芹沢忠継ら病原体研究所の教授たちにも、ワクチン行政を進めた厚
生省の担当者同様の責任があると思った。芹沢教授は私立W医大の学長になっている。
どんな人物かはよくわからない。阿山重光のほうは自分の体でワクチンの安全性を確か
めている。いつごろから自分自身を人体実験に使うようになったのかは知らない。でも、
人間、なかなかそこまでやれない。私の彼は、贖罪じゃないかと言った。罪滅ぼし。自
分たちが関係したワクチンで多数の犠牲者を出した罪滅ぼし」
冴悧はそのあとを語らなかった。少し疲れた顔に小さな笑みを浮かべると、腰をあげ
た。
「これから実験に行かなくちゃ。倉石先生。とにかく、教授を倒したウイルス、突き止
めて」

それだけ言い残して冴悧は研究室を出て行った。

気を取り直した祥子は機械的に指を動かしてウイルス遺伝子の検索をしながら、冴悧の言葉を反芻(はんすう)していた。


研究室のドアに人の気配があった。

「倉石先生、いらっしゃいますか」

秘書の村岡佐和子の声だった。祥子の返事に、佐和子が言った。

「お客さんですよ。阿山教授のお父さま」

「え？　はい」

コンピュータ画面をそのままに、祥子は急いで立ち上がった。乾いた咳がした。咳とともに老人の姿が机の向こうに現れた。

「ああ、あなたが倉石先生。息子の葬儀には」

阿山重光は祥子の顔を覚えていたようだ。その節はどうも、と軽く頭を下げながら、迎え出た祥子に近寄ってきた。

近くで見ると、さすがに親子であった。死亡した教授とそっくりの顔つきだ。頭髪が少なく白いことと顔に刻み込まれた皺が深く多いことを除けば、父子と見間違うことはないだろう。

「このたびは、先生、あのようなことになられて」

祥子は空いた椅子を勧めながら、腰を折った。

「息子が急に亡くなり、研究室のあなた方には苦労をおかけします」

今度は重光が上半身を傾けた。指導者がいなくなり、何かと研究に支障をきたすことを詫びたようだ。

「今日、こちらにお伺いしたのは」

咳が出て、重光の言葉が途切れた。

「申しわけありませんな。このところ、咳が止まらなくて」

「検査は？」

きわめて疑わしい咳である。乾いた、かすれるような咳だ。重光は白髪頭を縦に動かした。

「それより、こちらに来る前に、大学病院に寄ってきましてな。病理の江藤准教授に会ってきました」

「は？　病理ですか？」

検査に行ったのではなかった。

「息子が病理解剖されたことを嫁から聞いておりましたものでね、どのような具合だったか、尋ねにいったのです」

「私も解剖を見させていただきました」

　重光はうなずきながら祥子の顔をじっと見た。

「江藤先生の所見では、脳のいたるところに出血が点状に散らばり、強毒性のウイルス脳炎に違いないだろうと」

「その原因が、息子が死ぬ二日前に射った、今年の新型インフルエンザワクチンではないかということですな」

「それが……」

「江藤准教授があなたともう一人、藤島という方の名前を教えてくれました。息子のところで研究している女医さんだと。ウイルスの解析をあなた方に任せたことを聞かされましたので、こちらに伺ったのです。江藤先生はあなた方から連絡がないから、結果はまだなのだろうとおっしゃっていたが、どのあたりまで進んでおりますか」

「その前に、お訊きしたいことがあります」

　若い女医に話の腰を折られた重光は、いささか驚いたように体を動かした。目蓋が不快そうに細かく震えた。

「阿山先生は新しいワクチンを造る度に、ご自身の体を使って、安全性を確かめられていた。今回も同じです。ワクチンを先生から言われて射ったのが藤島先生です。藤島先生は小児科医です」

「うむ……」

皺だらけの首筋にくっきりと浮かんだ喉仏がごくりと音を立てて上下に動いて、途端に重光は咳き込んだ。激しい咳が、背中を丸めて横を向いた痩せた体を揺るがした。

「先生。告別式のときにも、けっこう咳をされてましたね。本当に検査のほう……」

嚥下障害がある……喉をつくる筋肉組織に不具合があるから、飲み込んだ唾液が食道に流れず、気管のほうに入ってしまう。

原因は……。祥子の診断は最悪の疾患名をはじきだしている。

何か薬を飲んでいるかとまでは訊かなかった。通常の咳止めでごまかせるような病態ではない。

「いや、失礼した。何とも、ところかまわず出ますのでな」

言いながらも咳を繰り返す重光の唇の色が悪い。

「で、お訊きになりたいことというのは」

「先生も、新型インフルエンザワクチンを射たれましたか。いえ、すでに施行されているワクチンではなくて、今回息子さんが使われたのと同じワクチンのことですが」

重光の目が大きく見開かれた。

「どうして、そのことを知っている。私までがワクチンを射っていることを」

「藤島先生が、阿山教授から聞かされていたのです」

重光は大きくうなずいた。

「私たちは新しいワクチンを造るたびに、自分にまず射ってみて、安全性を確認することにしている」

祥子は評価を避けた。

「それで、今回も、ですね」

阿山はゆっくりとうなずいた。

「何も起こらなかったのですね」

再び重光は首を縦に振った。

「息子から先週の日曜日にもらって、自分で射った。何事も起こらなかった」

「教授が倒れられたのが木曜日。藤島先生が教授に頼まれて注射したのは火曜日です。お父さんのほうが何も起こらず……」

「息子は激しい脳炎で死んだ」

「それだけでも、別のもの、同じ新型インフルエンザワクチンではないものだと思われます」

祥子はデスクの引き出しをあけて、昨日のＰＣＲの写真を探した。

「これをご覧ください」

重光は訝しげな顔をして、ポラロイド写真を受け取った。

「解剖のときに江藤先生からいただいた阿山教授の脳です。新型インフルエンザウイルスをＰＣＲで検索したものです」

祥子は指を伸ばして、老人の手の中の写真を指し示した。

「これがマーカー、次の列三列が、新型インフルエンザウイルスを何段階かの濃度に分けたものです」

三列にはくっきりとＰＣＲで増幅されたＤＮＡバンドが現れている。

「息子の脳は」

「次の三列です」

まったく光っていなかった。

「何もない……」

「ええ」

祥子はうなずいた。

「ご存じでしょうが、一回のＰＣＲでは検出されない可能性もありますので、さらに感度を高めて二回ＰＣＲをしてあります。結果がこれです」

重光はもう一度ポラロイド写真に目を凝らし、視線を祥子に戻して、ホッとため息をついた。が、たちまち、重光の顔が苦渋の色に覆われた。

「息子は、息子はいったい何を注射したのだ。いったい、これは……」

祥子は午前中に病原体について冴悧と話し合ったことを重光に伝えた。もちろん、阿山が殺されたかもしれないという冴悧の疑惑までは口にはできなかった。

話しているあいだに、重光の顔色がさらに悪くなっていった。皺にはさまれた眼球が大きく飛び出している。

「ま、まさか……」

重光がつぶやいたように思えた。祥子が訝しげな表情で覗き込んでいるのに気づくと、老人は唇を震わせながら言った。

「い、いや……。先を、先をつづけてください」

「は、はい」

祥子はパソコンの前にあるウイルスの一覧を手に取った。

「ワクチンとは無関係に、他の脳炎ウイルスに感染していた可能性があります。ここに書き出したウイルスは、激しい脳炎を起こすものばかりです。これらの遺伝子、午前中いっぱいを使って検索しました」

パソコンの横にプリントアウトされたウイルス遺伝子の塩基配列が積み重なっていた。

「これから、それぞれのＰＣＲ用プローブを造って、何が阿山教授の脳に感染していたか調べるつもりです」

「その表を見せてくださらんか」

重光はウイルス一覧表を眺めて、静かにうなずいた。

「よく調べておられる。息子は優秀な弟子を持ったようだ」

一覧表を祥子に返しながら重光は満足そうに笑みを浮かべたが、また激しい咳がはじまった。乾いた咳だった。

「だ、大丈夫ですか」

背をさすろうと近づいた祥子を遮るように、重光は手を伸ばした。

「あ、い、いや」

ゴホゴホ……ゴホゴホ……。

「ふうっ！」

咳がつづくと体力を消耗する。重光は肩で息をしていた。

「先生。私、呼吸器が専門です」

驚いたように重光の顔が上がった。

「私、こちらの研究所に来るまでは、O大学の呼吸器診療研究部門にいました」

「ほう」

「大学病院のほう、ご紹介いたしましょうか」

重光は唇に笑みを浮かべた。

「これは奇遇です。私は今、あなたがおっしゃったところで検査を受けたのです」

「えっ!?」

「先週、息子が死んだ日、おたくのところで気管支鏡検査を受けていたのです」

「まあ」

「佐治川教授に診ていただいております」

「佐治川先生は私の上司です」

「これはこれは。心強いことです」

祥子は頭の中で時間を計算している。先週の木曜日に気管支鏡の検査を受けた、ということは……。

「明日、佐治川教授の診察を受けます。気管支鏡の結果を伺う予定です」

阿山の淡々とした口ぶりが、かえって祥子の気持ちを重くしている。また、ひとしきり阿山が咳き込んだ。

「どうも、いけませんな。そろそろ退散いたしましょう。息子の死因が何であるか、少なくとも新型インフルエンザではないということははっきりしている。ともかく倉石先生、原因を突き止めてください。お願いしておきます」

祥子は感じた疑惑を訊いてみることにした。

「先ほど、何か、洋先生が亡くなられたことで、お気づきのことがあるようにお見受けしましたが」

「あ、いや。気にせんでください。ともかく、息子の死因を解明してください」

阿山重光は立ち上がって頭を下げた。

「わかりました。先生もお大事になさってください」

「ああ、ありがとう」

重光は祥子の目をじっと覗き込むと、ニコリと笑みを浮かべた。顔色はもとに戻っていた。

先に立って研究室のドアに向かう老人の背中を見ながら、祥子は肺を透視しているような気分になっている。どこかに大きな翳りがある……。

祥子の脳細胞が別の動きをした。

「阿山先生。先生が、いえ、洋教授も、ご自身のお体を使ってまで、ワクチンの安全性を確かめられるのは、どうしてですか」

老人の脚がよろめいた。答えはなかった。

「過去にワクチンが引き起こした大きな健康被害と関係があるのですか」

阿山が歩みを止めた。祥子は背中にぶつかりそうになった。

振り返った老人の顔が……鬼のように見えた。

07 告知

祥子は阿山重光を送り出したあと、急いで佐治川教授室に電話をかけた。多忙な教授のことだ。部屋にいるかどうか。今日は診察日でもなく、教授会の曜日でもない。ラッキー、と祥子は胸の中で声をあげた。電話を取り次いだ秘書には聞こえない。

「おお、祥子くん。どうしたんだ」

佐治川の声が嬉しそうだ。このごろ、佐治川は倉石先生とか倉石くんとは呼ばない。祥子くん、である。

「研究のほう、うまくいっているか。指導教授の阿山先生があのようなことになって、研究室の中もすったもんだだろうが」

「いろいろとご心配かけてすみません。でも、川崎准教授のご指導もいただけますから何とか」

「そうか。それはよかった。で、何か用か？」

「先ほど、阿山教授のお父さん、前の教授が来られました」

「阿山重光さんが？　何の用だ？」

「洋先生の死因をお尋ねになりました」

「死因？　江藤先生からは、強毒性のウイルス脳炎のようだとは聞いているが」

祥子はこれまでの経緯を簡単に説明した。佐治川は無言で聞いている。いつもなら、何かと口を挟んでくる佐治川にしては珍しい。さすがの大教授も驚いて声が出ない。

祥子がひととおり話し終えると、佐治川が待っていたように口を開いた。

「新型インフルエンザでなければ、何による脳炎だ」

「いま、ＰＣＲでウイルス検索をはじめたばかりです」

「それにしても、何か妙だな。バイアルに何か細工が？」

佐治川の声がくぐもった。

「弱毒化ウイルスとはいえ、ワクチンごときでは、それほどの毒性があるとは思えん」

それ以上を佐治川は声にしなかった。

「それより」

祥子は佐治川に電話した肝心のことを尋ねた。

「阿山教授、重光先生のことですが、先生の外来を受診されているそうですね」

「ああ。本人から聞いたのか」

「はい。ひどい咳でした。告別式のときにも、今日も。先週、気管支鏡の検査を受けられたと伺いました」

「気管支鏡をするまでもない」

佐治川は怒ったような声で、断定的に言った。

「やはり、肺癌ですか？」

「間違いないよ。症状から見ても、ひと目でわかる。ＣＴでも典型的な画像だ。頸部リンパ節転移もある。声がしゃがれていただろう」

祥子は自分の診断に自信を持った。

「明日、先生の診察を受けられるとおっしゃってましたが」

「そうだ。明日、告知しなければならない。気管支鏡の細胞に腺癌が出ているのを確認した」

「腺癌……ですか」

「相当に進行している。入院治療を勧めるつもりだ」

「ご自身で、おわかりにならないのでしょうか？　早く治療しないと」

佐治川はそのあと、いろいろと祥子の近況――といっても二カ月前までは教授のもとで患者を診ていたのだが――を訊いてきた。

「教授、お約束の方がお見えです」と電話の向こうで秘書の声が響いたのを機に、祥子は電話を切った。

藤島冴悧は午後から姿を見せなかった。動物実験棟にでも詰めているのだろう。阿山重光がやってきたことを知らせたかったが、その日はついに冴悧とは会えずじまいだった。

祥子は阿山の脳に検索するウイルスのPCR用プローブをすべて設定し発注した。それなりの費用がかかる。川崎准教授の許可を得てのことであった。

時計の針は八時近くを指していた。祥子は自分の研究実験が今日はまったく行えなかったことにため息をつくと、パソコンの電源を落とした。これから実験をはじめても中途半端になる。

バッグを手に、祥子は研究室をあとにした。

「肺癌ですか。やはり」

佐治川の前で阿山重光は平然とした顔で告知を受けた。乾いた咳をいくつかつづけたあと、急に静かになった診察室が、妙に異質な空間を構成した。

「これまでの診察結果と画像所見を合わせますと、縦隔と頸部リンパ節へはすでに病勢がおよんでいると思われます」

重光の右手が痩せて皺だらけの首にあてがわれた。指が微妙な動きを示した。リンパ節を探っているのだろう。停止した指……佐治川の視線も止まった。あの指の下あたりに、佐治川も肺癌が転移していると判断したリンパ節がある……。

「あと、どのくらい、もちますか」

重光は余計な質問をすることなく、かすれた声で訊いてきた。

「すぐにでも入院して、治療をはじめましょう」

「手術ですか」

「いえ。薬剤が適当かと」

「それは、手術ができないほど進行しているということですか」

「先ほども申しあげたとおり、縦隔と頸部リンパ節への転移が疑われます」

相手は基礎医学者とはいえ、医師免許を持った人物である。臨床の知識には乏しいかもしれないが、妙な隠し立ては無用と佐治川は考えた。

「手術で採りきれません」

パソコン画面だけでは足りず、旧式のシャウカステンにまで並べられた画像に、阿山重光は何となく視線を這わせていたが、佐治川に向かって居住まいを正した。

「入院治療ではなく、通院ではできませんか」

「通院、ですか」

「口から服めるお薬があると聞いておりますが」

「あることはありますが、入院で集中的に治療したほうが得策かと思います」

「経口薬で通院治療した場合、どの程度、もちますか」

阿山は上半身を近づけながら、同じ質問を繰り返してきた。佐治川は余命の告知を躊躇(ためら)っている。

「三カ月ですか、半年？　一年もちますか」

この病状では、一年はむずかしい……阿山の声に誘われたように佐治川の口が開いた。

「半年……ほどでしょうか」

患者の背筋が伸びた。

「半年ですね。半年といっても、まともに動けるのは三、四カ月くらいですか」

また激しい咳が出た。

「阿山先生。そのおかげんでは」

「いや。強い抗癌剤での治療をやったところで、半年の余命が一年、いや、それ以上に延びるとも思えません。私には今の私の状態がよくわかっている。強い抗癌剤を体に入れれば、さらに体力が落ちることは目に見えている」

老教授の顔に苦痛の色が走った。

「どこか痛むところでもございますか。必要ならば、鎮痛剤をお出しいたしますが」

佐治川は鎮痛とともに鎮咳作用も期待できる麻薬を処方するつもりだ。

「いや、痛みはありません。が、お薬はいただきましょう。それと、抗癌剤も」

「先生。どうしても入院されませんか」

　佐治川は阿山の固い決意を感じながらも、どこかで患者が突然倒れ、手の施しようもなく屍になる光景を想像して、再度勧めてみたが、重光は首を強く横に振った。

「まだ、少々やり残したことがあるのです。息子があのようなことになり、私までこのような状態だ。残された時間で、私の人生をきちんと締めくくらねばならないのです」

　死病を告知された人間の最後の意思、となれば、それを封じてしまう入院治療をこれ以上無理強いするわけにはいかなかった。

　佐治川としても、強烈な抗癌剤を用いた治療が格段の効果をもたらすという確信はなかった。病魔が蝕(むしば)んだ身体が抗癌剤の毒性に耐えられなければ、治療どころか死期を早めることになりかねない。

「わかりました。それでは先生、二週ごとに診察の予約を入れておきます。お辛くなるようでしたら、いつでもお知らせください。このことは、どなたかご家族に、お話しを」

「いや。家内は三年前に亡くなりました。私は一人で暮らしております。大学には私のほうから伝えて、早々に辞することとしましょう。あと、息子の嫁にも、しかるべききに私から話します。息子が亡くなって、まだ一週間だ」

　阿山重光の声が詰まった。唇を嚙みしめながら立ち上がった瘦軀(そうく)が揺れた。

病原体研究所ウイルス部門では、川崎准教授室に、祥子と冴悧が呼ばれていた。

「教授の脳に新型インフルエンザウイルスは見つからなかった。しかし、解剖所見はウイルス性の全脳炎。ウイルスが原因として、間違いないのだろうね」

「今のところ、そうとしか」

「うん。で、倉石先生が考えた他のウイルス検出用のＰＣＲプローブだが」

「はい。十いくつ頼みましたので、全部が手に入るのは来週後半になると業者から連絡がありました」

「それにしても、このウイルスの中に」

川崎は祥子が示したウイルス一覧表を眺めながら、慎重に言葉を選んで話しはじめた。

「阿山教授を倒したウイルスがあるならばの話だが、いったい誰がどこで手に入れたのだ。厳重に保管されているのだぞ。そう簡単に持ち出せるとも思えない。研究所の外の人間には無理な話だ」

二人の女医は口を閉じている。

「それに、そんなやつがいて、阿山教授の死を望んだということか。殺人事件にもなりかねんぞ。警察には」

川崎は冴悧の目をじっと覗きこんだ。

「いえ。まだ確実なことは言えませんから、そこまでは」

「といっても……」

川崎は口ごもった。

「教授から受けとったバイアル、何か変なところはなかったのか」

「いいえ。まったく何も気づきませんでした」

川崎は冴悧を疑っている様子はない。

「ラベルはどうだった」

「特には」

「名称は？　ワクチンの名称だ」

「新型インフルエンザワクチンと書かれていました。この目で確かめました」

川崎はポケットからバイアルを取り出して、冴悧の目の前に突き出した。

「あ、それです」

「来週出荷予定のワクチンだ」

「見せてもらっていいですか」

冴悧は手にとって、ラベルや中を真剣な目で見ている。

「間違いないと思います」

「中身がすり替わっていたとしたら」

「え？」

祥子は体が固くなるのを感じた。

「悪意があれば、すり替えることなど簡単だ」

祥子が口を挟んだ。

「でも、中をすり替えるならば、バイアルのキャップをはずさないとできないのではありませんか。要するに、一度使用したのと同じ状態になります」

「製造過程に熟知した人間ならば、できる、ということだ」

「じゃあ、ワクチン製造販売部の誰かが」

「研究員だって、充分に可能だろう。もちろん単なる推測だ。やろうと思えばできる、ということを言いたいだけだ。教授が死んでいるのは間違いのない事実だからな。それも、極めつけの不可解な死だ」

阿山洋の右腕と言われ、自身も教授を信奉していた川崎は、阿山の死を受け入れることができないようだった。准教授は祥子に目を向けた。

「とにかく来週、プローブが届き次第、検索をかけてくれ。そして、何としてでも教授を死に追いやった原因ウイルスを突き止めるんだ。結果によっては」

握りしめた川崎の拳がブルブルと震えていた。目が宙空の一点を見つめている。

その様子に、祥子には川崎に何か心当たりがあるのではないかと思えたのである。

平和な晩秋の時間が流れていった。研究所のまわりでも、木々が次々と葉を赤く染めつつある。

世間も静かだ。新型インフルエンザが各地で子どもたちを中心に猛威をふるっていても、マスコミが以前のように大々的に報道しなければ、大衆にとっては何もないのと同じことである。

祥子は木曜日の夜、当直に行っている大阪市内の病院で、何人かの新型インフルエンザらしい患者の診察をした。

突然に襲ってくる言いようのない全身倦怠感、押し潰されるような筋肉痛、関節痛、四十度にも達する高い熱、だらだらべちょべちょと流れ落ちる鼻汁、くしゃみ一発、飛び散る飛沫が診察室の蛍光灯にきらめく、咳をすれば口から発射された唾は数メートル先まで吹っ飛んでいく。見えざる世界……なかなかに強烈な現状だ。

目の前で、口に手も当てずに咳をする患者がいる。先ほどの患者も、思いっきり数発のくしゃみの飛沫を診察室に撒き散らしていった。ふとどきなことこの上ない。

我が身の不幸を是非とも皆さんにもお裾分け、ということなのだが、その患者も誰かから病原体をたっぷりと贈呈されたわけで、しかも自らの体の中で増幅して、世に噴き放つ……。こうなると国民全員平等だ、全員感染、と祥子は頭の中で叫んでいる。

この逞しい女医はマスクもしない。患者が咳をしたり、くしゃみをしたりするときだけ、しばらく息を止める。果たして感染予防になっているのかどうか。呼吸器疾患を持つ患者を診る医師の基本的心得と習ったのだが、飛び散ったウイルス粒子はところかまわず浮かんで流れている。見えないだけだ。息を吸えば、大好きな人体内への無料ご招待、喜び勇んで入り込んでくる。

　感染を恐れるならば、命と引き換えに、永遠に呼吸を止めればよい。

「感染るの防げるわけないわ」

　罹ったら罹ったで仕方ない、と祥子は腹をくくっている。が、いっこうに症状が出ないのは、ウイルス溢れる現場で、毎日毎日感染し、強烈な免疫ができてきているからだろう。

「流行が最良のワクチンです。やたらに恐れることありません」

　祥子は患者や家族にそう説明することにしている。

　最初のうちはインフルエンザウイルス検出キットを使って、細い検査棒を患者の鼻の奥に突っ込み、グリグリして患者を泣かせたあと、検査液で反応させていたのだが、病院が仕入れた検査キットがたちまちのうちに底をついてしまった。感度が良いキットを使用していたものだから、値段が高い。それに鼻の奥をこれでもかと刺激された患者は、ますますくしゃみや咳を誘発される。

　反応液がたちまちのうちに陽性を示す症例があるかと思えば、どう見てもインフルエンザの症状に間違いなしと診断した患者なのに陰性という結果が返ってくる。わざわざ検査費用がめっぽう高いPCRを用いて新型インフルエンザと診断しようものなら、時間がかかるから、その場での即座の診断とはならない。

疑わしきは罰する、ということで、医師がこれは新型インフルエンザと診断すれば新型インフルエンザとなる。ウイルス増殖阻害剤が保険適応で処方できる。なかなかにお値段が高く、ヤミで薬を売るふとどきな輩があとを絶たない。慎重に投与すべき副反応については周知のごとく、である。

とんでもない誤解を抱いた患者もやってくる。つい最近、新型インフルエンザに罹った、他の病院で薬をもらって良くなった、鼻グリグリの検査でも出たから間違いなく新型だと胸を張った患者がいた。

「もう治ったようですよ。ご安心ください」

患者は祥子に触れんばかりに近づいて、息を吹きかけながら言った。

「いえ、二度と罹りたくないので、予防注射をお願いします」

症状が出て治ったのだから、充分な免疫ができています、ワクチンなど必要ありません、と説得しても、こういう患者は何をどう思い込んでいるのか、頑固に納得することを拒む。

新型インフルエンザに罹ったことを自慢げに語る患者まで現れた。

なかなかにインフルエンザウイルスは当代随一の人気者である……。

新型インフルエンザワクチン接種が開始されてから一カ月有余、週末の土曜日から日曜日にかけて、「国内産ワクチン安全性問題なし」との報道があった。厚生労働省検討会からの発表であった。優先接種した約四百五十万人について、副反応の内容と割合を精査したものである。

「安全性問題なし」とはいかにも嬉しい情報である、と文字のままには決して解釈納得しないのが、祥子と乱風だ。二人の思いとは裏腹に、このところ逢う機会ができない。欲求不満のはけ口をインフルエンザワクチン談義に求めていた。

「いつの間に、国内産のワクチンを用意したんだ。当初は輸入するとばかり言っていたのに」

「関東のK研究所で製造したものでしょ」

「ワクチン接種後一カ月で二十一例の高齢者死亡と書いてあったぞ」

「やっぱりねえ。免疫をつくる機能が落ちた高齢者が、弱毒化したとはいえワクチンのウイルスに殺られたんじゃないの」

「ありうるな」

「体が弱い高齢者、季節型のときも一緒だけれど、免疫ができないか、あるいはできる前にワクチンの毒性によって命を奪われる人もけっこういるんじゃないかしら」

「検討会では、ワクチン接種者の死亡原因について、妙なことを言っていたぞ。本来患者が持っていた重症の持病が悪化したものだと」

「そもそも感染したらインフルエンザが重症化するから、持病を持つ患者が優先的に投与されたんでしょ」

「優先順位については、相当の混乱があるようだけどね。それより、いま言った重症の持病が悪化したから死んだという理由付け、妙だとは思わないか」

「重症の持病があったから、これも免疫がうまく対応できなくて、ワクチンの毒性に殺られた可能性があるということね」

「身体が弱った人間に、泣きっ面に蜂ということだよ。それだけじゃないよ。そもそもワクチンがはじまって、まだ一カ月だ。一カ月のあいだに悪化するような重症の病気を持った人に――こんな言い方を許してもらえるなら、だけど――一カ月で死ぬ可能性があるかもしれない患者に、ただでさえ足りないと騒いでいるワクチン射つ必要性、どこにあるんだ。気の毒だが死にかけている人間にワクチンを優先的に射つ理由って、何なんだ」

乱風の怒りがこもっている。

「調べてみたよ、こんな矛盾だらけの発表を堂々とやるんだからね」

「何を調べたの」

「七月以降、インフルエンザ脳症発症者は百三十二人で、大半は子ども」

「やっぱり、小さな子どもは免疫ができていないから、脳症が」

「一応、脳症と診断されたものだけだ。どれほど重症か、どれほど回復しているか、そのあたりの発表が皆目ない。で、十一月九日までの新型インフルエンザ死亡者は五十五人」

「季節型で毎年一万人が亡くなっているのよね。こちらも純粋にインフルエンザでの死亡かどうかわからない。合併症とか、それこそ持病の悪化などが基礎疾患としてある人でも、インフルエンザの診断が加われば、インフルエンザで死んだ計算になるのでしょうね。でも、新型で五十五人なら、当初恐れたより弱毒と言っていいかもね」

「そう。弱毒ということもあるかもしれないけれど、案外ほとんどの成人は免疫を持っているんじゃないかな。感染っても発病しないか、軽い症状で終わってしまう」

「今回のワクチンなんか、大騒ぎしたけれど、いらないってことね」

「僕はそう考える。同じ考え方で、むしろワクチンの重い副作用を懸念して、インフルエンザワクチン不要論を主張されている方もたしかにいらっしゃる」

　祥子も新聞で読んだ覚えがあった。

「検討会の発表、もう少し面白い。これだけのワクチン接種後の死亡例を認めながら、

『現時点では、接種と直接の明確な関連が認められた症例はない』だとさ。相変わらず、日本のワクチン行政は手ぬるいね。副作用の認識が極めて甘い」

あまい！　と乱風は声の先を尖らせた。

「ワクチンを射った子どもさんで、このような死亡症例とか、出てないのよね」

祥子は心配になってきた。

「それは、今のところ発生していないようだ。隠しているとしたら、あるいは甘い診断で、また無関係などとしていたら、許されないことだ」

「まさか……」

「季節型インフルエンザのワクチンでも、毎年相当の副反応が出ている。高齢者の死亡のほかに、中には回復不能な健康被害を受けた症例があるに違いないが、未発表ということだ」

「季節型でも同じような……」

「もちろんだ。検討会の発表にある。『今回の新型インフルエンザワクチンの安全性の特性は季節性ワクチンと差はなく』と言っている。要は僕たちがいま考えたような問題が、季節性ワクチンと差がない、ということだ。問題は毎年起こっているということだよ。厚労省は安全性を強調したつもりなのだろうが、逆を読むと、失態だらけの発表だよ」

　やれやれ、と乱風も祥子も失笑している。

「でも、現実にはワクチンを受けた人は大勢いる。私が当直に行った病院でも、投与を受けた保育園児、保育園では全員インフルエンザに罹ったのに、その子だけ何ともなかったと聞いたわ。ワクチン本来の有効性がたしかにあるのは認めるわ」

「当然のことだ。それがワクチン本来の意味だ。罹った患者は辛い症状を耐えなければならないけど、それはそれで、充分な自然の免疫ができたことになる」

「問題は、死亡したり、重篤な後遺症を残したりする悲惨な結果が、自然の感染と、人工的なワクチンで、どちらが多く発生するかということね」

「季節型インフルエンザワクチンをあれだけ射っておきながら、流行を防げず、大勢が毎年死亡しているなら、効いているのやら、いないのやら。やはり、有効性は疑うね」

「ワクチン射つ群と射たない群で、発症や合併症の比較ができないものかしら」

「やるべきだろうね。いや、もうやっているかもしれない。いやいや、絶対に調べているよ。すでに結果が出ているような気がする」

「ワクチン、射とうが射つまいが、発病率も死亡率も、何も大差ない、ということね」

「そんな結果、公表できるはずないじゃないか」

　電話だともどかしくて埒（らち）があかない、会って話したほうが早い、近いうちに何とか逢おうよ、ということで切りかけた電話が、また一時間ほど阿山父子の話題で延長された。

『C国で大手製薬会社製新型インフルエンザワクチンによるアナフィラキシーショックなど、重篤な健康被害続出。ワクチン中止の方向へ』

週が明けた月曜日、勤労感謝の日、新聞一面の相当の面積を、ギョッとするような記事が占めた。ギョッとしたのは誰だったのか……。

午後、祥子のパソコンに乱風から長いメールが届けられていた。犯罪捜査のほうは、さほど忙しくなかったらしい。

「出ましたね。ワクチン中止。記事だけでは詳細は不明だけど、アナフィラキシーショックなど最悪の副作用だ。健康被害続出って、まずいなあ。被害者たまらないよ。で、中止を決めたようだ。対応が迅速だね。欧米のワクチン中止決定が、なぜこのように速やかなのかわかる？」

メールを読んだ祥子は少しばかり首を傾げている。わからない……。何を考えているの、乱風。

「もちろん、これ以上の犠牲者を出してはならないという、人間として当たり前の決断。もうひとつ、死亡者が出ようものなら、犠牲者への補償がとんでもない額になる。一人、何十億、いや、何百億になるかも。ワクチン事業、これでは収支が見合わない」

あ、なるほど……祥子には欧米での被害者救済にどの程度の金額を要求されるのか、確かな知識はなかった。アメリカだったか、かつて濡れた猫を乾かそうとして電子レンジにかけた人が、猫が死んで、電子レンジの製造会社を訴えた事件があった。事実かどうか、何億か何十億か賠償金を製造会社が払ったとか。面白おかしく、話はどこまでもひろがるのだが、ワクチンで犠牲になるのは人の命だ。死亡などという最悪の損害を被ったなら、いくら金を積まれても見合わない。

「日本では、せいぜい数千万円だろ。スズメの涙ほどの見舞金で泣き寝入りだ。話にならない！　だから被害者が出ても、平気でワクチンを射ちつづけるんだっ！」

超弩級の憤怒マークが最後についていた。

08 被害者拡大

毎日のように、学級閉鎖、学校閉鎖、保育園休園の文字を紙面のどこかに見つけることができる。なるほどに激しい感染力を有するウイルスである。

格別に騒ぐほどのことではないと考える年配者が多い中で、幼い子どもたちを持つ若い親たちは戦々兢々の毎日である。年配者たちは毎年毎年インフルエンザの脅威に曝されてきた。彼らが幼稚園、小学生、中学生であった時代、しばしば学級閉鎖、学校閉鎖を経験している。

かつては流感、流行性感冒などと呼ばれたものだ。普通の風邪より性質(たち)が悪い。辛さに格段の差がある。ほとんどの人がじっとがまん、自力で回復するのを待ち、何ら後遺症を残すことなく治癒し、このウイルス伝染病を乗り越えてきた。

病を自らの生命力で克服したのだ。大いなる勝利である。勝利するためには、何らかの自己犠牲もやむを得ない。ウイルスが体内で猛威をふるっている時間、症状に耐える必要がある。

医療が日進月歩の現代、自らの肉体を戦場に送り込まず、他力本願でウイルスや細菌との戦いを回避する傾向が強くなっている。辛い症状を避けて、快適さのみを追求する。休めば仕事にさしつかえる、と周辺の社会環境もゆっくりと療養することを非とするような雰囲気さえある。

早期に服用すれば、他力本願の主流である抗ウイルス薬は有効性を発揮する。恩恵を期待する人々は大いに喜ぶ。

が、一部の医学者科学者は眉をひそめる。相手はウイルス、原始的な遺伝子の塊で、いかようにも変異できる核酸（DNA、RNA）のつながりだ。薬剤の影響を受けない姿に変わることなど朝飯前である。すでに薬剤耐性ウイルスができている。まだ全人類を倒すほどの超強毒性を獲得していないから大丈夫、と安心していられる時間があるかどうか。

核兵器が人類を滅ぼす、と言われつづけてきた。新たな脅威、変異ウイルスが全人類を地球上から消してしまうほうが、遥かに高い確率であるかもしれない。

核爆弾を落とすのを阻止することは、人類の知恵でできる。しかし、核酸（同じ核という文字が使われている！）の配列が変化していくのは、人類の能力では阻止できない。ウイルスの変異こそ、核爆弾より始末が悪い。

生命科学に真摯な目を向けず、目の前の利益のみに関心を持つ人物の一人が、病原体研究所の中で声をひそめた。

「それにしても、またタイミングが悪い」

「C国でワクチン中止ですか」

苦虫を嚙みつぶしたような顔をして、電話口にほとんど唇を動かさず返事の声を送り込んだのは、ワクチン製造販売部教授である橋本国男教授だ。

「現在、詳細を調査中だ」

「新聞発表を食い止められなかったのですか」

「いや、A紙がその情報をつかんでいることを事前につかめなかったのだ」

橋本は腹の中でせせら笑っている。A紙が情報をつかんだことを知らなかったのではなく、C国で新型インフルエンザワクチン接種後、重篤な副作用症例が出たこと、さらにはワクチン中止の動きがただちに起こったことを知らなかったと言うべきだろう。

あまいですな、相変わらず、とは、相手が悪くて、口にはできないことだった。

「二、三日はこの話で騒がしくなるでしょうが、わが国でもワクチンは必要だ。どんどん射たねばならない。流行が過ぎる前に、可能な限りワクチンを売りさばく必要があります。三年前のように大量に余るようでは、大きな赤字です。足りないくらいがちょうどいい」

「今後のメディア報道は完璧に抑えるよ。そちらは任せておいていただこう。ワクチンの出荷のほうは予定どおりで大丈夫だな」

「こちらには手抜かりはありませんですよ」

橋本の自信の塊のような言葉に、相手はワクチン中止報道を抑えられなかった手抜かりを再度指摘されたような気がしたのか、一瞬ムッとした雰囲気が受話器に伝わってきた。

「とにかく、半年以上にわたって、ワクチンの必要性をあらゆる機会を捉えて国民に伝えてきたのだ。待ち望んでおられる方々に、一刻も早くお届けしないことには。インフルエンザに罹ってしまってからでは遅いからな」

「そのとおりです。インフルエンザを発症してしまえば、ワクチンなど必要なくなりますから」

「一刻も早く……」

静かに電話が切れた。

東京都井の頭恩賜公園内にある井の頭池を水源として、都内を東に流れ、隅田川に合流して東京湾に注ぐ神田川……。

都心に近づくまでは、南に下り、北に上がり、山手線に迫るころからは東に方角を変える。ほぼ東西に走る新目白通りに近づき、南北に交差する明治通りを高戸橋あたりでくぐると、しばらくは新目白通りとつかず離れず、瀬を速める。

新目白通りの交通を避けて、わずかばかり北に歩を進めると、並木とともに眼下を流れる狭い神田川に急に当たることになる。心休まるせせらぎである。

このあたり、一両編成の都電荒川線の終着駅早稲田(わせだ)が通りの真ん中にデンと座っている。首都東京には珍しい風景、路面電車である。はるか東の南千住(みなみせんじゅ)、三ノ輪橋(みのわばし)駅から全長十二キロメートルあまり。車道との交差点では当たり前のように赤信号に止められ、どこまで乗っても百六十円である。

線路は荒川区を抜け、北に進路を変えて王子までのぼり、ヘアピンカーブを描くように南下する。巣鴨を通り抜け、大塚の駅で直角に交わって山手線の内側に入る。車体が坂を上り下りする。池袋サンシャインシティの高層ビルが民家の屋根の隙間に突き出してくる。都会の中の和み空間という雰囲気が全線を貫いている。

埼玉から京浜東北線で王子まで出てきた岩谷乱風は、今日はこの電車を利用して、早稲田までやってきている。何とか定刻どおりに署を出ることができた。といっても、いつ呼び戻されるか知れたものではない。

徒歩で南に下ること二十分ほどで、国立伝染病研究所である。このあたり戸山(とやま)はかつての陸軍病院があったところで、土の中に埋められたままの過去の臭いがいまだに立ちのぼってくる。

新型インフルエンザの情報を研究所に勤務する医学部の同僚に求めてきたのだが、この全国的な騒動の中、よほど忙しいのだろう、あっさりと振られてしまった。夕方連絡を入れたときには、久しぶりに旧交を温めようと合意にいたったのであるが、C国でのワクチン中止の報に、予期せぬ仕事が入ったらしい。

乱風は暗くなった道をとぼとぼと、また早稲田のほうに戻っていった。遠くでパトカーのサイレンの音が長く尾を引いている。一台、二台と集まってきた。時計に目がいった。六時を少しまわったところであった。

自然に足がサイレンが収束した方角に向いている。新目白通りに出たとき、次の一台が目の前を通り過ぎ、細い道を北に入っていった。赤色灯が民家の間に色を消した。

乱風は耳朶（みみたぶ）に街灯の光を絡ませて、今しもパトカーが入り込んだ道にヒョロヒョロと体を入れた。近隣の住人が何人か暗い方向に足を急がせている。

「この先は……」

神田川……乱風が生まれる前に流行った名曲が自然に口から洩れた。悲しい調べだが、唄には間違いなく生きてきた人生への満足感充足感が溢れている。思わず乱風は口ずさむ……。

赤い光が並木や川面を規則的に照らしている。

「こらこら、入っちゃいかん」

お決まりの文句に遮られた乱風は「僕、こういう者です」と、ジーンズの尻ポケットからＩＤを取り出してパラリ……と、覗き込んだ目の前の警官がたちまち敬礼の硬直反応を起こした。所轄の刑事と思ったらしい。

「あ。力を抜いて、抜いて」

乱風刑事に肩を叩かれた若い警官、さらに回れ右をして細長い背中を目で追いながら、硬直したままだ。乱風の耳に揺れるダイヤモンドピアスは、残念ながら暗がりに光を得ず、警官には見えなかった。見ないほうがよかったに違いない。

固まってヒソヒソ声の野次馬たちが、ロープを潜り抜けて奥に入っていった、いかれたなりの背高（せいたか）のっぽに不審な眼差しを送っている。これはいつもの乱風が通り過ぎたときの光景なのだが、当人はいっこうに気づいていない。

何基かの照明が次々と川面を照らし出した。野次馬にどよめきが起こった。向こう岸の土手からさかさまに首なしの死体が大の字に……いや、頭部が水の中に入っていたから首なしに見えただけで、男と思われる死体が草むらに貼りついていた。

「ふむ……」

乱風はひととおり、あたりを見まわしてみた。水に弾き返された照明の光が並木を下からライトアップしている以外は闇に沈んでいる。照明によってできた黒い木の影の隙間からは、東京の夜空、都会の灯に薄墨色が垣間見える。

「あれに見えるは椿山荘……ほのかな灯り、闇に蠢く……」

つぶやいた乱風は、こちら側の土手を足場に気をつけながら、静かに下りていった。

「こらあ、何をしている」

水から突然声が上がった。乱風を見咎めた所轄の刑事が怒鳴ったのだ。

「殺人ですか？　それとも」

病死とも取れる。土手を散歩していて、突然心臓が、あるいは足を滑らせて……。

「なんだあ、お前は」

「埼玉署、岩谷乱風です」

癖になっている。尻ポケットに手が伸びて、この暗さと距離で見えるはずもなく、無駄な行為は省略した。

「なにぃ、さいたま。何で、さいたまのがこんなところにいる」

「いいえ。たまたまです」

野次馬から笑い声が起こった。

「ふん。何を言ってやがる。手出し無用だ。離れていろ」

「まだ手を出していませんし、お邪魔をするつもりもありません。かかわるなと僕の頭は阻止したのですが、ここまで体が勝手に動いちゃって」

「うるさいやつだな。ともかく、離れろ」

仕方なく乱風はこちらの土手に戻って、対面の捜査を眺めることにした。

水のほうから死体に近づいた刑事が覗き込んで、土手の上を指差した。何発ものフラッシュが現場をいかにも事件現場らしくしている。

「頭から滑り落ちたか」

乱風はつぶやいた。

「ここからでは、血は見えないな」

黒い川の水に光が投影されている。赤い血の流れはあったとしても見えないだろう。最も近くから死体を観察していた人物が現場の責任者だったようだ。ときおり指示を飛ばしている。

右手に人がざわめく気配があって、空間から声が川面に降り注いだ。

「竜崎（りゅうざき）刑事」

指揮官は竜崎刑事、と乱風の記憶に書きこまれた。

「何だ、大声をたてるな」

竜崎刑事は野次馬に聞こえるより、埼玉署の刑事に情報を与えるのを危惧した。乱風に飛んだ一瞬の視線が、橋をわたる乱れた足音のほうに注がれた。

「お、お父さん！」

「あ、あなた！」

若い女性と老女の呼び声が入り混じって、橋から土手にさしかかった。死体をお父さんと呼び、あなたと呼ぶ、明らかに家族と思えた。人影の間の照明に光る部分が見覚えのある姿かたちと認めたのだろう。

「ここでは何も聞こえんな」

乱風は野次馬の影に移動することにした。第一発見者らしいサラリーマン風の人物が、向こうの土手で刑事らしい男に、何やら問いただされている様子だ。二人を避けるように、「お父さん」「あなた」と叫んだ女性たちが、誘導されて小走りに横を通り抜けた。

「昼にここを通ったときには、何も気がつかなかったぞ」

「俺は夕方、いつものようにあっちを散歩したんだが」

あっちと言った老人の散歩道は、死体が引っかかっている土手側だ。野次馬から情報を得ながら、乱風は隙間をぬって橋の上に体を運んだ。

「これじゃ、橋に何か手がかりがあっても、壊滅だな」

死体は下流三十メートルほどのところに引っかかっている。

「おい、いま通った二人、脇坂（わきさか）先生の奥さんとお嬢さんじゃないか」

乱風の耳朶が声に引かれて、ダイヤのピアスが一条の光を弾いた。野次馬は近づいたのっぽに胡乱（うろん）な目を向けた。さっき刑事に怒鳴られた、たまたま署の男だ……。

「ご存じなんですか、あのお二人」

「ああ。この近所に住んでらっしゃる脇坂先生の奥さんとお嬢さんだよ」

同じ言葉が得意げに野次馬から乱風に向けられた。

「脇坂……何さんです？」

「こうなると、あの死体は」

野次馬は川面に目を向けた。女性たちから悲鳴があがった。少し離れた土手の上から、静かに水から引き出されて仰向けにされた死体の顔が見えた。

「アアア……」

激しい泣き声に変わった。

間違いないですか？　名前は？　と刑事の口が尋ねている。

「脇坂隼於(はやお)先生だ」

野次馬からは死体の顔の詳細までは見えない。女性たちの反応から野次馬は確信したと思えた。

「先生とおっしゃると」

わずかな手がかりも、乱風の神経は逃さない。

「そこの研究所の元偉いさんだったお方だ」

野次馬は南の方角に少しばかり目を向けた。

「国立伝染病研究所ですか。元偉いさんとおっしゃいますと」

「たしか元々は厚生省のお役人だ」

乱風は脳細胞のざわめきを感じている。野次馬はここで声を落とした。

「大きな声じゃ言えないがね」

「小さな声でいいですよ」

「変な兄ちゃんだね、あんた」

乱風は先を促した。

「国立伝染病研究所へは、いま問題の天下り」

「へえ。研究所に天下りですか」

「別に研究やるわけじゃない。顧問室にいるだけで、年俸」

野次馬は、どこから仕入れた情報か、指を二本立てた。

「今でも顧問ですか」

「いや、今は何とか言ったな、どこかの独立行政法人の理事だ。渡りだよ」

野次馬の声には羨望と怒りと諦観が混じっている。土手がざわめいた。担架に乗せられ運び出されようとした死体に取りすがった妻と娘が、刑事たちに止められたのだ。

死体はペタリと顔に貼りついた濡れた髪が動かない。ジャケットは羽織っているが、ネクタイはなかった。靴を履いているから、散歩の途中で災厄に遭ったとも考えられる。

「いやいや、今日はそれほど寒くはない。散歩をする習慣でもあるのなら、もう少し軽装でもいいかもしれない。あの格好なら、誰かと、それも肩が凝らない自分より地位が上ではない人物と会っていた、とも考えられる」

乱風は視界の端に担架の動きを入れながら、野次馬の男に訊いてみた。

「脇坂先生、散歩なさる習慣でもありましたか」

「いいや、見たことないねえ。誰かと会ってたんじゃないか、あの格好なら」

野次馬の推理に感心した乱風の耳に、脇坂夫人の悲鳴が聞こえた。

「解剖!?」

崩れ落ちた母親を慌てて支える娘から担架に視線を走らせて、死体の前面にまったく傷がないことを乱風は確認していた。

「すみませんが、脇坂さんのお宅、どこかご存じですか」

相当の情報をくれた野次馬の男が、興味津々の顔だ。

「あんた、本当にたまたま署の?」

「埼玉署の刑事です」

目の前にかざされたＩＤに野次馬は目を輝かせた。

「一度、こういう場面に出くわしてみたかったんだ」

放送局のカメラでも探しているのか、男の顔があちらこちらに向いたが、諦めたようだ。

「住所はすぐ近くだ。関口のたしか二丁目だったかな。椿山荘のすぐ近くだ」

　これから司法解剖となると、遺体が自宅に戻ってくるのは夜中になるだろう。

「ご家族は？」

「奥さんと娘さんの三人暮らしだよ」

　ご近所の家族構成に精通している野次馬にめぐり合えた幸運に、乱風は喝采している。

「あんた、管轄外だろ。余計な首を突っ込むと、さっきの刑事にまたどやされるぜ」

「お心遣い、感謝いたします」

　頭を下げた乱風の耳に揺れる大粒のピアスから透過してきた光に、あらためて目を丸くした男が唸った。

「あんた、本当に刑事か？」


　死体があったあたりの管轄は、すぐ近くのT警察署であった。乱風としては、妙な胸騒ぎがつづいている。何とかしてさらに詳しい状況を知りたいのだが、野次馬が言ったように、さすがにT署に入り込んでいくわけにもいかなかった。しばらくして現場を立ち去った刑事たちとパトカーを見送って周辺をうろついてみたのだが、収穫はなかった。

「病死のようだと刑事が言っているのが聞こえたぞ」

「何も外傷はないそうだ」

「誰かと争っていたとか、目撃した者もいないそうだぜ」

「何だ、何だ。事件じゃないのかよ」

「渡りで、散々うまい汁を吸ったんだろう。あの奥方だって、いつもいいなりだ。娘は気位が高すぎて、出戻りのあと、行き手がないっていう話だぜ」

「誰かの恨みでも買って、ここはひとつ、ばっさりと」

何とも激しい不遜な言葉を吐きながら、野次馬は野次馬だ。

「いま流行りの新型インフルエンザじゃないか」

「そんなもので死ぬかよ」

「ときどき、死んだと出てるじゃないか」

「あれ、本当に新型インフルエンザで死んだのかね。もともとの持病が悪くなっただけじゃないのかね」

「まあ、病気を持ってれば、インフルエンザで余計に悪くなるだろうがな」

「しかし、そんなこと、いつものインフルエンザでも同じじゃねえか」

「そういえば去年、うちの一軒隣のばあさん、透析してたんだが、暮れにインフルエンザでぽっくりと逝っちゃったな」

「俺も聞いた。あれ、インフルエンザのワクチン射ってたのに、インフルエンザに罹ったんだとよ」

「効かなかったんだろ」

「たしか、ワクチン射って三日後だったぜ」

「じゃあ、まだワクチンで免疫ができる前だったんじゃないか。何でも免疫できるの一カ月ほどあとと言うじゃないか」

「となると、ばあさん、もっと早く射たなけりゃならなかったんじゃねえか」

「よぼよぼだったぜ。あんなばあさんにワクチン射つ必要あるのかね」

「おい。滅多なこと言うんじゃないよ」

「いや。俺は何だか、ばあさんがワクチン射ったから死んだような気がしていたんだ」

野次馬たちの声高なインフルエンザ談義を、乱風は樹の陰に身を寄せて聞いていた。

「今度の新型のワクチンは射ったか」

「射てるわけないじゃないか。こちとらには回ってこないよ」

「老人は止めといたほうがいいって噂だぜ。さっきのばあさんの話じゃないが」

「そういや最近、ワクチンは安全だって新聞に出てたぜ」

「どこが安全なんだよ。高齢者が二十人だか二十一人だか、ワクチン接種後死亡って書いてあったぞ」

「さしずめ、あんたなんかワクチン射ったら、かえってやばいかもな」

「なに言いやがる。お互い様だ」

　野次馬たちは新型インフルエンザなど、どこ吹く風邪、いや風である。ゲラゲラ笑いながら三々五々散っていった。何人かの高い声が川べりの住宅街に遠く響いていたが、いつの間にか神田川周辺は閑散として、街灯が侘しく光るだけの闇空間になってしまった。

「渡りか……元厚生省の幹部……年齢は、家族や死体の感じからは七十を過ぎたところか……とすると」

　あらゆる知識が思考回路の中で咀嚼され、可能性のある合成回路が新生されてくる。脳細胞を自由自在にフル回転させながら、乱風の目は電信柱や住宅に貼り付けられた住所番地を追っている。

「関口二丁目は、ここからだな」

　乱風の手の中で携帯が光を発している。ネットで周辺の地図を検索したのだ。神田川の小さな橋をわたったところだ。

「ふむ。この広がりか。何だ、ほとんどが椿山荘じゃないか。解剖から帰ってくるまでに時間はたっぷりある。脇坂隼於先生のお宅、ゆっくり探しましょうかね。それから晩飯だ」

　脇坂隼於の自宅は、邸宅と呼ぶにふさわしい造りであった。背後に鬱蒼（うっそう）とした木立が、薄墨色の夜空に黒い輪郭を描いている。

こじんまりとした古くからの住宅が軒を連ね、壁を接するように密集する神田川南側の景観と比べると、脇坂隼於邸は何軒かの住宅をまとめた広さの土地に、三人で住むには大きすぎる純日本風の屋敷が軒をひろげていた。

「なるほどね……」

天下りに渡り、となればこれくらい、と乱風は納得した。途端に腹がグーッと鳴った。

「この先は椿山荘、フォーシーズンズホテル……」

ネットで検索して、ただちに乱風は諦めた。

「ずいぶん高級なホテルだが……。一人で来るのはもったいないな。今度、祥子と」

としても先立つものが心許ない。淋しいことだ。それに引き換え、天下りに渡りの連中の給料ときたら……。とりあえず腹が減った。金のことは考えないようにしよう。

表通りの新目白通りに戻ると、急に車の騒音が大きくなった。道路沿いは神田川周辺とは違って、ところによっては昼間のような明るさだ。

乱風は何十年とやっていそうな、小さな暖簾をかけた食堂のガラス格子戸に手をかけて、ガラガラと引き開けた。途中で戸がレールに引っかかって、小さく傾いた。無理に引くと軋んだ音が大きく響いた。

呼び鈴の役目をしているのか、誰もいない店の奥から、しわがれた老人の声が通ってきた。

「いらっしゃい」

「まだ、いけますか」

「ええ、ええ。どうぞ、どうぞ」

食堂の店主は皺だらけの顔に笑みを浮かべて、どこでもどうぞ、と狭い店内を見まわした。

すすけた壁に貼られたメニューは、いずれも茶色く、いつ書かれたものやら……乱風は親子丼にかやくうどんを注文した。東京の麺類は、関西に比べて醤油が利いていて、色が濃い。

老人は注文を書き留めるでもなく、奥に入っていった。何となく暖かい空気の流れが、わずかばかりの台所のにおいを運んでくる。

大通りに面した周辺に新しい店が開店しても、この食堂は昔のままの姿を現代につないでいるようだ。

「あの老人なら、昭和の初期の東京をよく知っているに違いない」

乱風は勝手に食堂主を土地の人間と決めつけた。

「戸山の陸軍病院、悪名高い石井細菌部隊……」

いかに近代的に街の様相が変わろうが、何も知らない若者たちが青春を謳歌して行き交おうが、軍国主義が世界を席巻し、どこもかしこも軍服に身を包んだ連中が幅を利かせて踏みしめた土のにおいは、まさに人々の足もとに残っているのだ。おぞましい歴史を知る者、知識を持っている者にとっては、地上にある近代的な建造物で過去を葬り去ろうとしているようにしか見えない。

おぞましい歴史は当時の形のままに、当時の人の邪心とともに、見えるように残しておくべきで、さもなくば、人はまた同じ悲劇を繰り返す危険性が充分にある。

今回の新型インフルエンザがパンデミック騒動を巻き起こし、人々が右往左往させられるさまは、相手が見えないだけで、まさに世界大戦と同じだ、と乱風は感じている。もしかしたら、このウイルス戦争が自然界に起こった遺伝子変異に端を発しているのではなく、人為的なものではないか、とまで、この医学士でもある刑事は考えているのである。

「ウイルスを合成できる時代だ」

アラスカ州の凍土(とうど)の中に埋もれていた人間の遺体の肺から採取されたウイルスの遺伝子、すなわちスペイン風邪の遺伝子が分離同定されたのは一九九七年、ごく最近のことである。遺伝子を扱う科学的手段が充実した現代に至ってようやく、実にスペイン風邪のパンデミックが発生してから八十年近く経って、ついに病原体の正体が明らかにされたのである。さらに五年後には、遺伝子の塩基配列がすべて解読され、スペイン風邪ウイルスが人工的に合成再現された。

当初、スペイン風邪の再来か、とまで言われた新型インフルエンザ。乱風はたちまちのうちに、誰かが意図的に合成されたスペイン風邪ウイルスを撒き散らした可能性に思い当たっていたのである。

「実際、バイオテロへの対策は、我々が知らないだけで、超大国をはじめ、あちこちで進んでいるのは間違いない」

攻撃用の生物兵器を開発すれば、開発者は必ず自分たちの身を護るための医薬品、すなわちワクチンあるいは免疫抗体の開発も同時進行させているはずである。

「自分たちだけ安全な状態で、今回のパンデミック騒動を静かに観察しているかもしれないな」

ますます乱風の想像が膨らんでいく。陸軍病院跡や伝染病研究所近辺を歩き、さらに東京大空襲を逃れたかもしれないほどのくすんだ食堂の壁に囲まれていると、まさに見えない脅威が戸山の高台から噴き上がって四方八方にひろがり押し寄せてくるような気持ちになる。

「遺伝子操作で、人類が太刀打ちできないほどの強毒性のウイルスが生まれているとしたら。ワクチンを造ることだって簡単だ。ウイルスを世界に向けて撒き散らす前にワクチンを射っておけば、悪魔たちの大半は生き残り、何も知らない世界中の人たちはたちまちのうちに犠牲になる」

食堂の奥ではさかんに老人が体を動かしている。

「しかし、今回の新型インフルエンザは、幸いなことに病原性は思ったほどではなかった。とすれば……ウイルスがパンデミックにひろがる様相を観察記録したかな……」

ウイルス戦争、バイオテロ対策としては、貴重なデータとなる。

「当然だろうな」

一人合点した乱風の目の前に盆が差し出された。

「おまちどうさま」

乱風の鼻にウイルスならぬ、丼とうどんの香ばしいかおりの分子が飛び込んできた。たちまち口の中に唾液が充満した。

十分もしないうちに、丼が二つ空になった。

「おじさんは、いつからここに?」

店の一番奥の椅子に腰をおろして、茶髪ピアスの若者がガツガツと丼に食らいついているのをおかしげに見ていた老人が顔を動かした。

「そうさな、おやじの代から店を出している。わしは子どものころから店を手伝っていたから、かれこれ」

六、七十年にはなりそうだが、店主は折った指を途中で止めた。
「一度、空襲でやられたからな」

「じゃあ、このお店は、そのあとで」

老人はうなずいた。

「少しものを尋ねたいのですが」

乱風は椅子をずらして、老店主に向き合った。

「この近くに脇坂隼於という方がお住まいですが、ご存じですか」

「ああ、知っとるよ。偉い役人さんじゃろ。すぐそこだ。この近辺じゃ、脇坂大臣と有名だよ」

「大臣？」

「親父さんも官僚だった。大臣になったわけじゃないが、大臣みたいなものだ。親子二代、省庁の偉いさんで、裏の椿山荘のすぐ近くに大きな屋敷があった」

「ええ。先ほど見てきましたが、暗くてよくわからなかったけれど、ずいぶん」

「ああ。今の大臣先生の時代に、さらに家土地をひろげなすった」

高級官僚が正規の公務員給与以外に、何やかやと接待饗応、裏金まで懐へと、羽振りのよかった少し前までの時代。世間の批判を浴びながらも、いまだに堂々と、いやコソコソと天下り、渡りをつづける組織体制。過去の時代も現代も、いずれも簡単には旧来の特別待遇意識がなくなるはずもなく……ウイルスと一緒で、見えないだけのことだ。

「お体が悪かったようなこと、聞いてませんか」

「大臣先生に何かあったのかい？」

店主は訝しげな顔つきになった。

「亡くなりましたよ」

「へっ⁉」

「そこの神田川で倒れているところを発見されたんです。さっき、パトカーの音がしてたでしょう」

「そ、そういや……。亡くなったのか……。しかし、ご近所とはいえ、ほとんど会わないしなあ」

「こちらの食堂には」

「まさか。こんな汚いちっぽけな店に、あんなお大尽が来なさるもんかね」

「そうかなあ。おやじさんの丼とうどん、なかなか美味しかったのにね」

老店主は嬉しそうな顔をした。

「どうです。神田川沿いを散歩してるところなんか、ご覧になったことありますか」

「さあ。見たことないよ。第一、わしらも散歩なんて柄じゃないしね。そもそも会ったことないし」

脇坂隼於に関する情報はなかった。

祥子に「張り込みの最中」とだけメールを送り、しばらくして「今日は進展なし、気をつけて」という返事を受け取った乱風は、脇坂邸の玄関が見える暗がりの大樹の根もとに腰をおろしていた。伝染病研究所の知人に携帯電話を入れてみたが、こちらは呼び出し音が長くつづくだけで、相手は出なかった。C国でのワクチン中止の動きに、予想外の業務を強いられているのだろう。

脇坂隼於は単に病死かもしれない。とすれば、待ちぼうけだ。十一月の冷たくなってきた風がときおり顔をなでていく中で、まったく無駄な時間を過ごすことになる。

まあ、いい。どうせ、今夜は祥子とすでにおやすみをしたんだ。

脇坂の屋敷を越して、椿山荘の灯りが夜空に色をつけている。

「ウイルスだって、このあたりを彷徨っているんだろうなあ」

闇の中に新型インフルエンザウイルスがあてどもなく漂流していて、人間の粘膜に出会えればもっけの幸い、忍び込んで増殖してやろうという態勢なのだろうが、風まかせ、車でも通ろうものなら、たちまち気流が乱されて、近くに迫っていたウイルスはあえなく夜空に舞い上がってしまった。

バイバイ……と、小さく独りごちながら、乱風は目を凝らし、耳を澄まして、脇坂隼於の解剖死体が戻ってくるのを待っている。

長い時間が過ぎていった。さすがに通りからの車の音も少なくなってきた。下腹が満杯だ。乱風は立ち上がって、大樹の陰に身体を溶け込ませた。見咎められれば、刑事が立ちションベンと、たちまちメディアの格好の材料になるところだが、生理的欲求はいかんともしがたい。草むらにたっぷりと水分を与えると、背後に近づく車の気配を感じて、慌てて身を整えた。

色は判然としない二台の車輌が脇坂邸に入っていった。敷石を食む音がした。門の近くまで歩を進めると、遺体が家族に付き添われて帰還した様子が見えた。声がする。

「こちらに運んでください」

しばらくして出てきた車を見送った乱風は、組み合わせた指関節をポキポキと鳴らしてつぶやいた。

「ようし、突撃だ」

乱風の足が石に音を残した。とことん調べないと気がすまない。

「こんばんは。ごめんください」

何度か声を張り上げるうちに、中年の女性が現れた。目が真っ赤だ。

「どちらさまでしょう。ちょっと、取り込んでおりますので」

茶髪に大粒ピアスの、どう見てもいかれたなりの若い男の姿は、今の脇坂邸にはそぐわない。いや、永久にそぐわないだろう。

「お取り込み中のところ、恐れ入ります。私、岩谷といいます。脇坂先生には伝染病研究所で大変お世話になったものです」

「研究所の方?」

と理解してもらえれば、乱風の姿格好も何となく納得したのだろう。

「先ほど研究所から帰る途中、パトカーが何台も。何かと思って行ってみましたら、あなたとお母様でしょうか、血相を変えて走っておられて。川で見つかったご遺体が先生のように思えまして。こちらのご自宅、存じ上げていたものですから、来てみましたら、どなたもいらっしゃいません。これは大変だと、今までお待ちしていたのです」

「それは、何とも、ありがとうございます。こんなに遅くまで。父は神田川で倒れているところを発見されました。そのあとT署で解剖されていたのです」

「えっ!? まさか」

乱風は驚いて見せた。なかなかの役者だ。

「先生は伝染病研究所を辞されたあと、たしか今は」

「はい、○×機構のほうに」

ずっと待っていたと言う相手に警戒心が解けたのか、天下りの感覚が微塵もないのか、女性は乱風が求める答えをいとも簡単に口にした。

「それにしても、先生はどうしてお亡くなりに。あ、それより、是非とも先生にお別れを」

「まあ。帰ったばかりで、まだ何も。でも、せっかくですから、よろしければ、どうぞ」

通された部屋は豪勢な仏壇が置いてある和室だった。壁に厳格な表情の先代と思われる老人の写真が黒枠に納められて飾られていた。

部屋の中央、畳の上に脇坂隼於の遺体が静かに横たわっている。線香の紫煙が一筋立ち上っていたが、人の動きにわずかに乱された。

老女が怪訝な顔を乱風に向けたが、娘の説明に、それはご丁寧に、と頭を下げた。

乱風はといえば、見ず知らずの脇坂先生に手を合わせ、しばらく瞑目して頭を垂れていた。部屋から空気の動きが消えた。

紫煙を揺らすことなく目を開けた乱風は、老女と娘に向かって再度頭を下げたあと、にじり寄った。

「解剖されたとお聞きしましたが」

「はい」

「何かわかりましたか。先生、どうしてお亡くなりになったのです。解剖などと、いささか穏やかじゃありませんが」

二人は身を硬くしている。

「ご病気でも」

「いえ。父はすこぶる健康でした。どこも悪いところなど」

「では、どうして？　川で事故でも」

「それが……」

娘の唇が震えた。

「どうも、誰かに」

「え」

声をあげながら、乱風はさらに二人に近づいた。

「解剖が終わって、刑事さんから聞かされたのですが、何か毒物でも注射されたらしいと」

「何ですって!?」

「お腹の皮膚が紫色に変色していたそうです。服の上から何かを射たれた可能性が高いと」

「何かというと」

「まだはっきりとはわからないそうです」

「しかし、先生のようなお方が」

脳の中で乱風は舌を出している。

「殺されたということですか。ありえない。何かお心当たりでも」

「これはT署の刑事さんにも申しあげたことなのですが、昨晩、どなたかから電話が父にあったのです。父が直接取りましたから、私たちには詳しいことはわかりませんが、じゃあ、近くで会おうか、と言っている父の声が聞こえたのです」

「それが今日だったのですね」

「今日かどうかは確かではありませんが、父が殺されたとなると」

声が一瞬つまった。

「思い当たることといえば、昨日の電話のことしかないのです」

「電話は先生が直接受けられたのですね。相手がどなたかわからないでしょうね。男性ですか、それとも」

「いえ。二十年ぶりだ、とか何とか。いろいろと大変だったが、と言う父の声は聞こえましたが、相手の方はどなたとも」

「二十年ぶり……いろいろ大変だった……何のことでしょうね」

傾げた頭の中で、思考回路はつながっている。沈黙が流れた。死者も沈黙をつづけている。

「昨晩とおっしゃいましたが、電話は何時ごろあったのです？」

老女の顔に怪訝そうな表情が表れた。まるで先ほどまでT署で解剖を待つあいだに刑事たちに訊かれた場面を再現しているようだ。乱風の咄嗟の思考が回転した。

「あ、どうか変に思わないでください。先生のようなご立派な方を殺すなんて、許しがたい行為です。弟子の私としても、犯人が憎い」

女性たちはうなずいた。

「昨晩の七時ごろでしょうか」

「もちろん犯人にお心当たりは」

二人は弱々しく首を振った。

「まことに不躾(ぶしつけ)なのですが、先生が毒物を注射されたというところ、拝見させていただけないでしょうか」

「ご覧になるのですか？」

さすがに驚いた顔が並んだ。

「僕、これでも医者なんです」

「まあ」

半分訝るような、半分納得したような。伝染病研究所で世話になったと言っていた。話はつながる。

「ご遺体、見せていただけないでしょうか」

妙な魅力を感じたのか、変わった風体の研究者、深夜まで待っていてくれた……。母親の顔は見ず知らずの若者に夫の遺体を見せるなど、とためらいがちの表情だが、娘のほうが乱風に興味と好意を覚えたようだ。

正中切開創（せいちゅうせっかいそう）には、ていねいに白いガーゼが載せてあった。生々しい縫合（ほうごう）の跡は隠されている。左わき腹に直径五センチほどの赤っぽい斑点が、血の抜けた沈み込むような灰白色の皮膚に、そこだけ鮮やかに色づいている。

「犯人は右利きかな」

もっとも背を向けた脇坂を後ろから襲ったとすれば、犯人は左利きとなる。

助けを呼ぶ暇もなく、一撃で倒せる毒物……。よほどの知識がないと。しかも傷跡から見れば、注射器か何かで一挙に射ち込んだようだ。

何の関連性もない。どうつながるとも未知数だ。にもかかわらず乱風は、ワクチンを射って二日後に激しい脳炎で死亡した阿山洋を思い浮かべていた。

新型インフルエンザ、どこまでも人騒がせだ……。

脈絡のないバラバラの思考が、乱風の頭蓋内を完全に占拠していた。

09 訣別の旅路

阿山重光は金沢光琳病院に知己を訪ねていた。佐治川教授から手術不能の肺癌を宣告されて一週間が経つ。

入院治療を断って、残された人生を有意義に過ごしたいと、経口抗癌剤と鎮咳剤をもらったおかげで、悩まされつづけた咳は、このところなりをひそめている。

ときに咳がでることもあるが、薬を飲む前と比べると嘘のようである。

咳が少なくなったことで、阿山は以前ほどでないにしろ、身体に力が戻ってくるような気がしていた。

今週はじめの連休を利用して、気にかかっている何人かに連絡を取ってみた。余命いくばくか、苦痛なく動けるのも三カ月くらいと自己診断を下した重光は、彼らに今生の別れを告げ、心おきなく人生を終えるつもりであった。

連絡した七人のうち、すでに三人は他界していた。かつて一緒に仕事をした男たちだったが、この十年ほどは、退職したり転職したりと、連絡を取り合うこともなくなっていた。そのような状態だったから、互いの消息すらあやふやなものだった。

案の定、電話を取った家族から三人の訃報を聞くことになった。

「そうですか、お亡くなりになられた。いつのことです？」

相手の死亡年月日を訊いたあとに尋ねた死因は、すべて癌であった。三人に一人は癌で死ぬという事実は嘘ではないな、いやいや、二人に一人ではないか、と阿山は自分を加えて顔をしかめた。癌で最期を迎えた三人は、苦しみながら死んだのだろうか。苦しみが長ければ長いほど、それぞれの人生に相応しいと言えるのかもしれない、と阿山はホッとため息をついた。

残る四人のうちの三人は、直接本人と話すことができている。いずれも日時と場所を指定して会いましょう、私のほうから出かけます、と約束を取り付けることができたのだが、金沢に住む野々村宗吉だけは、家族から「入院中」と聞かされた。

「かつて野々村さんに大変お世話になった阿山重光と言います。私自身、体調を崩しまして、この先どうなるかわかりません。生きているうちに、どうしてもお目にかかりたいと思いまして」

阿山が大阪に住んでいると知った野々村の家族は、「そんなに遠くから」とかえって気づかったが、「動けるうちに」と力のある声で話す阿山の気迫に押され、野々村の入院先を教えてくれた。そこは金沢駅からタクシーで三十分ほど走った能登半島のつけ根あたり、日本海からの風に木々が斜めに傾く山裾にある、療養型のきれいな病院だった。

三階病棟のナースステーションで案内を乞うと、野々村宗吉の個室を教えてくれた。病室の前でコートを注意深く脱ぎ、腕にかけた阿山は軽く咳払いをしてネクタイを整え、看護師につづいて中に入った。

人の気配に、眠っていたらしい野々村がうっすらと目を開けた。かさかさに乾いた皺だらけの顔には生気がなかった。頭皮に流れる髪の毛が、白く細く弱々しい波を描いている。

「野々村さん。ご面会の方ですよ」

看護師の横に並んだ阿山が誰だかわからなかったようだ。患者は目蓋の間に、濁った眼球をさかんに動かしている。

阿山は看護師の耳に口を近づけた。

「野々村さん、何のご病気です？」

看護師は少し困った顔をして、大きなベッドには不釣り合いな小さな体を包むシーツに視線を泳がせていたが、さらに患者が縮んで消えてしまうかのような声で言った。

「胃癌です。もう手の施しようが」

阿山が知る野々村宗吉は大柄の男だった。北陸K大学医学部教授としてウイルス学を専攻し、学界でも力を持つ権威であった。阿山とはしばしば学問上の問題で衝突し、口角泡を飛ばしながら議論しあった相手で、ときには喧嘩でもしているのではないかと周囲が心配するほど、大声で怒鳴りあうこともあった。体格では阿山は野々村に圧倒されそうだったから、負けまいと必然的に大声になったものだ。

その野々村が半分に縮んでいた。全身を侵す癌が野々村の大半を食いちぎり、今も蝕んでいる。自分もいずれは、と思いながら、阿山は顔を近づけた。

「野々村さん。私ですよ。阿山です。病原体研究所の阿山重光ですよ」

「ああ……」

野々村がかすれた声をあげ、かすかに首を動かしたのを見て、

「お話がすみましたら、お帰りの際にはナースステーションに声をかけてくださいね」

と言い残して看護師は病室から出て行った。

阿山は部屋の隅にあった椅子をベッドサイドに引き寄せて、野々村から視線を離さず、静かに腰をかけた。病室に入る前に引き締めた気持ちが、いくぶんか和らいでいた。屍に近い姿は、派手派手しかった野々村の人生の、間もなくの終焉（しゅうえん）を意味していた。

「野々村さん。生きているうちにお目にかかれて、しかも今のあなたの姿を見て、私のこれまで貴君に抱いていた積年の想いがすべて溶けてしまいましたよ」

「ああ……」

野々村のやせ衰えた腕がシーツの下から、ようやくのことで顔の横まで持ち上げられた。

「私がおわかりでしょうな、野々村さん」

阿山はさし伸ばされた野々村の手を取ろうとして、気持ちを翻した。

「まさに、傲岸不遜だった貴君に相応しい最期というべきでしょうかな」

阿山の声が聞こえたのだろうか、野々村の顔つきが一転、鬼、と思える形相になった。

「声も出ないのですか。どうやら胃癌が縦隔のリンパ節にも転移しているようですね。反回神経が巻き込まれて、声帯が麻痺している」

シューッと野々村の喉にかすれた音が走った。

「あと、何日もつか」

阿山には自分もまた肺癌に侵されていることを話すつもりはない。

「人生、終わりよければ、すべて良し、と言いますが。野々村さんには何とも……」

喉は動くのだが、野々村に声はない。

「何日か前に、どういうわけか久しぶりに野々村さんのことを思い出しましてね。そうなるとお会いしたくて、いても立ってもおられなくて、お宅に電話をさし上げたのです。奥様でしょうか、野々村さんが入院されていることを教えていただきました。驚きましたよ」

阿山は三人の人物名をあげた。

「いま申しあげた方たち、お名前は覚えていらっしゃいますかな。すでにこの世を去られました」

野々村の目蓋の隙間がわずかにひろがった。

「皆さん、癌です。癌で亡くなられたのですよ」

野々村の目がぐっと飛び出したように見えたのは、あながち阿山の錯覚ではないような気がした。

「先生とは、何かにつけて、激論を交わしましたな。いや、お苦しいならば、私の独り言を聴いていただくだけでけっこうです」

野々村は目だけを動かして、理解できていることを伝えてきている。

「先生と私は性格も研究の仕方、考え方も両極端でしたから、何十年というおつき合いのあいだに合意に至ったことなど、皆目なかったのではないでしょうか。何か意見が一致したこと、ありましたかな」

阿山の問いかけに、野々村の首がわずかに揺れた。

「しかし、結局は私が正しかったことが証明されたとはお思いになりませんか」

ぐうっとのしかかるように、阿山の顔が野々村に近づいた。野々村に声はない。

「私たちの最大のバトル」

野々村の眼球が細かく眼窩の中で飛びまわった。

「私は何としてでも、野々村さんたちに抵抗すべきだった。何とでもやりようがあったにもかかわらず、私も弱かったのでしょう。結局、あなた方の言いなりになってしまった。痛恨の極みです。わかりますか、この心の痛みが」

このとき阿山は、野々村の瞳が冷たい光を発したのを感じている。かつての目のままだ……。この話題を避けようとするなら、まだかわいい。しかし、挑戦的で威嚇的な目は、いつまで経っても変わらないな。変わりようがない……。

「いや、私の心の痛みなど、犠牲になった人たちの苦痛からすれば、いかほどのものか……」

野々村の口からすすり泣きのような音が洩れた。が、泣いていると思ったのは阿山の完全な勘違いだった。野々村の表情は悲しみではなかった。笑っていた。そう、昔から泣いているように見せて相手を油断させ、実はせせら笑っている、あの表情だ……。

何となく和らいでいた阿山の気持ちが急に冷えてきた。

「どうやら私と野々村さん、あなたは、最後の最後まで、正反対の性格のまま、お別れすることになりそうですな」

阿山は暇を告げることにした。

「人生の最期に来てまで、あなたには謝罪の気持ちはないようですね」

阿山は腰を上げて、ゆっくりとコートを羽織った。

「あなたは間違いなく地獄に落ちますよ。もっとも、私もそうなるかもしれませんがね」

阿山重光が去ってからしばらくして、野々村宗吉の容態が急変したと家族に連絡が入った。駆けつけた家族は、ミイラのように乾いた口を開き、微動だにしない野々村と対面することになった。

胃癌の末期であり、いつどうなってもおかしくない状態だったから、ようやく病の苦しみから解放されて、ホッとしたように筋肉を緩め、静止している野々村を見て、妻たちもまた心に安らぎを得たように肩から力を抜いた。

何しろ、進行した胃癌と診断されてからの野々村の生活たるや、それまでも大学医学部教授として可能な限りの権威権力をふりまいてきたのだが、ますます横暴になっていたのである。知徳ともに高尚であるべき大学教授とはほど遠い、心身の荒れようだった。

家族としても扱いに困った。病勢が進行していくにつれて、むしろ精神にまで破綻が及んだかと思えるほど、人格が変わってしまった。

三カ月前、急に限界が来た。蝕まれた身体が、野々村の日常生活を不可能にした。死期が近づいた野々村は急激に衰えていった。

野々村を金沢光琳病院に入院させてから、家族もまた平安な時間を得ることができた。死別れが近づいている。死を静かに迎えることのできる病室が用意されたことがありがたかった。野々村の死があらゆる意味で、家族に安らぎを与えることは確実であった。

家族は看護師の話から、昨日電話があった阿山が午後、野々村を訪室したことを知った。ナースステーションの面会者名簿にも、阿山重光の名前が角ばった文字で残されていた。記入された来室退出時間を見ると、阿山が野々村を見舞っていたのは、およそ三十分ほどだった。

ナースステーションに声をかけて帰っていった阿山のことを、看護師が覚えていた。

「どうも、ありがとうございました。おかげで、お別れをすることができました。どうも、ありがとう」

「野々村さん、あなたのこと、わかりましたか」

「いいや。もうひとつ、はっきりとはしなかったようです。病状が思わしくないようですねえ。ともかく、生きているうちに会えてよかった」

乾いた咳をしながら、背を丸めて老人は去っていった。

看護師が夕方の定時の巡回をしたのは、そのあと一時間ほどしてからであった。

野々村の病室はいつもと変わりがなかった。病人が一人ベッドにいるとはいえ、医師や看護師が訪室するときは、まるで空室のように人間の気配が感じられなかった。

「野々村さん、血圧を測りますね。お変わりありませんか」

返事がないのもいつものことだ。野々村は少し顔を壁のほうに向けていた。看護師は患者の右腕をとり、橈骨動脈に拍動を探した。力なく引き出された腕は、癌末期の患者のそれらしく痩せ細って骨と皮だけで、血管が針金のように細く硬く皮膚を這っている。看護師の指がくぼんだ手首の上を細かく移動した。

「あらっ！」

予想と違った状況に少しばかり慌てた看護師は、急いで患者の顔を覗き込んだ。口がぽっかりと開いていた。目蓋が半眼の位置に止まっていた。隙間に覗く虹彩から潤いの流れが消えていた。

「野々村さん」

胸をはだけて当てた聴診器には、心音はおろか、呼吸音も聴こえなかった。皮膚にこすれる聴診器そのものの音が小さくしただけだった。

胸ポケットからペンライトを取り出し、患者の目蓋を指でひろげて、光を当てた瞳孔は大きな空洞のように映った。完全に散瞳していた。

看護師は慌てなかった。癌末期の、死が訪れるのをただ待つだけの患者だった。

それでも看護師は小走りにナースステーションに戻って、中にいた同僚に「野々村さん、亡くなったわ」と言いながら、医師に連絡すべく電話を取った。

患者自身は入院前に「可能な限り延命措置をし、生命維持に努めること」と家族や医師たちに告げていた。しばらくは患者の意志を尊重して、誰も何も言わなかった。また言う必要がなかった。患者は日増しに衰えていくとはいえ、まだまだしゃべることもできたし、自力で食事も摂れたのだ。

意識が朦朧（もうろう）となり、食事はおろか、排泄もままならない状態になってしばらくして、家族が主治医に相談した。

「回復の見込みは」

「ありません」

主治医は感情を外に表すことなく、単調に答えた。これ以上の治療はまったく無意味であると目が語っていた。

「延命処置は」

家族の考えを推し量るように、主治医は慎重に答えた。

「十分、二十分、心臓を動かしておくだけです。もちろん、患者さんは何もわからない。自然に呼吸が停まり、心臓が停止すれば、それを無理に動かすことなど無意味です」

「わかりました」

野々村の妻も子どもたちもはっきりとうなずいた。

「本人は延命処置を望んでおりましたが、私どもといたしましては、静かにこのまま逝かせてやりたいと思います。また元気になれるものなら、できる限りのことをと思いますが、癌に全身を侵された状態で、素人の私たちが見ても回復は望めないこと、はっきりとわかります。どうぞ、自然のままに」

妻は主治医に向かって頭を下げた。

そのときの対話を思い浮かべながら、主治医と看護師は家族が到着するまで、病室で野々村の死体を静かに見守っていた。

「お亡くなりになったのは、午後四時二十五分です」

看護師が巡回で野々村の死に気づいたときには瞳孔が完全に散大(さんだい)していたから、本当の死亡時刻はもう少し早い時間だろう。この際、生物学的に野々村が間違いなく死亡した正確な時刻は、死亡診断書には必要のないことであった。主治医が呼ばれて野々村宗吉を診察し、死亡確認とした時刻で問題なかった。

死亡診断書の死亡原因には「胃癌」と単純明快に記載され、死亡場所「金沢光琳病院」、「病死」など必要事項が書き込まれた以外は斜線で消去され、主治医の署名捺印が施された。もちろん解剖の有無は「無」となっている。

野々村は寝台車で無言の帰宅をした。生前、好んで身につけていたお気に入りの着物が、すでに紫斑が出つつある体に、病院で着ていたパジャマの上から被せられた。

一方で、野々村の書斎にあった人名録や年賀状から、失礼のないようにと、必要と思われる人物全員、可能な限りの会社団体に訃報が送付された。

遺体は家族があらかじめ用意していた菩提寺に運ばれ、翌日通夜が、翌々日葬儀が営まれた。元北陸K大学医学部教授にして、学会で大きな力を持ち、ワクチン行政では中央官庁と深いかかわりを持っていた人物だけに、全国から老若男女五百人を超える人々が弔問に訪れ、弔電を送ってきた。

阿山重光にも訃報が届いていた。金沢から京都の自宅に戻った次の日、野々村の通夜と告別式の場所日時を書いた葉書が郵便受けに入れられたのだ。

内容を読んだ阿山は小さくうなずいて、感情の消えた声でつぶやいた。

「今夜の通夜も、明日の告別式にも出席できないな。それに明日は予定がある」

訃報の葉書は細かくちぎられて、ゴミ箱に捨てられた。そのあと阿山は何度か咳を繰り返し、佐治川から処方された薬を適量の水とともに、静かに飲み込んだ。


偶然とはいえ、元国立伝染病研究所顧問の脇坂隼於の殺害現場に遭遇した乱風は、最終電車に間に合わず、割増料金で一万円近いタクシー代に口の中で文句を言いながら、1DKの狭いマンションに帰り着いたときには、もう午前二時を回っていた。

「毒殺の疑い、濃厚」

「二十年前の大変だったできごと」

「誰かから突然に連絡があった。どこの誰か？　男か女か？」

「その人物と会う予定。それも自宅の近くで」

「となると、殺害された現場あたり」

「目撃者なし」

「声をたてる間もなく絶命」

断片的に神経回路が構成されているが、簡単にはつながらない。途切れているところに何かが入る。Mワクチン災禍……かな……。

脇坂隼於は……と眠い目を擦りながらインターネットで検索をかけてみた。

「なさそうだ……。まあ、明日、二十年前までさかのぼって調べてみるか」

翌朝、乱風は署に出てただちに資料調査部に足を運び、「厚生省、脇坂隼於」についての調査を依頼している。

「二十年前の厚生省の役人で、国立伝染病研究所に天下り、さらには、○×機構に渡り……」

国立T大学医学部出身の医師免許を持つ、極めつきの異色の刑事。風体はといえば、相も変わらず茶髪に大きなピアス、のっぽに革ジャン、ジーンズときている。

依頼を受けた制服の女性警官は、最近配属されてきた新人であった。乱風を見て目を丸くした。

「今日中にお願いできるかな」

「は、はひっ！」

はい、と返事したつもりが、声が引っかかった。

「肩の力、抜いて抜いて」

誰かに言ったな、同じこと……夕べの神田川での若い警官を思い出したが、すぐに乱風の興味は、脇坂隼於を死に至らしめた毒物に移っている。

乱風は東京のT署に電話を入れた。

「竜崎刑事、お願いします。こちらは」

しばらくして、昨夕、神田川で怒鳴られた声が受話器に聞こえた。

「埼玉署の岩谷刑事？　あんた、夕べの」

「昨日は失礼しました」

乱風は簡単にいきさつを話した。

「お、おまえ」

途中から竜崎刑事の声に怒りが満ちてきた。

「管轄外のヤマに首突っ込むとは、何をやってるのか、わかってんだろうな」

「わかってます。ですが」

乱風の脳細胞ほとんど全部が舌を出している。

「ご存じかどうか」

乱風は昨日脇坂の娘に使った自分の経歴を竜崎に伝えた。相手が完全に口を閉じて、何度も息を呑む気配が伝わってきている。

「ごく短い間、それも僕は大学から派遣されていたので、名簿には載っていませんが」

これは嘘がバレたときのための防衛策だ。

「脇坂先生、私の恩師とも呼べる方なんですよ」

嘘八百を並べながら、乱風は昨日話に出した伝染病研究所の友人にもひとこと断っておいたほうがいいだろうなと考えている。

「そうだったのか。で、何を訊きたいんだ。もちろん、こちらの捜査にはいっさい手出しなし、という条件だが」

「もちろんです。お邪魔は決して。脇坂先生、毒殺の可能性が」

再び受話器の向こうで、どうしてそんなことを知っている、と興奮した声が響いた。

乱風はしかめ面をしながら、今度は深夜の勝手な捜査をしゃべるわけにはいかず、とにかく遅くまで待っていたら、遺体に付き添って帰ってきた奥さんから聞かされたのだと言うに留めた。混乱と怒りで頭が痛くなった竜崎刑事はこれ以上はしゃべれん、と電話を切ってしまった。

「まったく、縄張り意識が強いんだから。いつまでこんなこと、やってるんだ」

毒物の正体を聞き出そうとして失敗に終わった乱風は、大の大人を一撃で倒せる劇薬を考えている。青酸カリなど、現場でわかる。一見しただけでは思いつかない物質……。

「案外、毒物の同定で手間取るかもな」

乱風は大きなため息をついた。


藤島冴悧は小児科医局の依頼で、急遽代理診察に入っていた。病原体研究所の勤務時間帯に食い込む臨時業務だったが、川崎准教授の許可を得ての出向であった。東大阪にある私立病院で、国立O大学小児科医が曜日担当で外来診察を受け持っていた。この日の医師が新型インフルエンザに罹患、症状はひどくはないのだが、患者への影響を考えて休診となった穴埋めであった。

「先生。新型インフルエンザのワクチン、当病院では充分に余裕があります。昨日、近くの保育園から園児全員への注射依頼が入りました。三十人、職員の方も合わせると、総計五十人になります。注射のほう、よろしく願います」

冴悧が病院につくなり、事務長が顔を出した。何度か臨時で代理診察を引き受けているから、この商売気満々の事務長とは顔見知りである。すでに六千円×五十人＝三十万円と事務長の顔がほころんでいる。

「ちょ、ちょっと待ってください」

冴悧は目の前で手を振った。

「つい先日、C国ではワクチンが、アナフィラキシーショックなどの副作用患者続出でりませんよ」

中止という報道があったばかりじゃありませんか。ワクチンの安全性、まだ充分じゃあ
「先生。うちのは国産ですよ。関東K研究所製造のものです。安全性については、厚生
労働省のお墨付きですよ」

「先週末に新聞に出ていたものですね」

　事務長は女医の言葉に少しばかり顔をしかめながらも、大きくうなずいた。

「でも、ワクチンを開始して一カ月のあいだに、高齢者二十一名がワクチン接種後死亡
とありましたが」

「高齢者でしょ。こちらは園児ですよ」

　自分もあと十年も経てば高齢者と呼ばれるのに相応しい年齢になるのではないか……

と思ったが、この事務長の顔つきでは、われ関せずといった表情だ。

「子どもの副作用については、まったく発表がありませんが」

「だから、子どもの副作用、ないということでしょ」

「ないはずありません！」

　急に強くなった冴悧の声に、事務長は眉を上げた。この女医、いったい何を意気がっ
ているのだ？　ほころんでいた顔面筋がすべて固まっている。

「事務長さん」

冴悧の声色が急にあらたまった。

「事務長さんは、本当にインフルエンザワクチン、必要だとお思いになりますか」

「はあ？」

冴悧は相手が違っていると思いながらも、話さずにはいられなかった。

「先ほどの国産ワクチンの副作用、高齢者の死亡だけで、子どものことはまったく触れてませんが、一方で従来の季節型インフルエンザのワクチンと比較して『安全性の特性は季節型ワクチンと差はなく』と報告されています」

「それが何か」

事務長が警戒の色を示しはじめた。

「私たち小児科医は、季節型インフルエンザワクチンがどの程度の副作用を出しているか、どれほどの重篤な副作用を毎年出しているか知っています」

応答がなかった。

「季節型ワクチンと差はない、ということは、今回の新型インフルエンザワクチンにも、同等の健康被害がすでに発生している。それどころか、続々と死亡症例が厚労省のホームページに記載されてきています。いずれも、ワクチンとは無関係とか、詳細不明調査中とか、いいかげんな言葉で取り繕っているけど、朝に射って、夜には高熱を出し、そのまま呼吸が止まって死亡した。これで関連性が即断できないなんて、どういうことです」

　事務長が一歩下がって、冴悧の顔をじっと見つめた。冴悧は少し声を落とした。

「ワクチンは、どうしても副反応は出ます。当然です。弱毒化したとはいえ、ウイルスそのものを体内に入れるのです。うまく処理できない人は、何らかの副作用を被るでしょう。軽いものから重いものまで、人それぞれです。それは、ワクチンの性質上いたし方ありません。ですが」

　冴悧は毅然とした視線を事務長の眼球に突き刺した。事務長の頭蓋骨が冴悧の説明を無条件に弾き返している。一語も脳内に入らなかった。

「問題は、重篤な副作用を隠蔽(いんぺい)する、この国のワクチン行政です。ワクチンに絡む関係者たちの性格です。かつてのMワクチンによる大事件、もちろんご存じですよね」

　事務長の知識にはない。反応がないことに、冴悧は血が上るのを感じた。あれほどの被害者を出したMワクチン禍を、医療関係者が知らないなんて……。

「人命におよぶような重大な副作用が発生したら、たとえ一例でも起こったなら、そしてそれがその時点でワクチンのためかどうか因果関係がはっきりとしなくとも、疑いが少しでもあれば、ただちに中止すべきです。様子を見ながら射ちつづけるから、被害が拡大する。これまで何度も経験したワクチンの副作用被害です。様子を見ながらつづけて、何ごともなかったことなど一度としてありません。すべて重大な結果につながり、とんでもない被害者を出しています。いろいろなワクチンで、いったいどれほどの健康被害訴訟が起こっているか、ご存じですか」

病院の収益を上げることを天職と信じ、人生をかけている事務長にとっては、無用の知識なのだろう。理解する気もなさそうだ。

「今度の新型インフルエンザ、ウイルスは日本全国、いえ、世界中にひろがっています。ほとんどの人が感染しているでしょう。体の反応が不充分な人はインフルエンザを発症するでしょう。子どもさんだって、どんどん罹ると思いますよ。ワクチンをこのような状況で射てば、人それぞれに効果はあるでしょう。少しはできていた免疫がワクチンによってさらに強化される。けっこうです。理想の姿です。でも、逆の場合、どうなると思いますか？」

事務長は冴悧の理解不能な長い談義に、明らかに辟易(へきえき)とした顔つきになった。

「ワクチンに含まれたウイルスが何らかの悪さをすることになる。ひどければ」

「先生。むずかしい話は私にはとても。とにかく、園児が来たら、ワクチン接種お願いしますよ」

「お断りします」

「は？」

事務長の声が裏返った。

「お断りします、と申しあげました。私はインフルエンザごときのために、ワクチンを子どもたちに射つつもりは毛頭ありません」

「はあ」

何を言っているんだ、この女医は……？　これで本当に小児科医か？

「発症すれば致命的な、致死性の高い病気に対する予防接種ワクチンならば、たとえ副作用健康被害が出る確率がいくらかでもあるとしても、絶対に必要でしょう。そのようなワクチンならば、喜んで射たせてもらいます。ですが、今回のインフルエンザごとき弱毒性の疾患で、とんでもない悲惨な副作用が懸念されるワクチンを射つ気はありません。どうしてもとおっしゃるならば、どなたか別の先生にお願いしてください。私は射ちませんから」

「先生……」

結局、冴悧が診察している小児科ではワクチンは射たず、隣の内科医がぞろぞろとやってきた園児と関係者にワクチンを投与することになった。彼は何も言わずに、事務長の依頼を受けたのだ。

その日の夕刻にはこの私立病院からO大学小児科に、冴悧がワクチン投与を拒否したことに対して抗議の電話が入ったのだが、小児科教授は格別の異論を唱えることなく相手の興奮した声に冷静に対応した。

そのあと冴悧に電話があったことを伝えた教授は、冴悧の判断に対しては何の批判もしなかった。教授にしても、この程度のインフルエンザにワクチンの必要性を認めていなかったのである。

10

不連続死体

連なる山が急速に色づいてきた。街の公園では、早くも木々が葉を落としている。暖冬と予想されながら、時には温度がぐんと下がり、強い寒気団が大陸から降りてきて、例年並み以上の寒い冬になりそうであった。天気予報が定まらないのは毎年のことだ。

早々と陽が落ちた公園の中の枝だけになった木立が街灯の光を受けて、黒い夜空に白い折れ線を描いている。昼間にはまだ何となく暖かい陽を楽しむ親と子の戯れの声が響いていたのだが、今ではシンとしていた。

車が通る道からは少し奥まっている関係で、ほとんど音がなかった。音だけでなく、公園全体が一部だけ冷たく光に冴えて、凍りついたように静止していた。真ん中に立つ時計塔の文字盤を這う針だけが、時間が流れていることを示している。

片隅のベンチに腰をかけて、一人の老人がいつまでも動かなかった。彼が仮に時計塔を見上げることができたとしても、彼の目に針の進む様子は映らなかったに違いない。

いや、老人はコートに身を包んだまま、顔を動かすことなどできなかったのだ。冬の陽が落ちて、早い黄昏（たそがれ）の闇が迫ってくるころから。

次の日に公園一帯が捜索され、行きかう人たち、あるいは昨日のように子どもたちを陽にあてて、インフルエンザ何するものぞ、たくましく生きろと叱咤激励、走り回らせている母親たちに、刑事たちが精力的に聞き込みにあたった結果、昨日夕方五時近く、まさに空が完全に暗くなろうとするころ、男性の二人連れが公園に入ってきたという有力な情報が得られた。

明るいうちに家に帰った母親たちは一人として、ベンチに老人が座っているのを見た者はいなかった。

他殺と断定された老人の名前は、午後八時ごろ、なかなか戻ってこない老人の家族が心配して捜し回った結果、公園で意識を失くしている当人を見つけ、大慌てで最寄りの病院に担ぎ込んだことで容易に判明した。老人は医師によって、不審死と判断され、警察に通報されていた。

「芹沢忠継、七十五歳。現在は無職だが、今年三月まで私立W医科大学学長を務めていた人物だ。国立病原体研究所を十年前に停年退職後、W医科大学に移っている。病原体研究所では所長にまでなったらしい」

そのような高潔な人物がなぜ殺されるのだ、と訝る人間は、和歌山県にぎりぎりで接する大阪府泉南（せんなん）郡M警察署内には一人もいない。学長であろうが所長であろうが、殺人の被害者となれば、当然、殺害を意図した人物が存在し、殺意の原因となる動機があるわけで、色恋沙汰か、仕事上の恨みか、それとも行きずりの犯行か……。担当刑事たちの思考が四方八方に回転した。

老人が所持していた一万円札五枚入りの財布はそのまま残されていたから、行きずり強盗の線はただちに消えている。しかも不審死の疑い濃厚ということで、当然の成り行きとして、司法解剖にまわされている。

「何の薬物か鋭意調査中だが、間違いなく毒殺ということだ」

死因が担当刑事たちの耳に入っていた。

「ガイシャ芹沢忠継の左大腿部前面に注射痕があった。周辺は真っ赤に腫れていたそうだ」

主任刑事が解剖所見を読み上げている。

「しかし、何かされたなら、声をあげて助けを求めるのが普通じゃないですか」

「公園のベンチに腰かけた状態でいるのを、捜していた家人が見つけたのだ。力つきてベンチに座り込んだか」

「死亡推定時刻は？」

「午後四時から八時のあいだだ」

「目撃者がいるでしょうね」

「その辺が妙なのだ。ガイシャが助けを求めて動きまわったとして、気づいた人間がいれば、当然知らせてくるだろう。それがない」

その日の周辺の訊き込みは、結局、二人連れの男性が日暮れ前に公園に入ってきたのを目撃した人物がいたことがわかっただけで、人気のなくなった公園でそのあと何が起こったのか、乏しい収穫に終わった。

「面白いことがわかりました」

週明けに開かれた捜査会議で、若い港刑事が手を上げた。

「このガイシャ、病原体研究所ですか、在籍時代に一度訴えられていますよ」

芹沢はワクチン製造販売部の教授をしていた時代、従業員の女性に関係を強要したとして、女性とその夫から被害届が出され、処分を求められていたのである。

「セクハラ教授、というところですか」

「そんな奴が、医科大学の学長か。世も末だな」

「官僚と同じで、研究所長にまでなった人間の天下りというやつじゃないですか」

「天下りじゃないぜ」

強面の刑事が野太い声を出した。

「学長だ。上に昇りつめている。下るどころか、爆発噴火だ」

「セクハラの件は不問ですか？」

「ということだろうな。それにしても……」

毒物の特定が皆目できない。セクハラを告発した人物は判明したから、ただちに捜査が行われたが、容疑は短時間で晴れた。アリバイが証明されたのである。

「毒物については、県警に照会したが解析不能ということで、W医大の法医の手をお借りすることに決まった」

「解析不能ですか。そいつは……」

捜査員たちの顔に戸惑いの表情が浮かんだ。科学捜査は近年格段に進んでいる。体内に入った毒物は、ものによっては代謝されて姿かたちを変える。としても、人体で起こる一連の代謝過程が科学的に解明されているから、すべての代謝産物が同定可能である。何段階かある代謝でできてくる化合物のいずれかが検出されたとしたら、逆算して毒物が注入された時刻まで推定できる場合もある。

それがわからない……。科学捜査の対象になっていない物質。未知の毒物かもしれない。

「そんな毒物、扱える犯人とは、いったいどんな奴なんだ……」

捜査会議室に沈黙が流れた。気を取り直したように、捜査課長が口を開いた。

「家族から聴取したところでは、先週の日曜日夕刻にガイシャに電話があったそうだ」

「電話？　男ですか、女ですか？」

「たまたま本人が取ったということで、相手が誰だかわからないが、ずいぶん久しぶりということを言っていたそうだ」

家族の話では、はっきりと聞いていたわけではないが、その日は都合が悪いとか言っていたように思う、結局会う約束でもして電話を切ったようだ、ということだった。

「会った日が先週金曜日の夕方、ということでしょうか。そして、相手は同じ歳くらいの男性」

「まず、そう考えるのが妥当だろうな」

有力な容疑者というべきであった。

「その人物が、県警の科学捜査でもわからない毒をガイシャに射ち込んだということになりますか」

「ガイシャは医者だ。研究所の勤務経験もある。一方で、容疑者はガイシャに注射ができる人物だ。同じ医者かもしれん」

付近の訊き込みをつづけるとともに、芹沢忠継の経歴を追って、関係した人物を割り出す方針が打ち出された。私立W医科大学、病原体研究所を中心に芹沢の身辺が過去にさかのぼって捜査されることになった。

アリバイが成立したセクハラの被害者にも、再度当時の芹沢の人物像について調べるために、港刑事たちが大阪まで足をのばした。

「まだ何か？」

市内の薬局に勤める小宮山文子は、白衣を脱いで顔を引きつらせたまま店から出てきた。中からは同僚の薬剤師が興味津々の視線を文子と刑事たちに等分に注いでいる。

「先日はどうもありがとうございました」

薬局の面している道路から少し奥に入った狭い路上で、港刑事は頭を下げた。私服姿の、三十代と言ってもおかしくない美しい顔からきつい目で睨まれて、若い刑事はどぎまぎしている。

「芹沢忠継さんが殺害されたことは、以前にお話ししたとおりですが」

小宮山文子と夫のアリバイを調べたのだ。

「私たちは関係ありませんよ。お調べになったんでしょ」

芹沢が公園で殺害された時刻、文子は現場とは遠く離れたここ大阪市内で、薬局の仕事をしていたし、夫もまた滋賀県にある製薬会社研究所にいたことが確認されている。

「当時のことを思い出されるのはお辛いこととは思いますが、芹沢さんについて、どのような人物であったか、研究所でトラブルでもなかったか、何かお心当たりのことでもないかと思いまして」

「研究所長だか何だか知りませんが、あんな男が教授だの学長だのと、世間からは大層ご立派な」

皮肉っぽい声色に変わった。

「評価を受けていらっしゃる。肩書きだけの人物評価、冗談じゃありませんわ」

芹沢から関係を強要された小宮山文子は、最初は何とか逃れていたのだが、学会出張に同行を命じられ、宿泊したホテルで無理やり迫られたのだ。衣服の上からとはいえ、間違いなく局部に芹沢の指の圧力を感じたとき、文子はホテルを飛び出した。十五年も前のことである。

深夜に近かった。夫に連絡をいれ、付近に別のホテルを探したのだが、時間が時間だった。その夜、ついに文子は一睡もせず、夜の街をさ迷い歩く羽目になったのであった。謝罪はなかった。詫びてくるどころか、芹沢はその後も機会あるごとに文子の体を狙ってきた。

薬学部を出てウイルス研究に意欲を燃やしていた文子は、このまま研究をつづけたかった。しかし、自らの体を代償にしてまで、病原体研究所にいるつもりはなかった。退職届を出す前に、文子は夫とともに、芹沢をセクハラの罪で訴えたのである。

退職してからわかったことだが、芹沢は別の何人かの女性にも手を出していた。それらのほとんどが泣き寝入りの状況で辞めていった。

「そのような人物がよく私立W医科大学の学長になれたものですね」

芹沢に対する胸につまっていた思いを刑事に話したことで、少し気持ちが軽くなったのか、文子は本来の和やかな美しい顔つきに戻っていた。

「詳しいことは知りませんが、あの人物は国や政界などにも、有力なコネを持っていたようです」

「ほう」

「病原体研究所は国の委託を受けて、ワクチンを製造販売しています。あの人物は」

港刑事は、文子が相手の名前を一切口にせず、あの人物、と表現することに気づいた。

「ワクチン行政にはなくてはならない人物のようです」

文子の顔がかすかに歪んだ。

「刑事さんはおいくつですか」

いきなり尋ねられて港は面喰らった。

「はい？　二十八ですが」

「そちらの方は」

若い港刑事のお守り役のように、後ろに立って、いかめしい顔をしていた少し年配の刑事は三十五だと答えた。文子は港に視線を戻した。

「じゃあ、あなたはこのワクチンのこと、知っていますか。受けたんじゃないですか、あなたの年齢なら」

小宮山文子はＭワクチンの名前を口にした。

「何です、そのMワクチンって？」

「かつてとんでもない副作用で何千人という被害者を出して、結局中止になったワクチンです」

「はあ。そのワクチンが芹沢さんと何か」

「深い関わりがあったと聞いています。被害者が続出しているのに、ワクチンとは関係がない、安全だと言いつづけて、国とともに強行した中心人物です。ちょうど私があの研究所に勤めはじめたころのことです」

「とすると、芹沢さんは、ワクチンがらみで、国と強い人脈を持っていたということですか」

港の後ろでもう一人の刑事もうなずいている。

「なかなか外からはわかりませんが、どこの世界でも同じなのではないですか。力のある人とつながりがあれば成功するし、そういったものがない人間は」

文子は唇を嚙んだ。ときおり双眸から溢れ出る聡明な光が、研究者として生きたかった彼女の気持ちを表しているようだった。病原体研究所を辞した文子に、次の研究をつづける場所が見つからなかった。どこに申し込んでも、最初は歓迎するような態度で面談に応じてくれるのに、しばらくして断りの連絡が来た。なしの礫のところさえあった。

上司の教授をセクハラで訴えたことが、理不尽にも次の就職に大きな障害となっていた。のみならず、芹沢忠継が妨害していることまで、かつての同僚から聞かされたとき、文子はひたすら悔し涙を流しつづけた。

やがて子どもができ、むしろ薬剤師として街の薬局に勤めているほうが生活は安定したが、文子の心についた傷跡はいつまで経っても癒されることはなかったのである。


「脇坂隼於。元厚生省伝染病対策局長。一九八七年から一九九三年か。厚生省を退職後、途中三つほど、名前からは、どう考えても国の税金無駄遣いの出先機関に天下り、たいした仕事もないのに高給をとっていたんだろうな、二〇〇三年から国立伝染病研究所顧問になり、最後は○×機構の理事か」

乱風の目の前にある一枚の紙に、資料調査部から届いた脇坂隼於の経歴が印刷されている。

「教科書に載せて、天下り、渡りとはこういうものです、と説明するのに最適の、典型的な事例だな」

ふん、と乱風は鼻を鳴らした。教科書検定は文部科学省の仕事だが、この真実をそのままに教科書に記載することを認めるはずがない。同じ穴のムジナだ。

「でかい土地屋敷が手に入るはずだ」

それにしても、思考回路のいくつかの部分をつなぐのに、こうも思ったとおりの情報が手に入るとは……。

「で、どうして過去の未曾有のワクチン禍事件に間違いなく関係したであろう、いやいやたっぷりと責任があるであろう厚生省の役人が、今ごろになって毒殺されなければならないんだ」

そして誰が……。脇坂隼於に電話をかけてきた人物。それも二十年ぶりに。

声をあげる間もなく、一撃で人間一人を絶命させることができる毒物……。既知のいくつかの毒物なら簡単に判別がつく。手を替え品を替えて、脇坂隼於を死に至らしめた原因物質が同定されたかどうか、調べようとしたのだが……。

乱風は情報を要領よく祥子に伝えている。

「阿山先生のウイルスチェックはまだよ。プローブが届かないの」

待ちつづけたプローブがようやく祥子のもとに届いたのは、週末金曜日の午後のことだった。

「解析は土日返上ね」

「大変だな。僕もそっちに行って、ＰＣＲ手伝いたいくらいだ」

「事件は？」

「どの事件だ？　脇坂隼於の事件なら、進展はないぞ」

「まあ。管轄外の事件まで手を出しているの」

「そんなことしたら、大目玉をくらう。事件が解決するなら、大目玉くらいはどうってことないが……。なあに、そこは蛇の道はへびだ。担当の竜崎刑事に訊いたって、何も教えてくれるはずない。東京T署にちょっと知り合いがいる。以前、うちにいた先輩刑事が転勤しているんだ」

「それは好都合ね」

「縦割り、縄張り、多くの事件がなかなか解決しない背景に、悪しき習慣がある」

「手柄争いというわけね」

「まあ、出し抜かれるのは、誰しも気分がよくないからね」

「そうそう、ちょっと大変なことがあった」

祥子の声がわずかな時間、沈黙した。

「研究室の先輩、小児科医の藤島冴悧さんのこと、前に話したでしょう」

乱風は、藤島冴悧が一緒に住んでいる男性の妹が、Mワクチンで重度の脳障害に陥っていることを思いだした。冴悧が病原体研究所を研究の場に選んだのは、元凶のワクチンを製造したのが同研究所であり、何か過去のことを調べているようなことまで聞かされていたのだ。

「藤島先生と暮らしている男性の妹、田村真奈美っていうんだけど、私の小学校の同級生だったのよ」

「何だって!?」

「今日、藤島先生から聞いて、びっくりした。先生ね、代理で行った病院で、インフルエンザワクチン射たないって宣言して、ひと悶着あったとおっしゃってた」

「ほう……」

「真奈美ちゃんは何回か、おうちにお見舞いに行った。中学校に入ってからは、彼女の姿を見るのが辛くって、いつの間にか忘れていた、いや、忘れようとしていたのかもしれない。彼女だけでなく、お母さんとお会いするのも辛くって」


どこを見ているのか、焦点の合わない目。ときおり起こる痙攣や不随意運動。ベッドに寝ている体もよじれている。自分の意思で動けない。いや、動こうとする意思すら、ワクチン注射の副作用が奪い取ってしまっている。治る見込みはない。

二十年前病気にならないようにと射った予防接種で、大の仲良しだった田村真奈美は重い脳神経障害に陥ったのだ。健康のためにと投与されたMワクチンで、健康どころか、悲惨極まりない回復不能な人生を強いられることになった。

見舞いに行ったときに祥子は、真奈美の母親が悲痛な声を搾り出しているのを何度か耳にしている。

「お母さんが悪いのよね。いやがる真奈美を無理に予防接種に連れていったお母さんが悪いのよね。ごめんね、ごめんね」

　真奈美の母親清美の目まで、ときおり焦点が合わなくなる。どこか遠くに意識が飛んでいってしまったようだ。

「おばさん……おばさん……」

　祥子は突然黙ってしまった真奈美の母親を何度も呼んだ覚えがあった。戻ってきた清美の目には、深い悲しみだけではなく、恐ろしい憤怒の色が漂っていた。

「祥子ちゃんはよかったわねえ。あのワクチン、射たなくて」

　もちろん、副作用が出なかった人が大半である。問題は、回復不能の中枢神経障害、脳障害をワクチン接種後に発症した健康被害者の数が容認できないほど多かった、重度の障害発生率が異常に高かったということであった。重篤な後遺症を残した患者のみならず、多数の死者まで出ることになり、五年後にはワクチン中止となったのだが、遅きに失した。

　厚生労働省の発表では二〇〇四年九月現在で千四十人の健康被害認定数となっているが、実際の被害者実数は十ないし二十倍以上と推定されることが付記されている。

　会ったこともない被害者の姿を思い浮かべた乱風に、いつもの怒りが満ちてきた。

「厚生労働省の大臣になる人間、事務次官、いや、省庁の全員が被害者に会いに行けばいいんだ。どれほど悲惨か、会えば、決してこのような人為的な災禍を起こさないようにしようと思うだろう」

「私たち、あのワクチンを射たなかったから何ともなかった。射った人でも、たしかにほとんどの人は何の被害もなく終わったでしょう。でも、Mワクチンで予防しようとした病気なんか、インフルエンザと同じで、罹ったところで、何も残さず治ってしまう。ワクチンが原因のひどい脳症とは比べものにならない。真奈美ちゃんだって、あんなことに決してならなかったはずよ。健康な私たちを見て、真奈美ちゃんのお母さん、悲しみが増えるばかりだと思った」

祥子の声に涙が混じった。

「その真奈美ちゃんのお兄さんが、藤島先生と一緒に暮らしているなんて」

何かが、今度の事件につながっている。強い悲しみが、言いようのない哀しみが、阿山洋の死にも、脇坂隼於の死にも連なっている。乱風には、どうしてもそんな気がしてならなかった。

「藤島冴悧さんだが、ワクチンについてどのくらい調べているんだ?」

「そのあたりの話については、あのあとは何も」

「どうも、じれったいことこの上ない。つながりそうで、つながらない。もう少し何かがわかると、何とかなりそうな気がするんだが」

「ああ、そう言えば」

「何か？　祥子」

「藤島先生が阿山教授から聞いたとおっしゃってたんだけど」

「何を聞いたんだ？」

「阿山教授、ワクチン行政側に暴走を歯止めする幾分かの手段は講じてある、というような意味のことをおっしゃっていたらしい」

「暴走を歯止めする手段？　何だ、それは？」

ハッとしたような乱風の気配が携帯をとおして伝わってきた。

「やはり、Mワクチン禍事件に絡んでいるのかな」

「何か行政側の弱みを握っているということ？」

「ありうる話だが……。行政側が果たして応じるかどうか。応じるとすれば、よほどのもの」

「たとえば当時の、ワクチンを中止すべきところを強行したときの記録とか」

「かもしれない。それこそ、省庁の倉庫奥深くの日が当たらないところにしまい込まれているものがあるかもしれない。当時の議事録として。となると、人知れず廃棄された可能性がある。阿山先生が、あるいはワクチン禍に関係したお父さんのほうが何かを記録していたとしても、書いたものなら、創作、小説と言われてしまえば。なるほど、音か。会議の音声の記録か……」

「会話の録音？」

「自らの身体を使ってワクチンの安全性を確かめている二人だ。録音テープか、そのようなものがあるとして、かつての記録を公表すると言って、人命をないがしろにするような暴走が起こらないように、行政側に圧力をかけている可能性はあるな。事実、行政に録音テープの存在を明らかにしているかもしれない。いくらでもダビングできるし」

「まさか、それで阿山先生が殺された？」

「とするならば、父親のほうが何らかの動きを取るんじゃないか。息子が殺された理由が、行政側との絡みにあるとすれば。しかも、当時の会議の録音をしたとすれば、それは父親のほうだろう。狙われるとすれば、阿山重光のほうだろう。あの大事件から二十年近くなる。重光先生にこれまで何事もなかった……のかな？　これは調べてみる必要があるね。何か被害届でも出ていないか」

しばらくの沈黙のあと、気を取り直したように、乱風は話題を変えた。

「そちらの阿山洋教授の件なんだが、インフルエンザウイルスは無関係ということを知っているのは誰だ？　阿山教授のお父さんの阿山重光。他には」

「こちらの川崎准教授、病理解剖をなさった江藤准教授、それに佐治川先生にも」

「激しい脳症を起こすウイルス感染が最も濃厚だ」

ふと、乱風は冷たい風が身体を吹きぬけたような気がした。

「脇坂隼於の死因……毒物注入……新型インフルエンザ……新型……」

乱風はあることに思い当たって、間違いなく全身が震えたのを感じていた。

「注射直後の確実な死。阿山教授が死ぬまでには、二日ほどの猶予がある。やはり別物か、考え過ぎか。それとも……」

もしもし、と遠くから祥子の声がする。

「ちょっと。そっちから質問しといて、何一人でブツブツ言ってるのよ。とにかく、PCR、明日一番ではじめるから。結果がわかり次第、連絡する」


「こんにちは」

「まあ、先生。いつもいつも、ありがとうございます」

「いかがですか」

藤島冴悧は、毎月一度は必ず訪問する横山辰巳（よこやまたつみ）の部屋に入った。古い公団住宅の一部屋が彼の居室兼病室である。欠かさず定期的に顔を見つづけて七年になる。

「いつものとおりです。何も変わったことはありません」

「こんにちは、辰巳くん」

「辰巳。先生がいらしてくださったよ」

子どもは目を開いていた。冴悧の声に、眼球がわずかに移動した。少しばかり冴悧を見てくれたようで、女医は微笑んだ。

辰巳の喉の部分から突き出した短いチューブが微妙な振動を伝えてくる。辰巳の呼気吸気が通るたびに動くのである。

外の寒さと比べると、部屋の中は適度の温度と充分な湿度が保たれていて、ベッドのまわりも小ぎれいに片づけてある。

壁にはいつ来ても、少しずつ違った外の風景写真が飾られている。今日は、冴悧も通ってきた、木の葉を落とした寒そうな並木が連なる通路と、どこの山だろうか、赤や黄色、深い緑が雑然と混じり合った色づく山々の写真だ。

辰巳の両親の心遣いであった。

ベッドの中には、辰巳の姉と弟が作った折り紙の動物が何匹か、思い思いの場所で辰巳と遊びながら見守っている。姉弟はどこかに遊びに行っているのだろう。横山家に気配はなかった。

自分の意思で動くこともできず、食事を摂ることもできない。呼びかけに、ほとんど反応しない。体は通常の成長速度よりは少し遅れながらも、大きくなってきた。清拭のために動かすのも、これまでのように母親一人では腰に負担がかかりはじめているが、愚痴ひとつこぼさず、笑顔で呼びかけながら、ていねいに辰巳の皮膚は毎日快適な母親の愛情を感じている。

横山辰巳がインフルエンザのワクチンを射ったのは一歳のときのことである。翌日から高熱が出た。弱々しい泣き声しかたてず、もちろん離乳食もほしがらず、白湯を飲ませれば吐き、ぐったりとした辰巳を両親はワクチンを射ってもらった小児科病院に担ぎ込んだ。

驚いて診察に出てきた小児科医の前で、辰巳は激しい痙攣を起こし、緊急入院となった。数日、高熱は下らなかった。熱のためか、小さなからだが真っ赤になった。水分栄養と、症状に対応した薬剤は、中心静脈に入れられた点滴ルートから投与されたが、ようやく退院できるようになったとき、予防接種をするまでは目が離せないほど動きまわっていたやんちゃな辰巳が、まったく動きをなくしてしまっていた。体が動くときといえば、意思とは無関係の痙攣だった。

両親の顔を追いかけていたつぶらな瞳が、ただ宙空にぼんやりとした焦点を置くだけで、名前を呼んでも、音さえ聞こえないようだった。反応がなかった。

入院しているあいだに採取された脳脊髄液が詳しく調べられた。戻ってきた検査結果を見て、小児科医は自分の頭が強烈に痛み、自らの両手足までが痙攣でも起こしたかのように震えるのを感じた。

横山辰巳の髄液に、インフルエンザウイルスが感染していたのだ。すでに全国の各地でインフルエンザの患者が出はじめていた。幼い子どものインフルエンザはしばしば脳症を起こす。ほとんどは後遺症もなく治ってしまうのだが、時として一生障害を残すことがある。

「もう少し早く、ワクチンを射っていたなら」

両親は悔やんだ。小児科医はある疑いを持って、インフルエンザウイルスの型の検査を追加した。遺伝子検索を依頼したのである。

一週間ののち小児科医は、今度こそ自分が倒れるのではないかと思った。

ウイルスは、流行しはじめていたインフルエンザウイルスではなく、ワクチンの中に含まれていたインフルエンザウイルスの型と遺伝子タイプが完全に一致していた。

横山辰巳は流行っていたインフルエンザに罹ったのではなく、小児科医藤島冴悧が射ったインフルエンザワクチンで重度の脳症に陥ったのだ。

同じワクチンを冴悧は他にも何人も投与していた。彼らには何も起こらなかった。予防接種としての効力があったのかどうか、射ってしまえば、患者がよほど何かを言ってこなければ、何事もなくすんだと思うのが普通である。ワクチンを射ってインフルエンザに罹らなかったのかどうかすら、医師が確かめることはない。

冴悧は悩んだ。横山辰巳の生涯を考え、また両親の今後の負担を考えると、ワクチンによる健康被害を訴え出て、補償を受けるべきだった。手続きのためには、ワクチンが原因であることを両親に知らせなければならない。

退院の日、冴悧は思い切って両親に状況を伝えた。

「辰巳君がこんな状態になってしまったのは、実は……」

ワクチンのせいだ、と聞かされ、証拠となる遺伝子検査の説明を受けて、言いようのない怒りを交えた悲しみの涙が両親の目から流れつづけた。

重度の健康被害者として認定されたのは半年ほど経ってからのことであった。冴悧はただひたすら両親に、辰巳に頭を下げつづけた。

極度の不信感を冴悧に抱いていた両親は、最初は冴悧の謝罪を拒否した。ワクチンのせいだとわかっていても、息子にワクチンを射った医師が許せなかった。

門前払いの日もあった。人形のように寝転んだまま、何の反応も見せない辰巳の前に引き連れられて、「謝れ、あやまれ」と父親から首根っこを捉えられ押さえつけられたこともあった。

冴悧は耐えつづけた。毎月一度、辰巳が災厄を被った二十七日という日に必ず辰巳を見舞った。日曜であろうが、週日であろうが関係なかった。

辰巳の両親の心がほぐれたのは、辰巳の災厄の日をさかのぼること十年ほど前に発生した別の大きなワクチン禍の裁判のことを知ってからだ。

衝撃的なMワクチンによる健康被害、それも間違いなく人為的な災厄であった。責任がMワクチンだけではなく、欠陥に気づきながら中止しなかった人間たちにもあることを知ったとき、両親の怒りは冴悧から離れたのである。

以後、冴悧は毎月二十七日に辰巳を見舞う。もの言わぬまま、喜怒哀楽を示さないまま、宙空を彷徨う視線のまま、辰巳は大きくなっていった。

しかし、真っ黒の瞳には光が、たしかに生きている光があった。

辰巳に射ったワクチンを最後に、冴悧は自らが意味がないと判断したワクチンの投与を拒否するようになった。これまでに施行された予防接種、法律で決められ、半ば強制的に施行される予防接種について調べ抜き、医師としての判断をもとに絶対に射つべきであると考えたものだけに限ることにしたのである。

破傷風、ジフテリア。罹患発病すれば致死的である、となれば予防接種は是非とも必要だ。戦後間もなくの一九四八年に行われた予防接種で、ジフテリア毒素が八十三人の健康な人間を死に至らしめたという汚れたワクチン史があるとしてもである。

現在では行われていない種痘、こちらも罹れば高率で死亡する天然痘のワクチンである。今は地球上に一人の患者もいないとしても、万が一にも流行の兆しがあれば種痘を接種しなくてはならないだろう。戦後一九四七年から一九四八年にかけて、予防接種である種痘後の脳炎が乳幼児に多発、六百人が犠牲になったと記録に残っている。その年の天然痘発症患者四百五人より、予防接種被害者のほうが多いという汚れたワクチン史があるとしても、冴悧は種痘の必要性を理解している。

確実に安全なワクチンを提供する義務と、予期せぬ重篤な致命的副作用がたとえ一例でも出れば躊躇（ちゅうちょ）なく予防接種を中止するという判断を前提として、と、厳しいが当然の制約を冴悧は予防接種施行に求めるのである。

気管切開部のチューブに細い管が差し込まれて、じゅじゅじゅじゅじゅじゅと辰巳の痰を母親が吸引した。少しばかり辰巳が顔をしかめ、何度か咳をした。

これだけ気をつけていても、自力で生活できない人間にはさまざまな問題が生じる。三歳と五歳のときには肺炎を起こして、入院を余儀なくされた。冴悧は自分が勤務している病院に入院させ、主治医となって懸命の治療をしたことを思い出している。

吸引チューブを消毒液に浸した母親が冴悧に顔を向けた。

「今年は新型インフルエンザが大変でしょう」

「ええ」

冴悧はうなずいた。

「私たち素人は新聞とテレビからしかわかりませんが、相も変わらず政府は国民を右往左往させて、しかもワクチンをやたらに射たせたがっている。効いているのでしょうか、いないのでしょうか。この子の姉と弟も、学級閉鎖。すでに大勢の子どもが罹っています。ワクチンなんか必要ない。ワクチン足りなくて、申し込んでも射てなかったからインフルエンザに罹ったなんて恨みがましくおっしゃるお母さんたち、毎日愚痴聞かされますわ。本当に足りないんですか。たくさん患者さんが出て、ワクチン射つ必要がなくなって、余ってるんじゃないですか」

「そうかもしれませんね。私はいつものとおり、この程度のインフルエンザではワクチン射ちませんから。先日も代理で行った病院で射たないって言ったら、ひと悶着あって」

「この子のような犠牲者が出たら大変ですものね」

母親は辰巳の頭を撫でた。

「こんな悲しい人生、この子一人で充分です」

言いながら母親の顔から怒りが瞬間の光を発した。他にも同じ災厄を強いられた子どもたちがいることを知っているからだ。自分の子どもだけじゃない、ワクチンによる重篤な健康被害で、同じ悲しみを理不尽にも背負わされた人間が大勢いる……。

「C国で新型インフルエンザワクチンの副作用が出て中止と新聞に書いてありましたが、どうなるんでしょうね。日本も輸入ワクチン使うんでしょう？」

「そうなるんでしょうね」

「こんなこと、ありえないと思いますが、まさかC国で副作用が出たワクチン、日本で使うんじゃないでしょうね」

「以前のMワクチンのことがあります。いくら何でも同じ愚を繰り返さないと思いますが」

冴悧はふと不安になった。ありえないことじゃない、一部の人間にとっては……。危ないものは自分が射たなきゃいいんだ。誰が犠牲になろうと、自分に被害が及ばなければ、金のためなら何でもやる。予防接種という大義名分の裏側で……。

冴悧の顔が曇ったのを見て、母親までが暗い顔になった。

二人の間に、辰巳の無垢な視線がゆったりと漂っていた。

11 致死ウイルス

世間では子どもたちが次々と新型インフルエンザに罹り、保育所、学校軒並み閉鎖となっている。脳症もけっこう発生するようで、抗ウイルス剤の影響など無関係に、異常な行動をとる子どもたちが出て、親を驚かせている。

熱が高いわけでもない、件(くだん)の薬を服んだわけでもない。抗ウイルス剤や解熱剤の副作用情報がネットでも調べれば簡単に手に入るから、一般人でも知識が豊富になっている。

しかもまわりを見ても、当初さかんにメディアで報道されたような恐ろしいインフルエンザとはとても思えない。人々はあっけらかんとしている。

医師が薬を処方しようとしても、拒絶する親が相当に存在する。正しい選択というべきだろう、と乱風も祥子も考えている。

インフルエンザをはじめとして、ウイルスは脳脊髄内にたやすく侵入していく。以前でもインフルエンザで妙な行動をとる子どもはいくらでもいたのだ。そのときは驚いても、自然に治癒してしまう。ああ、あんなことがあったと、あとで懐かしく思い出す。本来の臨床経過の姿である。

そのようなことを話しながら、祥子と乱風は病原体研究所の研究室の中で、さかんにPCR実験をやっている。乱風は相当長いあいだ研究から遠ざかっているから、祥子の厳しい口調による指導の中で実験が進んでいる。

金曜日の夜、最終の新幹線で乱風は大阪にすっ飛んできたのだ。ずっと我慢していたが、逢いたい気持ちをついに封じることができず、思い立ったが吉日、明日の土曜日は非番の日、のぞみに飛び乗ったのはいいが、週末金曜日の最終列車に空席があるはずもなく、結局全行程自由席の車輌で立ったままだった。

混雑する中、退屈しのぎにと、乱風は旅客たちの顔を観察している。マスクをつけていればわかりにくい表情も、新型インフルエンザが日本中を覆いつくし、我が物顔に仲間の数を増やしている、ウイルス粒子の数からすれば日本国民より遥かに多い現状で、座席を埋めた百人と乱風のように立ちづくめの三十人ほどを含めた中にマスク着用者はほんの数名だ。

咳をする者、口に軽く手をあてての最低限のエチケット。音を聞けば多少いやな気分になる者もいるだろうが、ほとんど気にもしないのだろう。

流行っているときに無防備で、流行っていないときに過剰の防備……人とは、本当に付和雷同、流されやすい生物だ……。

今しも通路を歩きながら無遠慮にくしゃみを数発上空に撒き散らした男に視線を突き

刺すと、乱風には男の口から出た霧のような飛沫が静かに横の乗客の上に舞い降りていくのが見えている。

おお、ウイルスが笑っている。少なくともあのくしゃみ男のまわり十人には、男から噴き出された諸々の病原体、いやいや、あの男の口や気管から剝がれ落ちた男自身の粘膜細胞も、ぺたぺたとくっついているぞ……。ウイルスの天下だ。

見えないからといって、何とも無関心無防備の人々よ。思い知るがいい……などという傲岸不遜な考えは乱風にはない。ないが、誰かさんの言ったことを、あまりにも簡単に信じてしまう、信じ込まされやすい国民、何とかならないものか、とは思っている。

何分かに一度は、車内のどこかで咳の音がする。くしゃみが弾ける。東京から大阪まで二時間半余り。平均三分に一度、誰かが咳かくしゃみをするとして、なかなか賑やか、大阪に着くころには、一輌全体が五十回分の飛沫で満杯になる。一回にどのくらいの数の飛沫が飛ぶんだろう……十万個、そんなに少なくない、百万、いやいやまだまだ、一千万個の飛沫が……高速でレールの上を行く、逃れようがない新幹線の密室の中。ウイルスを含んだ飛沫や細胞からも逃れようがない……。

どうでもいいことを一人考えていると、いつの間にかニヤついていたらしい。笑い声でも出したのだろうか。横に立っていた中年の女性が気味悪そうに乱風から少し離れて、位置を変えた。女性が動く気配に、動かした視線が出会った。微笑んだつもりの乱風に、女性はさらに怯えた顔をした。

そんな迷惑をかけたとは露知らず「ウイルス輸送列車、ひた走りに東海道を西に、関東のウイルスを大阪にお届けー」などと祥子に会える嬉しさひとしお、事件に関する思考は完全に停止し、ひたすら祥子祥子と、乱風は線路の音にあわせて頭のなかでハチャメチャな唄を歌いつづけていたのである。


日が変わってから着いた乱風を、祥子は新大阪駅に愛車で迎えに行った。長く連なったタクシーの間をすり抜けながら、タクシー乗り場より一階下で待つと、階段を駆け降りてきた乱風ののっぽの黒い影がキョロキョロしている。真っ赤な車体が夜には真っ黒だが、たちまち車を見つけ、オリンピック選手顔負けの速さでぶつからんばかりにドアを開けた。

乱暴にドアが閉じられた大きな音のあと、しばらく車は静かなままだ。エンジンがかかったのは五分ほどしてからだった。

「よく出て来れたわねえ」

「なあに。逢いたくなったら、もう矢も楯もたまらず。やろうと思えば、いつでも」

「よく言うわよ。なかなか休み取れないくせに。休みでも、逢いに来ないじゃない」

「できるものなら、飛んでくるさ。休みでも呼び出されるし」

「本当にねえ」

祥子は同情している。と言いながらも、祥子も病院で医師をしていたときのような患者がいない分、束縛から解き放たれているのだが、代わりに研究三昧の毎日となれば、かえって気持ちと時間のコントロールがむずかしいことに気づいている。

研究の面白さにドップリと漬かってしまった今日、夜が明ければ次の日の研究が待っている。夢の中に前の日からの研究がつづいている。

かつて乱風から、医学生時代、卒業後、興味のままに研究室を渡り歩いた経験を聞かされたことが、今の祥子には充分に理解できるのである。

「食事は？」

「もちろん、まだだ」

車内で立ったままの時間、食べられるはずもない。

「うちに用意してきた」

「素晴らしい」

祥子は乱風から「のぞみに飛び乗る」というメールを受け取ったあと、急遽、マンションに二人の晩餐を用意したのだ。

「久しぶりの祥子の手料理かあ。僕、しあわせ」

「時間がなかったから、たいしたものできなかったけれど」

「いやいや、祥子の料理なら、何でも大歓迎」

また祥子に唇をのばしかけて、祥子の鋭い声が飛んだ。

「おあずけよ。運転中」

スイッと隣の車のヘッドライトが後ろに流れた。

夜の闇の中に流線を描く光のよう……。暗室の闇に青白い蛍光がぼんやりと光の容積を主張している。

「あ」

点した紫外線灯に下から照らされて、ふわりと輝線が浮かび上がった。

「お。出たか、化け物、じゃない、出たか、ウイルス」

「ある！」

祥子の興奮が青の世界に熱く伝わってきた。

「どいつだ！　どのウイルスだ!?」

「待って。たぶん」

蛍光に浮かび上がるゲルを覗き込んだ祥子は、ひとつ、二つ、三つ、と数えながら、ポラロイド写真を撮った。

「五つ目だぞ。とすると」

狭い暗室の中に男と女が入れば、二人で何をしている、と咎められそうだが、祥子は川崎准教授に乱風を紹介し、研究を手伝ってもらう許可を得ている。

「あとで紹介しろよ」

まだ自宅にいた川崎は興味津々で、電話の向こうに声を残した。何人かの研究室員は二人が並んでいるのを見て目を丸くした。

祥子と乱風は紫外線の蛍光を消した暗闇の中で、防御眼鏡をはずして目を見合わせた。暗室の扉を開けると、外の光が妙に眩しい。祥子の左手にはポラロイドフィルムがヒラヒラしている。自席まで二人は無言だった。

ゲルに流した検体は十一個。一列はDNAの大きさを示すマーカーで、十本ほどのDNAバンドが歯抜けの梯子(はしご)のように並んでいる。検体五つ目、電気泳動で流れたDNAの鮮やかなバンドが一本、くっきりと光っていた。まだ二人の目に残っている。

「もう、いいだろう」

ポラロイドフィルムの現像が待ち遠しい。祥子の手の中のフィルムが動きを止めた。

「開け、ゴマ」

ペリペリと写真が剝がされた。黒地にDNAバンドの白い輝線……。

「五つ目よ。間違いなく。プローブ4」

今度は二人の目が、祥子の実験ノートの記載に、自分たちの記憶が間違っていないことを確かめている。

「間違いない」

「日本脳炎か……」

「日本脳炎よ……」

二人の声が搾り出された。阿山洋教授を倒したウイルスの正体がわかったのだ。

「どうして、このようなものが」

「たしかに、日本脳炎なら、病理解剖所見とも一致するが」

「藤島先生が阿山教授から受け取って射ったワクチンが、日本脳炎のウイルス？」

「ということになる。いや、日本脳炎のワクチンかもしれない」

「どういうこと？」

「調べてみたんだが、日本脳炎のワクチン、やはり脳炎や脳症の重篤な副作用で、今は任意接種。事実上、中止されている状態だ」

「中止されているようなワクチン、どこにあるのよ」

「製造元」

「あ」

「そう、ここだ。病原体研究所」

「ま、まさか」

「そのまさか、だ。誰か阿山教授が生きているのを好まない人物がいた。教授が新しいワクチンを開発製造したときには、必ず自分の体で安全性を確かめるために注射することを知っていた者でもある」

「阿山教授が生きていたら困る人物って」

声をひそめて祥子は研究室の中を見まわした。今は他に人はいない。

「やはり行政側かな？　いや、それにしてはお父さんのほうに格別の被害はない」

乱風は短い時間で、阿山重光という名前を全国警察に出された被害届に探したのだが、結果は何もなかった。

「妙だな……。こいつは一応、谷村警部に話しておいたほうがいいだろうな」

「谷村警部……」

祥子の記憶にも新しい。T市警察署の谷村清志警部は〈黒い研究室〉の事件で、乱風や祥子とともに事件の解決に尽力した豪腕警部であった。

「ただ、阿山教授が劣悪な日本脳炎ワクチンを、今回の新型インフルエンザワクチンと間違って射ったとすれば、事件性がまったくないことになる」

「そんなこと、これっぽっちも考えていないくせに」

乱風はニヤリと笑った。

「ところで、お父さんのほう、重光前教授は肺癌だと言ったな」

「そうよ。もうすぐ二週間の診察の日じゃなかったかしら」

乱風の思考回路の速度に充分な対応を見せた祥子は、記憶を辿りながら、カレンダーに数字を追った。

乱風は指を髪に突っ込んで、くるくるとやりだした。

「どうも、つながらない。東京で殺害された脇坂隼於。即死させる物質が射ち込まれたことは間違いない。こちらは天下りに渡りと、相当にいい目をしたほうだ。日本脳炎……。強毒性のウイルス……。こいつに細工すれば……」

一撃で人ひとり殺せるかなあ……。

「どう思う?」

「え? どう思うって。全然、つながらない。東京で殺された元厚生省の役人さん、無理に結びつけなくても」

「いや。可能性は常に頭に置いておかなければならない。何しろ、背後には過去のワクチン大災禍がある」

「そう考えれば、そうだけど……。そちらは任せるわ。それより」

先ほどから祥子がポラロイド写真にまた鋭い視線を向けているのに、乱風は気がついていた。祥子の長く美しい指が、そっと一カ所を指し示した。

「ここに、うっすらとだけれど、もう一本、ＤＮＡのバンドが出ている」

「え？　何だって」

顔を近づけた乱風は怪訝な表情だ。

「ごく薄いけれど、たしかにあるな。九番目の列だよ。何だった？」

祥子は静かに研究ノートを乱風の目の下に差し出した。

「ムンプスウイルス」

弾かれたように乱風の顔が上がって、祥子と目を合わせた。祥子の断定的な声がつづいた。

「おたふく風邪。欠陥だらけ、悪名高いムンプスウイルス占部株。占部Ａｍ９株よ」


占部Ａｍ９ウイルス株。かつてのＭワクチン大災禍の元凶となったウイルスである。

そもそもおたふく風邪のような、ほとんど何事もなく治癒してしまうウイルス感染症を予防する必要があるのか。どれほどの議論がなされたあとの予防接種だったのか……。

詳しい研究の結果、おたふく風邪に感染し、耳下腺炎のためにおたふく顔になった患者で、ほぼ半数の脳脊髄液にウイルスが侵入していることが証明されたという。単純に言えば、髄膜炎を発症する危険性が極めて強いということになる。

ムンプスウイルスは髄膜への親和性が格別に高く、脳脊髄膜を侵しやすい。

髄膜炎、といえば恐ろしい響きがあるが、実際にはおたふく風邪で髄膜髄液にウイルス感染があったとしても、致死的な髄膜炎を発症することはほとんど皆無で、何らかの症状が出たとしても、ほぼ完全に治癒する。もちろん、正常の免疫、本来の治癒力が作動するからである。

こうして考えてみると、症状も何も発症しないから脳脊髄液にウイルスが感染していないと我々は思っているだけで、詳細に研究してみると、実は多くのウイルス感染症で脳脊髄液に、それこそ普段の風邪でも、ウイルスが血液脳関門を破っているのではないか？ 我々がしばしば経験する頭痛は、脳脊髄液内に侵入したウイルスが引き起こした症状ではないのか？

我々は普段血液の中に細菌はいないと信じているが、怪我をすれば出血する。血管が破綻するのだから、近くにいた細菌はいとも簡単に血中に入る。きわめて初期の菌血症という状態である。もちろん、この程度では大事にはならない。血中でたちまち生体防衛機構が細菌を破壊してしまう。白血球が食い殺すこともあるだろうし、免疫グロブリンがはり付いて、細菌の息の根を止めてしまうシステムもある。

この防衛軍が充分に働かない状態だと、菌は我が物顔に増殖する。血中に大量の菌がはびこると、各臓器で問題が生じ、機能が麻痺する。これがいわゆる敗血症で、高い確率で行き着くところは死である。

生体防衛軍を強化するのが、予防接種ワクチンである。

ほとんど無症状のうちに治癒してしまうとはいえ、おたふく風邪ウイルス感染症、それも半数が髄膜にまでひろがるとすれば、やはり罹患しないに越したことはない。ということでムンプスワクチンが開発され、先進国と自称する国家ではワクチン接種が推奨されている。

〈ワクチンを開始してから、自然感染によるムンプス髄膜炎は激減し、ほとんど見られない〉と報告されている。この表現、〈自然感染での髄膜炎はないが、ワクチン接種による副反応としての髄膜炎はしばしば起こっている〉ようにも読める。

「まあ、そのことは置いておいて」

乱風は気を取り直したように、あらためてポラロイド写真を見つめている。暗室では気がつかなかった弱く光るＤＮＡバンド。わずかな輝線だとしても、妙にくっきりとしている。日本脳炎ウイルスと比べると、消えてしまいそうなくらいだが、科学者の判断からすれば、とんでもない量である。

「占部Ａｍ９ムンプスウイルスとは……よく、これを調べる気になったな、祥子」

「何となく……よ。でも、頭のどこかにＭワクチン禍事件のことがあったのかもしれない。元凶となった悪名高いウイルス。まさか、こんなものが出るなんて」

「確認したほうがいいな」

「もう一度、ＰＣＲかけてみましょうか。こっちのほうの確認もあわせて」

祥子は日本脳炎ウイルスを指差した。乱風が大きくうなずいた。

昼前に顔を見せた川崎研一郎准教授は、研究室の奥に男女の声を聞いて近づいていった。気配に白衣の女性が振り向いた。

「あ、先生」

祥子の指がＤＮＡ増幅器のスイッチから離れた。器械がブーンと作動開始した音をあげはじめた。

祥子の横で、背の高い祥子よりさらに首ひとつ飛び出し、ぺこりと動いた茶髪に驚く間もなく、大きなガラス玉が男の頬に光を散らしたのを見て、この人が？　というように川崎は祥子を見た。

「紹介します。私のフィアンセというか夫です。乱風です」

「らんぷう……」

「岩谷乱風です。祥子がいつもお世話になっております」

もつれそうな舌に、祥子は吹き出しそうになった。

「あなたが……。ご出身は国立Ｔ大学医学部とか」

「はい。刑事をやっていますが、話せば長くなる、とりあえず医師免許は持っています」

そんなことより、と祥子は川崎に乱風批評の時間を与えなかった。

「これを見てください」

祥子の手に、ポラロイド写真があった。

「午前中に調べたPCRの結果です。阿山教授の脳から検出されました。日本脳炎ウイルスです」

「何！　日本脳炎!?　いったい、それは」

川崎は声を張り上げかけた自分の口に人差し指をあてて、まわりを見まわした。幸い研究室には誰もいなかったが、二人は准教授室に連れて行かれた。川崎は慎重にドアを閉めた。

「日本脳炎だって」

「ええ。意外といえば意外ですが、さっき、この結果を見て二人で考えたのですが」

インフルエンザワクチンを射ったつもりが、日本脳炎ワクチン、それも何年か前に使用が中止された強毒性のワクチンを阿山教授は射ってしまったのではないか……。

「そんなもので、二日後に死亡するほどの脳炎にまで至るものか……。間違いなく日本脳炎なのか」

祥子はウイルスの遺伝子とPCR用プローブの塩基配列を川崎に示した。

「これは大変なことになった……」

乱風が口をはさんできた。

「阿山教授が強毒性の日本脳炎ワクチンを射つはずがない。この道の権威だ。間違えるはずもない。そもそも、日本脳炎ワクチンは中止になったあと、今後の研究のための一部を残して、どこかに厳重に保管されているはずです」

「ワクチン製造販売部の仕事だ、それは」

「阿山教授はウイルス研究部ですが、当然ワクチン製造には深くかかわっていらっしゃる」

乱風は彼女から聞いたというように、チラリと視線を祥子に流した。

「自殺されるようなことは」

「ありえない！」

「先生。先生は阿山教授が誰かに殺されなければならない理由、何かご存じありませんか」

いきなり祥子に尋ねられた川崎は、視線をしばらく二人の間でウロウロとさせていたが、震えるように唇が開いた。

「教授は、あのようなご性格だ」

ワクチンを自らの体に試射することを言っているようだ。川崎の両拳が強く握られた。

「ワクチンの安全性については、阿山教授は絶対の自信を持っておられた。ご自身が研究開発されるワクチンだ。かつて、阿山教授のお父さんがかかわったMワクチン禍事件のようなことがあっては決してならない、少なくとも自分の体に何事も起こらないところまでは確かめなければならないと、いつも」

川崎は乾いた唇を乾いた舌で潤そうとした。

「ワクチン製造販売部とは、そういうことで、しばしば衝突した」

「それは、ある程度、欠陥商品もできてしまった、ということですか」

「そういうことだ。君たちは医者だから知っているだろうが、ウイルスの処理の仕方、特に増殖の方法、弱毒化、そのあとの異物除去など、むずかしい過程がいくつもある。すべてに同じ条件で同じものが造れるわけではない」

乱風と祥子はうなずいている。

「しかも、流行に間に合わせなければならない。需要に応えられるように、良質のものを安定供給するという厳しい条件が常につきまとう」

川崎は自らを納得させるように、一度口をつぐんだ。

「ワクチン接種後、人体にできてくる免疫が弱ければ、処理したウイルスの量を増やして射つことまで考えなければならない」

「今回のC国のワクチンのように、免疫を強めるための添加物(アジュヴァント)も」

「いろいろと工夫が必要なんだ。ぐずぐずしていると、流行の時期が過ぎてしまう。流行に間に合わせようとすると、製造も駆け足だ」

「そこで、ある程度の欠点には目をつむる、という事態も起こるのですね」

流行している時期に稼がないと、流行が過ぎてしまえば、ワクチンもただの水だ……と乱風は腹の中でつぶやいている。予防接種という大義名分の陰に、またまた、人の命より金、の極悪理念が……。

「阿山教授は、製造供給を優先し、安全性を時には疎かにするワクチン製造販売部とは、しばしばぶつかっておられた」

トラブルといえば、それぐらいしか考えられない、と川崎は頭を叩いた。

「しかし、そんなことで、教授を殺そうとするだろうか。季節型のインフルエンザワクチン、毎年公表はされていないが、それなりの副作用症例が出ている。よく見ていると、副作用の発生率と内容にバラツキがあることがわかる。要するに、副作用発生件数が多い年、重篤な副作用が出る年のワクチンは、それなりに欠陥商品ということだ」

乱風と祥子は目を見合わせた。

「ただ、ワクチンの性質上、完全に死んだウイルスじゃないから、どうしても何らかの副反応が出る。そもそも免疫ができるということ自体、人間のウイルスに対する反応だ。他の反応だって、いくらでも起こりうる。ある程度の健康被害は避けられない。大事なことは、ワクチンを供給する側としては、健康被害を最小限に食い止める義務がある、ということだ」

「それは、ワクチンを可能な限り安全に造るということと、万が一にも大きな副作用が起こったら、たとえ疑いでしかないとしても、疑わしきは罰せずではなく、ただちにそれ以降のワクチンを中止するということですね」

「そういうことだな。日本は後者の点では、非常に遅れた、お粗末な国だ」

「阿山教授は、そのあたりの考え方でも、ワクチン製造販売部とは食い違っていたのですね」

川崎の目がうなずいた。

「今年の新型インフルエンザワクチンはどうでした？」

「病原体研究所では、ワクチン製造用のウイルス株の供給が遅れたんだ。ということは、製造販売も遅れたということだ」

「大急ぎ……ということか」

「それに」

祥子がつけ加えた。

「インフルエンザが全国的にひろがって、もうずいぶんになります。子どもたちも、ほとんど罹ってしまったんじゃないかしら？　大人も時期的には、しっかりした免疫ができてきている。とすると、ワクチンはいらない」

「ますます、製造出荷に躍起となるか」

「そのワクチンに何らかの欠陥が？」

「あったのかもしれない……」

二人のやりとりに川崎もうなずきながら言った。

「しかし、阿山教授が射とうとされたワクチン、もう今週の初めには出荷されたんじゃないかな。ワクチン製造販売部の橋本教授が木曜日の教授会で言ってたぞ」

「日本脳炎以外に、阿山教授が殺害されたとして間違いない証拠があります」

これです、と祥子は先ほど見せたポラロイド写真を取り上げた。

「この九番目を見てください。うっすらとバンドが」

川崎は祥子から写真を取って、強い度のメガネをはずし、少しばかり前方に飛び出したド近眼の眼球に近づけた。

「たしかに。こいつは、何なんだ？」

「先ほど先生が来られたとき仕掛けたＰＣＲ、再確認のためです。ムンプスウイルス。占部Ａｍ９株です」

祥子の声を川崎は最後まで聞かなかった。

「な、何だって!?」

椅子から川崎が飛び上がったように見えた。

「どうして、そんなウイルスが教授の脳に」

「通常ありえないことだと思います」

「あ、当たり前だ。それに、今はムンプスが流行しているとは思えない」

「やはり誰かが人為的に」

「しかし、何で、ムンプスなんだ。どうして、あの占部Ａｍ９株なんだ」

乱風が上半身を前に出した。

「ますます、阿山教授に殺意を抱いた人間、絞りやすくなります。今回の目的のために、十数年前に封印されたウイルスを保管場所から持ち出した奴、そいつが阿山洋教授の殺害犯人ですよ。いまどき、このウイルスを使って研究しているとも思えませんからね。もし占部Ａｍ９株を使っている研究者がいるとすると、そいつも容疑がかかる」

可能性を並べ立てながら、乱風の思考回路は別のところを加速しながら走っていた。どこから阿山洋の脳にこのウイルスが侵入したのか。日本脳炎ウイルスワクチンを射ったときに混じっていたのか。それが一番考えられる。二種のウイルスを一緒に混ぜた奴。一種類では足りないと思ったのか。それとも、何かの……。

占部Ａｍ９株はかつてＭワクチンに使われたウイルスで、副作用として重度の脳症を高頻度に起こしたおぞましい歴史がある。

いや、ウイルスが悪いのではない。問題があることを承知しながら、予防接種という美名の裏で、金儲けのために、いつまでもワクチンを中止しなかった人間たち。ワクチン禍の元凶は人間だ。被害が多発したワクチン行政に関わった人間たちこそ、すべての元凶、彼らこそ社会の病原体と呼ぶに相応しい……。

乱風の脳細胞が、まるでウイルス感染を受けたように、熱くなっていた。

12　喀血

夕方にできあがってきたＰＣＲの結果は、やはり阿山洋の脳にムンプスウイルス占部Ａｍ９株が侵入していたことを確実にした。

二種類のウイルスによる疾患、日本脳炎、おたふく風邪、いずれも流行など現時点ではまったくない。人為的に、それも死亡二日前に阿山洋が新型インフルエンザワクチンと信じて自らに射ったものに混入していたことは間違いのないことであった。

「どちらもウイルスそのものでしょうかね。あるいはかつて使用されたワクチンの残っていたものでしょうかね」

乱風の問いかけに、川崎はしばらく考えていたが、何度か瞬き（まばた）をして答えた。

「どちらも可能性がある。日本脳炎で問題になったのは五年くらい前だから覚えている。ムンプスについては、俺もまだ中学か高校だ。だが、あれだけのワクチン禍を起こしたやつだ。絶対にどこかに保管されているに違いない。もちろん、二度と日の目を見ない形で封印されているはずだ」

「廃棄されては」

「いないだろう」

「ワクチンの管理はワクチン製造販売部ということですね」

川崎はうなずいた。

「日本脳炎のワクチン禍についても調べてみました」

乱風が、ネットで、と前置きをして言った。

「たしかに欠陥ワクチンには強い脳症、回復不能な脳の障害をもたらす可能性はあると思いますが、果たして二日で、それまで健康だった成人一人を激しい脳炎で死亡させることができるでしょうか」

「では、岩谷君はワクチンではないと」

「ええ。僕は殺害目的ならば、最初から強毒性のウイルスを使うと思います」

「日本脳炎ならそれも可能だろうが、ムンプスで、あそこまでは」

「ですから阿山教授を倒した主たる原因は、日本脳炎ウイルス」

「そんなもの、阿山先生に射って、他の人にも感染らないの。現に私たち、教授の解剖に立ち会い、脳を」

言ってから、祥子はしまったという顔をした。川崎と乱風が妙な顔をして、祥子を見たからだ。祥子は真っ赤になった。

「すみません。祥子は真っ赤になった。日本脳炎ウイルス、人から人への感染はなかったんでした」

「そのとおりだ。だから日本脳炎ウイルスを使えば、狙った相手だけを倒すことができる」

乱風は言いながら、脳の中で鐘が鳴ったような気がした。川崎が即座に質問を加えた。

「では、ムンプスウイルスは？　それも占部Ａｍ９株だ」

「こちらも大量に射ち込めば、激しい脳炎を起こすかもしれませんね。詳しくは知りませんが。あるいは、二種類のウイルスを同時に感染させれば、格別の毒性を示すとか」

「ありうる考えだが。しかし、そうなると、ワクチンをウイルスとすり替えた奴は、よほど阿山教授を亡き者にしたかったということか……」

川崎はうーんと唸って腕を組んだ。

「お心当たり、ありませんか」

乱風が水を向けても、川崎は黙ったきりだった。

「ワクチン製造販売部とは、しばしばぶつかっていたとおっしゃいましたが」

川崎の目が動いたが、口は開かなかった。

「二つのウイルスを簡単に扱える人物。亡くなった阿山教授自身も当然そうだったでしょうが、ワクチン製造販売部の人間。しかもワクチン製造過程に精通していて、バイアルに誰にも気づかれずにウイルスを混入させることができる人物。いや、待てよ。別に中身を入れ替えるとか、混入させるとか、面倒くさいことをしなくてもいい。新型インフルエンザワクチン用の空のバイアルにウイルスを入れたものを用意すればいいんだ」

乱風は一人うなずきながら訊いた。

「ワクチン、どこで製造しているんです？　この研究所に設備あるんですか」

川崎はゆっくりと首を横に振った。

「いや。造っているのは別のところだ。だが、ここでもバイアルは手に入る。新型インフルエンザワクチンと印刷されたラベルも、この研究所経由で、製造工場に転送されるんだ」

「ということは、わざわざワクチン製造工場まで行かなくとも、ここでウイルス混入バイアルを作れるということですね」

「それに、そのほうが、阿山教授に偽のバイアルをわたすことが簡単だろう」

「阿山教授は、いつもワクチンの新しいバイアル、どこから手に入れられていたんですか」

「製造工場でできたものの、それぞれのロットの一部がワクチン製造販売部に集められる。万が一にも問題が起こったときに対処するためだ。その中の一本だろう、阿山教授が射ったのは」

「だが、それが何者かによってすり替えられた」

阿山洋を倒したかった人間がすぐ近くにいる……。どうしても殺したい理由とは何だ？　動機を持つ人間は誰だ？

「少し調べてみよう、私のほうで」

川崎はワクチン製造販売部がある建物の方角に視線を流した。

「気をつけてくださいよ、先生」

川崎に言いながら、乱風は祥子に心配そうな顔を向けた。

翌日曜日は署に出なければならない。ゆっくりと二人の時間を楽しむ間もなく、最終ののぞみで東京に向かった乱風は、かろうじてひとつだけ空いていた自由席に長い体を落ち着けると、推理思考に集中するために静かに目を閉じた。

満席でも、昨夜のように立っている客はいなかった。ほとんどが疲れて眠っているようで、咳やくしゃみも時々どこからか小さく聞こえるだけだった。

闇を割いてひたすら走る明るい空間が、奇妙な静けさだった。線路を食む車輪と車体の揺れだけが、刻まれる時間を認識させた。

のぞみの発射時刻を気にしながら、車の中で祥子と長く唇を合わせた感触が消えなかった。

「どうも、精神的によろしくない」

思考の合間にうしろ髪を引っ張られるたびに、乱風はその一本一本を切り落とした。

そうでもしないと、考えがまとまらなかった。阿山洋の死と、脇坂隼於の死がついたり離れたり、またくっついてきた。殺害方法も、違うように見えて、同じとも思えた。

「脇坂隼於の死因、ウイルスの面から調べてみる必要があるな。先輩に連絡しておくか。どうせ、死因はわかっていないに違いない」

乱風の想像は当たっていた。東京神田川で毒殺された元厚生省役人脇坂隼於の死因の特定に、T署担当官たちはお手上げの状態だった。

同じことが大阪府泉南郡M警察署と私立W医科大学法医学研究室でも起こっていた。芹沢忠継の死因、毒殺には間違いないのだろうが、毒の成分が特定できなかった。そのことを乱風が知るはずもなかった。


液体窒素の白い煙が、厚い手袋をつけた腕に巻きついて、宙空に舞い上がった。引き出された金属ラック全面に霜がついている。ラックは十段ほどのサンプルケースが重なっている。ひとつのケースは百本のミニチューブを収納できるよう一センチ×一センチに区切られている。

上から三段目のケースが躊躇いなく押し出された。端の二つの区画には何も入っていなかった。残り九十八本のチューブが整然と並んでいる。三つ目の凍結したチューブが手袋の人差し指と親指に挟まれて引き出された。

ラックを収めたあと、チューブの霜が指で掃われると、ペンで書かれた文字が出てきた。

「よし」

液体窒素タンクの蓋が閉じられた。あおられた窒素の白い煙が顔を打った。軽い咳の音がした。

誰もいない研究室に戻り、あらかじめ温めてあった温浴槽にチューブを浸すと、たちまちのうちに凍結していた中身が透明の液体になった。バイオハザードのマークがついた細胞処理クリーンベンチの中で、慎重にチューブの中の液体が細い注射器に吸い取られた。

空になったチューブがピンセットに挟まれて、ベンチの中で青白い小さな炎をあげているバーナーにかざされた。火によってチューブは白い煙をあげながら、たちまちのうちに溶けて形を変え、飴のように丸くなった。熱でさらに小さくなったチューブは、やがてついに黒い塊となり、最後は真っ黒い煙を一筋噴き上げて炭となって、熱せられて真っ赤に光るピンセットの隙間から零れ落ちた。

少しばかり咳き込んだためか、まわりの乗客たちが明らかに嫌な顔をしているのが気配でわかる。この時期、咳ひとつ遠慮しなくてはならない。

これは新型インフルエンザじゃない、肺癌のためだ、と言ってやれば、この無知な連中はどう思うだろう。自分には関係がないと無視するか、インフルエンザに罹らないと安心するか、それともこの老いぼれに同情してくれるか……。

阿山重光は佐治川教授が処方してくれた薬に感謝している。格段に症状が緩和されていて、咳に睡眠まで妨げられてつづいていた全身倦怠感が忘れたようになくなった。おかげで、今生の別れを告げたいと思って連絡した相手とは、予定どおり滞りなく会うことができていた。今日、これから約束をしている人物の顔を見ることができれば、阿山重光の人生という旅にいつ終焉が訪れようと満足だ。

窓の外、遠くにひろがる海原（うなばら）を見ながら、ふと、重光は不安になった。息子の死の原因は何だったのか。あの美人の女医、たしか倉石といったか、彼女はもう結果を手に入れたのだろうか。この旅行から帰ったら、訊いてみなくてはならない。

万が一にも、行政側の手が伸びていたとしたら……。重光は小さく首を振った。それはないだろう。行政への忠告を嫌うならば、狙われるのは、まずはこの自分だ……。それに、録音テープはいくつもダビングして、あちらこちらに隠してある。いくつかがなくなっているから、行政側は手に入れたに違いない。そして、それが際限なくダビングされていることに気づいているに違いない。とすれば、これ以上、録音テープを探す意味がない。

一時に何千億円というワクチン事業。例年の定期予防接種で、確実な収益が見込める。製薬会社との関係もある。としても、本来の予防接種の意味を考えれば、行政側は国民の生命を守る必要が未来永劫につづくわけだ。そこに大きな汚点をつくれば、今の時代、国民からの厳しい糾弾は免れない。官僚たちも自分がかわいいだろう。ある程度、慎重にはなるはずだ。そういう意味でも、私の警告はそれなりに役に立っている……。

阿山重光の思考はまた戻った。

ならば、どうして息子は死んだのか？　激しい脳炎を起こす原因となるようなものを、息子が間違って射つなどとは、到底考えられない……。誰かの意思があるのか、見えない意図が……。

青空を白く染めてしまいそうな陽の光に、海まで真っ白で、阿山は急に目を射られたように感じて、細く目蓋を狭めた。

「あのときも今ごろの季節だったたか……」

新しいMワクチン施行を翌年四月に控えて、予防接種推進委員会に緊急の召集がかかった。同じワクチンでC国に重度の脳症をはじめとする健康被害症例が続発、前年C国政府はワクチンの使用を中止したという情報が入ったためであった。

「どうも混合したワクチンのうち、ムンプスのものがまずいらしい」

「健康被害を受けた患者の脳脊髄液から、ムンプスのウイルスが検出されたということだ」

「C国政府はすでにワクチンを中止している」

「日本では間もなく来年四月からの施行が決まっているのですよ。今ごろ、このような情報を見せられても、それほど危険だとは思えませんが」

「何かの間違いじゃないのですか」

「そのとおりです」

　語気を強めたのは、病原体研究所長芹沢忠継であった。彼は同研究所ワクチン製造販売部の長も兼任している。

「皆さん。もう少し慎重に、いや、ここにおられる方々のほとんどは医科学者でありましょう、報告書をよくお読みください」

　会議室にざわめきが起こった。

「この部分です」

　芹沢はさほど厚くもない報告書の数ページ目を開いて、委員たちに向かってかざした。俄(にわか)づくりのようで、見にくい表や数字、文章には何カ所か誤字脱字が認められる、官庁の書類にしてはお粗末なものだった。

「ワクチン接種後、脳症を発症した患者の脳脊髄液に検出されたムンプスウイルス、これは自然流行のタイプ、すなわち野性株と考えられると記載があります。ワクチンに使われているのは占部Ａｍ９株。同じムンプスウイルスでも、まったく別の種類です」

うなずく頭がいくつか、彼らは書類をすぐに閉じてしまった。ひとり阿山重光、彼がMワクチン研究開発製造の責任者であったが、手をあげた。

「すみませんが」

阿山の声に、委員たちは顔を向けた。芹沢の目が光った。病原体研究所での阿山の性格を知り抜いている。

「原文を……、これはC国政府ならびにMワクチンを供給した製薬会社の報告の翻訳です、原文を、見せていただけませんか」

翻訳文では、誤字脱字だけではない、日本語とも思えないような文章がところどころに現れて、読む者の解釈を停滞させていた。

休憩時間が取られた。原文を用意するあいだ、委員たちは黙ったままで、厚生省の役人たちが座っていたあたりの空席に、ぼんやりと視線を投げていた。誰の胸にも、今さらワクチン投与を中止できないという思いがある。

先進国と呼ばれる世界各国の中で、日本は予防接種行政については格段の遅れがある。機会あるごとに、日本から麻疹(はしか)を感染された、風疹の流行は日本からだ、迷惑なことこの上ない、おたふく風邪だって髄膜炎の発症予防についてはまったく積極的でない、などなど、先進国関係筋から非難されていた。

彼らの国でウイルス疾患の予防撲滅を図っても、日本で流行っていては、すぐに感染される、意味がない、と一般大衆を納得させる表向きの、手厳しい叱責だけが目立って聞こえてくる。

予防接種はきわめて意味のある人類文明の知恵の結晶だ。

だが……と阿山重光はトイレに立った。

「重度の脳症……。ワクチンを中止するくらいだ。よほどの副作用に違いない。C国で投与されたMワクチンは、日本で来春から予定されているワクチンとまったく同じものだ。それが中止となると……」

阿山がブルッと震えたのは、用を足し終わったためではなかった。

十分後、会議が再開された。原文数ページのコピーが出席委員全員に配布された。英語に堪能でない委員たちは、最初から読む気がない。横文字を見つめる目が濁っている。一方で、阿山は文章の最初から鋭い視線をアルファベットの上に流していった。

誰も何も言わなかった。報告書全文を読み切ったのは阿山一人だけだった。五分ほどの静寂があった。

「たしかに……」

阿山の目が報告書から上がって、何人かの委員たちの間を確認するように走った。

「患者さんから検出されたムンプスウイルスは自然流行型いわゆる野生株のものと推察されると書いてある」

次の阿山の疑問に、芹沢は顔が引きつるのを感じた。

「自然流行型野生株と推察した根拠は何でしょうか。どこにも書いてありませんが」

阿山は再度英文を確認して、厳しい顔つきを崩さなかった。

「それはウイルスを分離して同定したのでしょう」

軽い声の答えが返ってきた。すかさず阿山の次の質問が飛んだ。

「ワクチン使用時に、ムンプスがC国で流行していたのですか」

答えがなかった。

「そんなことも確認していないのですか？　ならば、どうしてこの『自然流行型野生株のムンプスウイルス』という文言が出てくるのです。それに」

阿山は「ウイルスを分離して同定した」と発言した厚生省伝染病対策局長脇坂隼於に厳しい目を向けた。

「ムンプスウイルス、たとえ分離同定したところで、きちんと免疫染色を施して詳細に分析しないと、どの型のものか見分けなどつきませんよ」

脇坂は切り替えした。

「そうしたんでしょう」

「確認を取っていただけませんか」

「何ですって!?」

「患者の髄液から分離されたウイルス、ワクチンに使われた占部Ａｍ９株でないことの確認を取るべきです」

阿山はワクチンそのものが、Ｃ国政府にワクチン中止まで決めさせた重度の脳症を引き起こした元凶である可能性に思い至って、極度に危惧していた。

「今回の召集がかかる前、私は私たちが研究開発したムンプスワクチン、占部Ａｍ９株を使ったＭワクチンについて、何か問題になるような報告がないか、常に目を光らせていました。昨年」

阿山はスーツの内ポケットから何枚かのコピーを折ったものを取り出した。ひろげてかざされたコピーは、短い英語の論文だった。

「Ｍワクチン接種後発生した三例の無菌性髄膜炎患者について、昨年九月に発表された論文です。占部Ａｍ９株による感染が証明されています。私も半信半疑だったのですが、その後Ｃ国政府がＭワクチンを中止したことを考えると、関連性がきわめて濃厚と考えざるを得ません」

阿山は誰も論文を見せてくれと言わないので、そのまま机の上に置いた。

「私どもで造ったワクチンです。これで健康被害、それも重症だ。そのような方が一人でも発生したとすれば、慚愧（ざんき）に堪えない」

唇を嚙んだ阿山を、他の委員たちは無表情に見つめている。脇坂が押さえるように言った。

「ですが阿山教授。まだMワクチンのせいだと確定したわけではありませんよ」

「そうですよ、阿山教授がいつも過剰と思えるほど」

脇坂を支持するように間髪をいれず発せられた芹沢の声に、阿山は目を剥いた。

「慎重でいらっしゃるのは、同じ研究所に勤務し、またワクチンの研究開発をお任せしている私としましては、まことにありがたいのですが」

芹沢は会議室内をぐるりと見まわして、あとにつづける自分の言葉に異論を挟む意思を封じ込めた。

「C国と日本では、事情が異なります。ワクチンに対する反応にも違いが出るでしょう。しかも今の時点で、Mワクチンに使われた占部Am9株が脳炎髄膜炎を起こしたという証拠はどこにもない。過敏に恐れる必要など、まったくありません。副作用を恐れるより、ウイルス疾患でどれほど悲惨な脳炎を起こすか、皆さん先刻ご承知でしょう」

少しばかり顎を突き上げ、大きな鼻の穴をさらに膨らませ、下目づかいに委員たちを見下ろしながら、芹沢はMワクチン必要論をぶちまけた。

何か言いたそうな阿山に、ときどき抑制するように手のひらを向けながら、芹沢は言葉を途切らせなかった。

「準備はすべて滞りなく進んでおります。我々の病原体研究所でも来春に間に合わせるよう、所員一丸となって努力しております。すべての接種対象者に遺漏なくワクチンがいきわたるように準備しております」

所員一丸という表現に力をこめて、芹沢は阿山に強い視線を送った。

「脇坂さん」

急に呼ばれて厚生省局長は目をパチクリとさせた。

「先ほどの阿山教授のご要望、ウイルスの型に関する情報、こちらは今後のワクチン行政を進めるためにも重大な意味を持ちます。是非、情報の収集については、心に留めておいていただきたい」

脇坂は芹沢の小さく光る瞳孔を覗き込み、芹沢の意図を探りながら、ゆっくりとうなずいた。

翌年、ＰＣＲという遺伝子を分別するための新しい検査方法が導入され、Ｃ国で被害を受けた患者の脳炎髄膜炎を起こしたウイルスがワクチン由来、すなわち占部Ａｍ９株であることが証明されたときには、日本ではワクチン施行後すでに数カ月が過ぎていた。

「せめてウイルスが占部Ａｍ９株でないことがはっきりとわかるまで延期すべき」と主張した阿山の意見は、誰からも支持されなかった。

日本とＣ国では事情が異なります……芹沢は人種が違うからワクチンに対する反応も違うとでも言いたかったのか、現実には事情が異なるはずもなかった。日本では四月以降半年も経たないうちに非常に高い率でMワクチン接種後髄膜脳炎が発生していたのである。

「わかっていたのだ。ムンプス占部Ａｍ９株がすべての元凶であることが。ただちに中止すべきだったのだ」

Ｍワクチン開始後半年が経った十月にワクチンの安全性を検討する最初の会が開かれたが、ワクチンを一時中止すべきという阿山の慎重論に耳を貸した者は、委員の中に一人としていなかった。

「どうも妙じゃありませんか」

ワクチン中止を訴える阿山の前に大きな顔を突き出したのは、北陸Ｋ大学医学部教授の野々村宗吉だった。

「四月のワクチン開始から半年で発生した髄膜脳炎の患者ですがね、うちじゃまったくそんな症例ありませんよ。何か地域的に偏(かたよ)りがある。近辺の医師たちからも、医師会からも、軽い副作用の報告はあっても、重症例はほとんどありません。Ｍワクチンに問題があるのではなくて、射った医師のほうに何か……」

野々村はそのあと声をひそめて、また大きくした。

「ともかく、いまの時点でワクチンを中止する理由が、皆目私には理解できない」

新しい検査方法のPCRによるウイルス遺伝子の同定について、野々村は原理すら理解していないようだった。

「そもそも、その検査法で、確実なことが言えるのですか」

現在でこそ材料と器械さえあれば誰にでもできる検査方法なのだが、当時はまだこの画期的なDNA増幅解析方法が考案・実用化されて、時間が短かった。信憑性に疑問を投げかける者も少なくなかったのである。

「これまでワクチン施行の準備のために、どれほどの負担が強いられているとお思いですか。帳尻合わせは最低限やらなければならない。今後のワクチン行政にもかかわる。四月にはじめたばかりのワクチンだ。いま中止なんてこと言いだしてみろ。どれほどの非難を受けると思ってるんだ。国の権威というものが間違いなく失墜する。我慢のならない事態になる」

国の権威という言葉の中に、自分たちウイルス学者のプライドをうまく隠し込んで、野々村は自己防衛の意思を示した。

いつの間にかぞんざいな言葉つきになった野々村は強力なワクチン推進派であった。たとえ阿山のようにワクチンの安全性に疑問を抱く者がいたとしても、体制に逆らうだけの気概を持つ者はいなかった。ウイルス学会のボス的存在だった野々村に逆らうことが自身にとってまったくメリットにならないことを、教授たちはよく知っていた。

ワクチンが危なければ、自分の家族や親戚の者には射たないように言っておけばいいではありませんか……と会が終了したあと、小声でささやく者までいたのである。


回想は阿山重光にとって、車窓の外を流れる景色のように、過ぎ去ったものとして忘れうるものではなく、ことあるごとに甦(よみがえ)っていた。

「いま通り過ぎた景色、私の中での映像はすぐに消えてしまうが、景色の中にあった土地は消え去るはずもない。いつまでもあの場所に残っている。同じことだ。私たちの決断があまかった。重症の健康被害者、それも命を奪われた人たち、重度の障害を残したまま、普通に送ることができるはずの人生を否定された人たち。責任は私たちにある」

何度つぶやいたかしれない自責の念、何度つぶやいても変わらない……何度詫びても許してもらえるはずもない……阿山重光はいつもそうするように、強く目蓋を閉じた。さもなければ、横の席にいる乗客に、溢れて流れ落ちる涙を見られるに違いなかった。

京都から乗り込んできて奥のA席に体を入れた阿山ほどの年齢の乗客は、阿山と軽い言葉を交わしたあと、検札が終わり、米原(まいばら)を過ぎるころには顔を落として眠ってしまっていた。グリーン車の軟らかい椅子に伝わってくる揺れに、うなだれた首がときおり動く以外、老人は息をしているのかどうか疑うくらいに静かだった。名古屋を過ぎ、静岡、熱海(あたみ)とのぞみは冬景色を分けて快走している。
車窓の景色を遮る老人の横顔に、阿山から顔を背けて立ち去った男の顔が重なった。

Mワクチンによると思われる髄膜脳炎の患者が急増していた。全国の医療機関から続々と副作用報告が、各地の保健所を通じて厚生省に集積されていった。のちの予防接種健康被害認定状況で示された数字では、ワクチンによる健康被害者は開始後一年で一七四名、二年目に二九九名、三年目が三九八名、四年目一五八名、五年目三六名となっている。そして、数字を見るまでもなく、悲惨な副作用発生のために、開始後五年という月日を経て中止されている。ようやくの中止決定という、理解に苦しむ遅さであった。

集計表には注釈が付け加えられている。被害者の実数はこの数字の十ないし二十倍以上と推定される――。他の予防接種と比較して、ありえないほど高率の健康被害発生であった。

当時の医療関係者、特に現場でMワクチンを投与する医師たちに、この未曾有の副作用健康被害が即座に伝わっていれば、医師の注射器を持つ手に逡巡(しゅんじゅん)が生まれたに違いないのだが、意図的かどうか、数字が発表されたのはずいぶんあとのことで、現場の医師たちは、全国にひろがる被害の実態を知らされないまま、ワクチンを希望者に射ちつづけたのである。

阿山重光は髄膜脳炎の健康被害が出ていないか、くりかえし中央省庁に尋ねていたのだが、そのたびに「現在、集計中です」としか答えが返ってこなかった。そのうちに、ちらほらと阿山のまわりでも疑わしい症例の発生が聞こえてくるようになった。医師や医師会に照会すると、対応は二つに分かれた。一部の医師はワクチンの接種を自主的に控えることにしたというものであったが、大半は国からは格別の指示がない、このままワクチンをつづけるという返事だった。

阿山は病原体研究所でしばしば芹沢所長にワクチン中止の要請を出したのだが、多忙を理由になかなか芹沢と会うこともできず、月に一度の教授会で顔をあわせても、芹沢の視線は常に阿山から離れていた。ほとんど避けられているに等しい状態であった。

Mワクチン開始後三年、安全性検討会で、今度は脇坂の横に初めて目にする男が座っていた。阿山が会議室に入ると、脇坂が男に何やらささやいた。黒縁めがねの奥に光る男の視線が、ジロリと阿山の顔を射た。

健康被害の内容検討に費やされた一時間ほどのあいだ、どこかで見た記憶があるその男は、ほとんど身じろぎもせず、阿山を注視していた。ときおり閉じられる目蓋が開いても、目の焦点は阿山の上にあった。

「以上、健康被害者の病態について申し述べましたが、何名かに起こっている髄膜脳炎に関しても軽症で、治療により対処できたとの報告でございます」

あの髄膜脳炎患者が軽症……何だと！　阿山の顔が真っ赤になった。一瞬、口にすべき言葉に迷った。

脇坂の横にいた男が立ち上がった。視線は阿山に向けられたままだ。

「ごくろうさまです。事務次官の黒川（くろかわ）です」

思い出した……。

「今日ご検討いただきましたMワクチンについては、中止した国でも、すでに新しい、そうですね新新混合ワクチンといいましょうか、次のワクチンを準備中と伺っております。このワクチンの必要性は今さら申し述べる必要もございますまい。わが国では三年前から、世界に遅れること数年、ようやく開始の運びとなりました。まことに喜ばしいことです。関係者各位のご努力には感謝いたします。私たちの指導の不手際で、ワクチン施行が先進国の中では格別に遅いというお叱りの言葉をしばしば頂戴いたしますが、真摯に耳を傾け、今後の予防接種についても遅滞なく執（と）り行えるよう、万全の体制を整えねばなりません。先ほどから伺っておりますと、Mワクチン接種によって充分な感染発症抑制効果が認められる中で、一部の方に健康被害が出た。まことに遺憾なことではございますが、現場の医療機関のほうで治療体制を整え対処をしていただくよう、指導してまいりたいと思います」

な、何を言っている……。阿山は椅子を蹴り倒すように立ち上がった。

「こ、このワクチンはっ！」

黒川が眼球を一度大きく前に出し、次に目蓋で細い隙間を残して中の光を隠した。

「以上です。わずかな健康被害者のために全体の利益が損なわれては、国が指導する伝染病対策というものが成り立ちません」

「黒川さん！」

委員たちは全員すでに帰り支度をしている。

「あなたにお子さん、お孫さんはおられますかな」

見たところ事務次官は五十代半ばと思われた。

「それが何か？」

黒川は阿山の質問を先取りした。

「孫にワクチンを射ったか、とお訊きになりたい？」

阿山は口ごもりながらうなずいた。

「まだです。ですが、射つ予定ですよ。帰ったら、息子夫婦に言っておきますよ。検討会で充分な安全性が認められたとね」

黒川事務次官に孫はまだいなかった。

先ほどから阿山は何となく背中に痛みを覚えていた。のぞみのグリーン車のゆったりとした座席は、病魔に侵された老人の体にとっても快適なはずだった。

そういえば、横に老人が乗り込んできて、しばらくして咳き込んだとき、隣にいるA席の老人はもう静かに目を閉じて、阿山の激しい咳にも反応しなかったのだが、あのあたりから背中が痛みだしていたのだ。

トンネルに入った。急に気圧が上がったのか、阿山は胸に強い圧迫感を覚えた。ギュウと肺全体が絞られるようで、体をそのまま座席に落ち着けておくことができなかった。異様な焦燥感……灼熱感……阿山は立ち上がった。車輛が脱線でもしたかのように斜めに傾いた。

ガハッ！　前の座席が真っ赤に染まった。口の中が熱く、鉄錆のにおいが充満した。前席の男が驚いて顔を捻じ曲げた。男は再度の血液噴射を避けることができなかった。

「ワワッ！　な、何だっ!?」

立ち上がった男性客の顔が真っ赤だ。後ろの老人は手を口にあてて、激しい咳を繰り返していたが、次の瞬間には床に崩れ落ちていた。

男性客は倒れた老人のことなどかまう余裕がなかった。どう見ても、老人が噴き出した血を全身に浴びたのだ。床で咳き込んでいる阿山の体をまたいで、洗面所のほうに走っていった。

まわりの客たちが立ち上がり、騒然となった。覗き込んでいる客たちの後ろから、男性が声をかけた。

「どうしました。あっ！」

男は体をねじ込んだ。

「ああ。阿山先生」

うつ伏せに倒れている阿山に手をかけて揺すぶった男は、突っ立っている客たちに叫んだ。

「車掌さんに連絡してください。それに救急車。どこか臨時停車を」

十分後、のぞみは新横浜駅に滑り込んだ。

「お知り合いなんですか」

尋ねた車掌に男は名刺を出した。

「田村敏弘(としひろ)さん……真創(しんそう)出版」

のぞみは新横浜駅で通常の停車時間の十倍を費やして、全線のダイヤに少しばかりの乱れを与えて発車した。終着駅東京までは残り十五分の旅程であった。

13　強毒性ウイルス

新横浜駅から最寄りの救急病院に運ばれた阿山重光は、病院到着時には心肺停止の状態であった。喀出した血液を再び吸引し、窒息したのだ。

血まみれの口が開かれ、車内に飛び込んだ救急隊員がただちに口腔内の血液、といってもすでに血餅になっていたのだが、を吸引し、苦労して気管内に挿管チューブを入れた。このときにも大量の血餅が吸引排出された。

まったく反応のない阿山の身体は心臓マッサージを受けながら救急車に担ぎ込まれた。横で終始阿山の救命措置を見ていた田村敏弘が、救急隊員に声をかけた。

「知り合いの先生です。付き添いたいのですが」

名乗った田村は阿山とともに救急車に乗り込んだ。阿山に取り付けられた心電図モニターは平坦なままだった。マッサージをしながら隊員は田村に尋ねている。

「ご一緒だったのですか」

「いいえ。偶然同じ車輌に乗り合わせたのです」

隊員は反応しない患者の心臓を押しつづけながら、田村の顔と服装をチラチラと眺めていた。

阿山が喀血(かっけつ)したのぞみの車輛は、後ろ半分すべての乗客が別の車輛に移動していた。間もなく品川から東京に到着する。車掌たちも残り十分余りの乗車勤務を終了しなければならなかった。

「とりあえず、血まみれ車輛の処理は東京に着いてからだ」

阿山が血を噴いたのは車輛の後方だったから、進行方向前半分の乗客はもとの席で、降りる準備をしだした。

「おい。あのじいさん。横で血を吐いたというのに、よく平気で座っておれるものだな」

声をかけられた男の連れが顔を向けた。

「ほんと。気持ち悪くないのかしら。でも、よく寝てらっしゃるみたいだから、気がつかないのかもよ」

「あの騒ぎでか」

夫婦は品川で降りていった。通路に並んだときに何度か振り返ったが、老人は姿勢を変えないままだった。

すべての乗客が降車したあと、列車は車庫に入る予定である。血まみれ車輛の処理は車庫で、ということになる。眠り込んでいる乗客を車庫まで連れ込むわけにはいかない。車内を見まわり、グリーン車喀血現場近くまで来た車掌は、え？　と声をあげた。

A席に老人が傾いていた。そういえば、新横浜での騒ぎにも、あの老人はじっとしたままだった。血を吐いて死にかけているB席の老人客のことで精一杯で、奥の席で寝ている人間のことなど気に留めている暇がなかった。

車掌が何となく嫌な気分になったのは、撒き散らされた血のにおいのためではないように思えた。

「お客様。お客様」

声をかけても、反応はなかった。車掌は血のかかっていない後ろの席から身を乗り出して、客の耳に顔を近づけ大声で呼んだ。妙に静かだ。窓の外でプラットホームを行き交う人の姿が視野に入る。

「お客様。東京ですよ。終点です」

聞こえないのかと、今度は肩に手をあてて、揺すり起こした。

ゆらゆらと首が揺れて持ち上がったようだ。ようやく起きてくれたか、と車掌が思ったのは間違いで、客の体はそのまま二つに折れてしまった。頭が前の座席にぶつかり、ひと撫でしてズルリと妙な体形のまま床に転がった。

「な、何だあ！」

車掌は悲鳴をあげた。

「こ、この人まで死んでいる！」

阿山重光の隣の席で死亡した男性の身元は、本人が所持していた免許証から簡単に判明した。

「黒川誠一、七十三歳。京都市在住」

死体は不審死ということで、東京駅すぐ近くのM署に運ばれていた。

「現在、司法解剖中だが、毒殺の疑い濃厚ということだ」

「毒ですか？　モノは」

「そいつはまだわからん。左大腿部に注射痕、それも相当に赤くなった痕があったそうだ。声をあげる暇もなく即死ということらしい」

「そんな毒物……」

「もうひとつ、黒川は東京検察庁からの召喚状を持っていた」

「検察庁ですか」

「庁に問い合わせたところ、そのような事実はないそうだ」

「どういうことです？」

「誰かが黒川殺害目的で、検察庁の名前を騙って呼び出したということだな」

「新幹線の中で、早々と殺っちゃったというわけですね」

「黒川が持っていた切符は京都から東京までののぞみのグリーン券。明日の帰りの切符が、召喚状とともに見つかった」

「新幹線の切符など、検察庁が送るはずもない。変に思わなかったのかな」

「その辺はわからんが、切符に検札印が押してあるから、車掌が検札にまわったときには、本人は生きていたんだろう。この頃では、寝ているとわざわざ起こさないようだからな」

「グリーン車の指定席券を送ってきたということなら、しかも左脚に注射ですか」

刑事はのぞみの座席を頭に描いた。

「隣のB席にいた人物が濃厚な容疑者とも考えられますが」

「それなんだが、車掌に聞いたところでは、そのB席の客も死亡したそうだ」

「な、何ですって!?」

「こちらは病死だ。新横浜近くで、突然喀血した。救急病院に運ばれたが、すでに死亡していた。病院の話では、肺癌だったそうだ」

「肺癌ですか。それは何とも」

「しかし、この人物が容疑者である可能性は捨てきれない」

刑事たちの眉が上がった。

「被害者に最も近いところで、何でもできる状態にある」

「その人物の名前はわかっているのですか」

「免許証など本人を識別できるものを持っていなかったのだが、たまたま同じ車輛に知人が乗り合わせていた。田村敏弘という出版社勤務の男だ。病院にもこの男が付き添っている。死んだのは阿山重光。現在近畿の私立N医科大学教授だ」

「教授ですか……。医科大学……。医者ですか」

捜査主任はうなずいた。

「黒川誠一、阿山重光。二人について、接点がないか、特に注意して調べてくれ。もちろん、他に容疑者がいる可能性も忘れるなよ」

祥子との甘い時間など吹っ飛んでしまっていた。日曜日、早朝から乱風は捜査に引っ張りまわされた。帰り着いたのは深夜。東京T署に勤務している先輩に連絡が取れたのは、月曜日の夕方になってしまった。朝昼と電話をしたものの、相手も捜査官、外に出ていて、脇坂隼於の死因に関係するかもしれない重大な情報がT署に伝わったのがその時、ということになる。

「ウイルス？　脇坂の死因が強毒性のウイルスというのか。そんなもの……」

T署所属警察医南田（みなみだ）が先輩刑事に代わって、乱風の電話に応対した。

「確たる根拠があるわけではありません。私の妻の上司が死亡した原因、どうやら日本脳炎ウイルスとムンプスウイルスらしいのです。あ、もっとも、可能性だけですが、ちょっと気になりまして」

阿山洋の脳から日本脳炎ウイルスとムンプスウイルス占部Ａｍ９株がＰＣＲで検出されたことを簡単に説明し、さらに乱風は付け加えた。

「いえ。絶対というわけではありません。日本脳炎だって、品質の悪い日本脳炎ワクチン、五年前に重大な健康被害を出して中止になったワクチン、こいつにこれまた悪名高いムンプス占部Ａｍ９株を混ぜて注射したとしても、果たして二日後に死ぬほどの脳炎を起こすものかどうか、言いきるだけの自信はありません」

「岩谷くんと言ったな」

南田警察医はつづけた。

「亡くなった教授の脳から二つのウイルス、それもいま感染するはずのないウイルスのＤＮＡが検出されたんだろ。日本脳炎が劣悪ワクチンにしろ、生のウイルスにしろ、脳炎を発症しうるウイルスを二種類大量に射ち込まれれば、ひとたまりもないんじゃないか」

「先生もやはりそう思われますか」

「わかった。こちらでも脇坂隼於の臓器や血液を保存してある。脳炎までは起こっていなかったが、現実に即死の状態では脳炎など起こす暇もない。むしろ大量の強毒性ウイルスによるウイルス血症で死んだとも考えられる。早速調べてみよう」

「これからPCR用のプローブ造っていたら、また時間がかかりますよ。私の妻が持っています。そちらに送らせましょう」

「奥さんが？」

乱風は祥子について簡単に紹介した。

「そいつは何ともありがたい。よろしく頼む」

「竜崎刑事さんには、よろしくお伝え願います」

管轄だの縄張りだのとうるさく言われるのは本意ではなかった。

乱風から連絡を受けた祥子は、ただちに南田宛、冷凍でPCRプローブを送付した。

届いたのは次の日火曜日の朝一番の便であった。


「先ほどはPCRプローブありがとう。向こうも感謝していたよ」

夜、いつもより早くかかってきた電話で、一番に礼を言った乱風の耳に、祥子の金切り声が飛び込んできた。

「大変よ。阿山教授が亡くなった。新幹線の中で喀血されて、そのまま」

「どういうことだ？」

「新横浜の救急病院に運ばれたらしいけど、夕方、死亡が確認されたって。先ほど藤島先生から」

「藤島先生？　あの小児科医の先生か？」

「藤島先生の彼氏の田村さん、真奈美ちゃんのお兄さんよ。たまたま同じ車輌に乗ってらして」

「待て、祥子。その田村って男性、阿山教授と面識があったのか？　どうして、喀血した人物が阿山重光とわかったんだ」

「え？　でも、新横浜で救急病院に付き添っていかれて、田村さんが阿山教授の死亡を見届けたと」

「妙だな。知り合いだったのか」

「そう言われてみれば妙ね。でも、どこかで顔見て知っていたんじゃないの」

「その田村さんだが、何をしている人だ」

「ちょっと、乱風。真奈美ちゃんのお兄さんが何をしたっていうのよ」

「そうじゃない。以前、祥子は藤島先生が病原体研究所に入った一番の理由は、Ｍワクチン禍事件について調べるためらしいと言っていたよね」

「あ。そう……」

「阿山重光教授は当時、さまざまなワクチンの研究開発製造に深くかかわっていたはずだ、年齢からしても」

「田村真奈美ちゃん」

「そういうことだな。だから田村さんの職業を訊いたんだ。医者か？　医者なら同じ医学界で」

「いいえ。サラリーマン。どこかの出版社に勤めていらっしゃると聞いたわ」

「出版社？　とすると阿山重光の顔くらいは何かの機会に知っていたか……」

「佐治川教授も驚いていらしたわ。診察、今週の木曜日だったそうで、一度容態を尋ねるために連絡したら、阿山先生けっこう調子がよくて、お別れしなければならない人たちと順番に会えて嬉しいというようなこと、おっしゃったらしい」

「お別れしなければならない人たち……。肺癌を宣告されて、今生の別れということか」

　何かが乱風の脳細胞をくすぐっている。

「じゃあ、今日は新幹線で誰かに会いに行く途中だったのかな」

「さあ、そこまでは」

「肺癌による喀血は間違いないんだろうね」

「そう聞いたけど。何、考えてんのよ、乱風」

「いや、偶然にしては何となく妙だ」

「阿山教授が死んだのは別の原因があるとでも言うの？　まさか、ウイルス」

「調べてみるよ。病院がわかれば、すぐに突き止められる。僕が偶然にしては、と言ったのは田村さんのことだよ」

「田村さんの何を疑っているのよ」

「医学界と出版業界、つながりがすぐには浮かんでこない。何か阿山教授が書いたものを、田村さんが出版したとか、一般人なら阿山教授の顔など知らないだろう」

「だから、知っていたんでしょう」

「藤島先生に尋ねてくれないかな、田村さんの会社」

祥子は少し怒った声を返してきた。

「今日はもう遅い。明日、先生に訊いてみる。でも、本当に何を疑っているのよ、乱風」

「偶然ならいいんだが……」

つぶやきが電話から伝わってきた。今夜はおやすみの挨拶が完全にずれてしまった。

乱風が気がついたときには、携帯は切れていた。

「真創出版　阿山重光」

祥子は朝一番に乱風に連絡をしてきた。田村敏弘が勤めているという出版社と、阿山重光をインターネットで同時に検索すると、それぞれがバラバラに出てきただけで、阿山重光が書いたもので真創出版が出版したものはなかった。

「接点は、たぶんない」

乱風は「ない」と強く口にした。

「しかし、田村敏弘は阿山重光をよく知っていた」

つづいて調べた新横浜の病院では、阿山を診た救急医師が返答してくれた。

「肺癌による喀血、その血を吸引しての窒息で間違いないですよ」

「解剖はもちろん」

「病死でしょう。解剖の必要性を認めませんでしたが」

医師は腹を立てた声を出した。

「心肺停止の状態で来院されたのです。蘇生処置をつづけながら、血液とＣＴは検査しましたが、出血は相当の量です。失血死としてもおかしくないくらいの量です。ＣＴ画像から判断すると、右肺上葉(うはいじょうよう)に発生した肺癌が臓側胸膜に浸潤、さらに増殖して上大静脈に到達、その部分が運悪く穿破(せんぱ)して、大出血を起こしたものと思われます」

刑事には理解不能であることを承知で、医師は医学用語を並べ立てた。

「とすると、他の原因は考えられない。即死に近かったということでしょうかね」

「そうなります」

乱風は祥子と知り合ったころのことを一瞬思い出した。恐ろしくも懐かしい事件だった。

「ご高診、恐れ入ります。大血管に癌が浸潤して穿破破裂の揚げ句の大量出血死は、肺癌ではしばしば見られますものね」

医学的に対等の会話が刑事から返ってきたことに、医師は面喰らった。

「実は別の事件と関係があるかもしれないので、毒殺の疑いだけは消しておかないといけないのです。先ほど血液の検査もされたようにおっしゃいましたが、検査で残った血液、保存されていると思います。こちらでの捜査のために、ご提供願えませんか」

乱風は相手を苛立たせないように話したつもりだ。慌てた声が医師の口から返ってきた。

「それって、阿山さんの隣で死んでいた人の事件ですか」

医師は月曜日の夕刻、阿山重光の遺体を見送ったあと、東京M署の刑事たちの訪問を受けたと言った。

「阿山重光さん、何か注射器のようなもの、持っていませんでしたかね」

「注射器、ですか。いいえ。付き添ってこられた方が患者さんである阿山重光さんの名前を言われたのですが、確認する必要がありますので、衣服や財布など、すべて調べました」

　阿山の蘇生を手伝った看護師が、衣服と身体を調べて、そのような物はなかったと断言した。

「阿山さんの隣の席に座っていた客が、何か毒物を注射されて死亡しているのが見つかりましてね」

　搬送した救急車が調べられ、救急隊員にも質問が飛んだが、空振りだった。

　そこまで聞いた乱風は逸る心を抑えつけながら、医師にていねいに礼を言うと、嫌がられるのを承知で、ひとり東京M署に乗り込んだ。

「実は私の妻、医師ですが、妻の指導教授のお父上が昨日新横浜の救急病院で亡くなりまして、そのとき新幹線で隣り合わせになった男性が毒殺され、容疑がそのお父上にかかっているのです」

　誰がどういう関係だって、と埼玉署刑事の早口をただちに理解できず、M署の刑事は風変わりな、それでも間違いなく自分たちと同じ仲間の乱風とその妻を気の毒に思ったのか、質問にすべて答えてくれた。

「殺害された男性は、黒川誠一、七十三歳、元厚生省事務次官です。住まいは京都市」

　偽の検察庁の召喚状で呼び出され、届けられた切符で、のぞみのグリーン車に乗ったところを、毒物を注射されて殺害された。容疑者と思われた隣B席にいた阿山重光、乱風が言った「お父上」だが、新幹線内で喀血死亡、注射器などは保持せず、ひとまず他の乗客も当たっているところである、云々。

「毒物は特定できましたか」

この質問には、予想通り「まだだ」という返事。乱風はすかさずつけ加えた。

「先週、早稲田近辺の神田川で、脇坂隼於という男が、同じような方法で毒殺されています。こちらも元厚生省役人。T署管轄で、現在、毒物の同定を急いでいるところです」

埼玉署の若造刑事、それも茶髪にピアス、汚れたジーンズ、何をどう引っ掻き回しているのだ。情報を洗いざらい話してしまい、いささか後悔気味のM署の刑事たちは、いっこうに頭の中が整理されず、苛立ちを覚えていた。

「毒物の検査、T署で一緒にやってもらったらどうです」

乱風は携帯を取り出し、昨日のT署警察医南田を呼び出した。

お、おい、誰に話している、と非難の声があがるのを無視して、乱風は最後に言った。

「僕が被害者の血液、持っていきますよ。調べてください。脇坂隼於のPCRは」

刑事たちは別世界に狼狽の目を放浪させている。

「まだですか。なるほど、僕が着くころには。こいつは楽しみだ」

携帯を閉じた乱風は、こすり合わせた手を刑事たちの前に突き出した。

「黒川誠一の血液、解剖で採取してあるでしょ。ください」

「遅いじゃないか」

南田は少しいらついた表情を見せた。

「すみません。M署で血液もらうの、説得に時間がかかったものですから」

「あそこは常駐の医師がおらん。おれば私から話をしておいたのだが」

「おそれいります。これです」

差し出された黒川誠一の血液を助手にわたして、午前中の脇坂隼於と同じPCRをかけるように指示した南田は顔をほころばせた。

「君の奥さんはなかなかすごい人だね」

「はい？」

「PCRのプローブだよ」

「出ましたか」

勢い込んで体を前に乗り出した乱風に、ポラロイド写真が突き出された。

「出たよ。たしかに」

DNAの輝線が一本光っている。

「驚くなよ。とんでもないウイルスだ。西ナイル熱」

「西ナイル熱！」

「日本脳炎と同じフラビウイルスに属する」

「そんなものが……」

　かつて、人の脳を溶かすと恐れられた西ナイル熱。現実に日本での流行はないが、日本脳炎同様、蚊がウイルスを媒介する。人から人への感染はない。乱風は知識をおさらいして、気を取り直したように尋ねた。

「で、ムンプスウイルスのほうは？」

「そいつはマイナスだ」

　乱風はもう一度写真を覗き込んだ。

「出ない……。とすると、どういうことになるのだ、これは……」

　いくつかの場合を想定して、乱風はそれぞれに対応した推理を組み立てている。

「南田先生。黒川誠一の血液、ＰＣＲ出来上がるまで待たせてもらいます。間違いなく脇坂隼於と同じ西ナイル熱ウイルスが検出されると思いますよ」

「殺害方法が一緒だからか」

「そうです。そして、それ以外にも共通点があるんです。元厚生省」

「厚生省？　どういうことだ？」

「かつて日本を震撼させた未曾有のＭワクチン大災禍。年齢と時期から見て、二人は当時のワクチン行政を推進する立場にあった」

「うむ」

「Mワクチンで多数の健康被害者が出た背景には、ワクチン推進側の判断ミスが根本にあると、ほとんどの医療関係者は思っているのではありませんか。おおっぴらには言いませんがね、みんな、自分の身が大切だから」

南田警察医の顔から、にこやかさが消えた。この刑事は、容易ならぬことを口にしている。もっとも南田にしても、親戚の子どもが重度の脳症被害のために健康な生活とはほど遠い人生を強いられているので、件のワクチンについては、なぜあれほどに中止の判断が遅れたのか、常々疑問に感じていた。

当然、責任は人間にある……。国の過失、国という結局は誰にも責任がいかない団体名を責める対象にかかげても仕方がない。本当の責任は、国という組織の中で行政を動かしている人間個人にある……。

南田の瞬間の思考を乱風の声が、現実に引き戻した。

「新幹線で死んだ黒川誠一の隣に座っていた人物は、阿山重光といいます。Mワクチンの開発者です」

「何だと！」

「彼も亡くなりました。あ、いえ、こちらは肺癌、喀血死です」

乱風は頭の中でまとめたこれまでの情報を南田に開示した。

「すると君は、阿山重光が強毒性の西ナイル熱ウイルスを準備し、脇坂と黒川に射ったというのかね」

「それが今のところ、一番妥当な推理です。人と人の間では感染しない西ナイル熱ウイルス、フラビウイルスを選んだのも、他の人へは影響を及ぼさないようにしたと思われます」

「何のためにだ？」

「肺癌に侵された人生、後始末というところかと」

「後始末？」

「阿山教授は親子ともども、あ、息子さんのほうは、私の妻の上司です。新しいワクチンを開発したときには必ずご自身で安全性を確かめておられたそうです。おそらくは贖(しょく)罪(ざい)の意味があるかと、僕は思っています」

「とんでもないワクチンで世に悲惨な災禍をもたらした罪滅ぼしというのか？　それにしても、自らの身体を使って、ワクチンの安全性など」

「ワクチンを射たれる人間だって、すべて有効性を期待すると同時に、安全性を確かめていることになるではありませんか」

「た、たしかに、君の言うとおりだが」

「当たっているかどうか、まだ僕にも確信がありません。ですが、僕の推理が正しいかどうか、知っている人間がいます」

「だ、誰だ、それは？」

「阿山重光が喀血した現場、のぞみのグリーン車にいて、阿山重光の最期に立ち会った田村敏弘という男です。彼の妹もまた、ワクチンの被害者、人生を奪われたのです」

南田警察医の目はまん丸に見開かれたままだった。

すでに陽は落ちていた。ＰＣＲの結果は乱風の予想したとおりであった。脇坂隼於と黒川誠一は同じ西ナイル熱ウイルスの大量注射により、瞬時に絶命したことが確実となった。

乱風は、竜崎刑事への説明は南田からしてほしい、さらに脇坂隼於が殺害された日の阿山重光の行動についても確認していただきたいと依頼した。

「君はこれからどうするんだ」

「大阪に行きます」

乱風は壁の時計を見た。まだ最終列車までには時間に余裕があった。

「大阪に？」

「田村敏弘に事情を訊かなければなりません」

言いながら、祥子に早目に連絡しなければと、頭の中で細胞を小突く乱風がいる。

「今からじゃ、明日の仕事だな。あちらの署に連絡を入れないと」

「O市、T市、M市それぞれの警察署に何人かお世話になった方々がいらっしゃいます。どなたかにお願いしますよ、今夜のうちに」

それに、田村敏弘の所在はわかっていますからと、乱風はその名のとおり、風のごとくに消えた。

「何とも、とんでもないやつだな、あいつは」

南田は乱風の妻という女医にも是非会ってみたいと思った。

14 影の告白

「谷村警部、その節はお世話になりました」

「半年、いや、もっとになるか、こちらこそ、世話になった」

ここは大阪府T市警察署の中である。

「先日、話があった阿山洋殺害疑惑の件だが」

被害届がどこからも出ていない状況で、まだ動けていないと、谷村は頭に手をやった。

「お手数をおかけします。今日の件とどうつながってくるか、考えていることはあるのですが……」

乱風は言葉を濁しながら、谷村の横にいる若い刑事に手を差し出した。

「蒲田(かまた)さん、お子さんはその後」

先の事件では、当初何かと乱風に対抗心を燃やしていた蒲田刑事は、握った乱風の手を離して言った。

「いやあ、今年の新型インフルエンザに見事やられました。ワクチン射つ間もなく」

「こちらでも、大流行でしょ」

「保育園は完全に閉鎖です。たまらない」

「でも、症状は」

「ええ。恐れていたほどのこともなく、数日後にはケロリと」

乱風はうなずいた。

「それが本来の人間の姿ですよ。感染らないと免疫はできませんし、病気を発症して治れば、それは完璧な免疫ができたということです。ワクチンだって、弱毒化したウイルスをわざと感染させているのです」

「へえ……」

「俺たち大人はほとんど罹らないが」

谷村警部が口をさしはさんだ。乱風の医師としての実力も認めていて、疑問をぶつけてきた。

「ワクチン接種の優先順位をつけたものだから、健康成人にはワクチンはまわってこない」

「たぶんワクチン射つ必要ないですよ」

「え？」

「これだけ流行っているんだ。もう、とっくに感染してますよ」

谷村、蒲田、まわりにいた捜査官たちが明らかに気味悪い顔になった。

「たぶん、この部屋にも、署のまわりにも、ウイルスは我が物顔で飛びまわってますよ」

キョロキョロと周囲を見まわす目が不安そうだ。

「当初報道されたほどの毒性もありませんよ」

「たしかに。うちの子も、新型インフルエンザと診断されたときには、私も妻も生きた心地がしなかった。子どもが死ぬかもしれんと思ったんですが」

「蒲田さんはインフルエンザに罹ったことあります？」

「ありますよ。けっこう、しんどかった」

「でも、ちゃんと治ったでしょ」

若い刑事はうなずいた。

「完全に人類が初めて接する新型だとすると、被害は大きくなると思います。でも、それこそ病原体を分離してワクチンを造ればいい。ワクチンで大勢の人を救うことができるでしょう。行政、研究所、製薬会社がすばやく対応できるように体制を整えておけばいいのです」

話が専門的になってきて、谷村たちの顔から表情が消えかけた。

「ですが、ほとんどの病原体には人間、免疫を持っています。新しいものにもきちんと対応できる仕組みが、体の中にあるのです。今回の新型インフルエンザだって、症状が出ない人たちは免疫があるから、侵入したウイルス、ほら、こうしてしゃべっているあいだにも一つや二つウイルスは入ってきてますよ、そいつらを即座に潰しているんです」

実感がない。

「人間、この病原体だらけの地球上で生きていますが、それは日々、病原体との全面戦争に勝利しているからです。何も感じないけれども、いまの一秒でも、体の中に入り込んだ病原体を免疫という強力な防衛軍が叩き潰しているのです。ただ、防衛軍の力が落ちるときがある。栄養が不充分だったり、身体が疲れすぎていたり、あるいは別の重い病気を持っているときなど、俗にいう抵抗力が落ちた状態、このときは要注意です。ウイルスや細菌が戦いを制する、で、病気になる」

「ま、とりあえずは大丈夫ということだな」

谷村が乱風の免疫談義に終止符を打った。呼び出しをかけている人物がそろそろ現れる時間だ。

捜査員室の扉に気配があった。

「谷村警部。岩谷刑事。田村敏弘が出頭しました。取調室に入れてあります。女性が一人付き添っていますが」

「女性？」

「藤島冴悧さんでしょう。女医さんです。田村敏弘と一緒に暮らしている人物です。来ると思ってましたよ」

藤島冴悧は取調室の前に立っていた。横に婦人警官が一人、冴悧に向けていた視線を谷村から乱風に移動させて、思わず目を見開いた。

「藤島冴悧さん、ですね」

うなずいた女性に乱風は小さく頭を下げた。

「岩谷です。祥子がいつもお世話になっております」

「あなたが……。昨晩、倉石先生から電話があって、そのあとご主人に代わるからと言われて」

祥子の相手はどのような人なのかと、夕べ電話越しに聞いた声からも何となく想像していた人物像が完全にはずれた。茶髪にピアスとは……。しかし、顔の真ん中で光る両眼は、ただ者ではない色の輝きを湛えている……。これは耳に揺れる大粒のピアスのせいじゃない……。

冴悧はすぐに横で聞いていた田村敏弘に電話を渡したから、乱風と敏弘が何をしゃべったのかは、電話を切ってから聞かされた。

「明日、午前十時にT市警察署に来てほしいということだ」

「え。どうして」

「阿山重光先生のことについて訊きたいそうだ」

「あなたが阿山先生の最期までついていたから？」

「いや。どうも、それだけではなさそうだ。倉石さんのご主人、いろいろと知っているような口ぶりだった」

「…………」

「それにしても、冴悧の後輩が、妹の小学校の同窓生だったとは。世の中、狭いね」

「大丈夫？　明日」

「大丈夫だ。おそらくは、すべて話さなければならないだろう」

「私も行くわ」

田村敏弘は冴悧を抱きしめた。

いま冴悧は乱風を前に、自分で自分の両腕を抱きかかえた。夕べの敏弘の感触がよみがえってきて、体に力が満ちてくるのがわかる。

「ひとまず別室でお待ちになってください」

婦人警官が、こちらへ、と先に立った。背を向けた冴悧の後ろ姿を見ながら、乱風の気が変わった。

「あ。藤島先生。いいです。お話、一緒に伺います」

谷村警部が驚いたように目を剝いた。

「これは取り調べではありませんから」

乱風は谷村に囁いた。

部屋の中に入ると、田村敏弘が後ろにつづいた冴悧を見て、目蓋を大きく見開いた。

「どうぞ」

田村敏弘と藤島冴悧が並んで座り、窓側には乱風の左右に谷村警部と蒲田刑事、入り口の扉のところには宮下(みやした)刑事、さらに隅に一人記録役の若い刑事、となると、部屋は満杯だ。

宮下が何度か咳をした。乱風と冴悧、田村以外の大の男たちが何となく嫌そうな顔だ。この狭い部屋の中で、宮下のやつウイルスをまき散らかしやがって、と誰かが思っているのかもしれない。

乱風は空気を無視して、田村の顔を正視した。田村もまた乱風を見返してきた。澄んだ目だ。

「田村さん、今日お越しいただいたのは、取り調べというような強制的なものではありません。リラックスしてお話しいただければと思います」

乱風から目を離さない田村の横で、冴悧が捜査官たちを見まわした。リラックスしようもない……。

「お尋ねしたいのは、一昨日、のぞみの中で阿山重光さんが、肺癌が原因の喀血で急死しましたが、あなたはその場にいらっしゃった」

田村は小さくうなずいた。

「私はあなたが偶然あの場におられたとは思いません。あなたは阿山重光さんを追いかけていた、というか阿山さんの行動を見張っていたのではないのですか」

田村の目が初めて揺れた。

「肺癌に侵された阿山重光さんが、過去の自分たちの過ちを清算するために、脇坂隼於、黒川誠一、少なくともこの二人に強毒性のウイルスを射ち込んで殺害した。それを確認するために。ですから、田村さん、あなたは脇坂隼於のときにも、殺害現場近くにおられたと思います」

乱風はウイルスの名前を省いた。

「そ、それじゃあ、殺人を見て見ぬ振りをしていたと」

蒲田刑事が声をあげたのを、乱風は手を上げて制した。

「あなたと藤島冴悧さんは、何千人という健康被害者を出したかつてのMワクチン禍大事件の、元凶となったワクチンを製造販売した病原体研究所の当時の様子を調べようとした。藤島先生があの研究所を選んだ理由を、私は祥子から聞きました。田村さん」

表情が次第に和らいできた田村敏弘の唇がかすかに震えた。

「妹さんのことがあったからですか。国の過失が問われても、責められるべきは、当時のワクチン行政を遂行した人間たちだと思われたからではないのですか」

「裁判は裁判です」

田村が口を開いた。

「司法の判断は司法の判断です。ただ、それですべてを終わらせてしまったのでは、何も次につながらない。かわいそうな妹のためにも。彼女の人生はMワクチンによって奪われてしまったけれど、それが妹に定められた人生だとすると、意味のあるものにしてあげなければならない。妹の人生が、次の過ちを食い止めるものであるなら、妹の人生にも意味が……。妹が未来の人たちのために大きな仕事をすることになる」

声が詰まった。乱風はこの場に祥子がいなくてよかったと思った。間違いなく、号泣しただろう、今の真奈美ちゃんのお兄さんの言葉を聞いて……。乱風もまた、体の中芯に力を入れた。泣くわけにはいかない。田村の声がつづいた。

「真相が知りたいと思いました。C国で中止されていたのに、なぜ日本ではじまってしまったのか。今から思えば、強行された感さえある。案の定、健康被害者が次々と出てきた。厚生省はこの事実を捉えていた、にもかかわらず、どうしてMワクチンが五年間も中止されなかったのか、真実を知りたいと思ったのです。官庁を調べることも考えました。国家公務員試験を受けて厚生省に入り、仕事をしながら当時のことを調べよう、と。でも、私の学力では試験に通らなかった。その後冴悧と知り合って」

藤島冴悧は表情を隠したまま、田村敏弘の横顔に視線を注いでいる。

「彼女も、インフルエンザワクチンを射った子どもで、同じような脳に重度の障害を持った患者をつくってしまったという過去があったのです」

さすがの乱風も驚いたが、次の瞬間、自分の推理がさらに確実なものになったと感じた。田村だけでなく、冴悧自身もワクチン禍に深い関係があったのだ……。

「冴悧が協力してくれることになりました。病原体研究所で研究の場を見つけたのですから」

「藤島先生」

乱風は冴悧に説明を求める顔になった。冴悧の唇が開いた。

「Ｍワクチン研究開発に最も深くかかわっていた阿山重光教授の息子さん、阿山洋先生の研究室を選んだのです。三年いるうちに、いろいろとわかってきました。お二人が新規に開発したワクチンの安全性をご自身に射って確認されていた理由が、どうやら過去のワクチン禍を食い止めることができなかった自分たち医学者の罪滅ぼし、贖罪にあるらしいこと、何らかの手段を用いて、ワクチン行政の暴走を止めようとしていること、そしてワクチン製造販売部の安全性を軽視した体質などです」

「その、ワクチン行政のかつての暴走を繰り返させない手段ですが、何か記録のようなもの、たとえば当時の会議の様子を録音したテープとか」

冴悧と田村の顔に乱風を評価する表情が浮かんだ。田村が首を振った。

「どのような手段なのか、まったくわかりませんでした。しかし、お二人が亡くなられた今……」

「そのことは行政側も考えるでしょう。今回の新型インフルエンザだって、いろいろな情報をホームページで開示している。もちろん、すべてかどうかはわからない。ワクチンを接種したあと死亡した症例についても、次々と公開している。ただし、ワクチンとの因果関係の判定は、相変わらず甘いですがね」

「彼らは、行政は、都合が悪いことは必ずと言っていいほど隠しますよ」

自分で水を向けながら、乱風は田村を遮った。

「田村さん。あなたと阿山重光教授の行動ですが」

田村はうなずきながら、待っていたように話をつづけた。

「先ほど岩谷刑事さん、脇坂隼於と黒川誠一、二人の名前をあげられましたが、阿山先生が今生の別れを告げようとされた相手は」

田村には捜査官たちの反応を少しばかり楽しもうと考える余裕があった。わずかな時間、田村は息を止めてから吐き出した。

「七人です」

むう……部屋が急に膨張したような感じだ。顔色を変えなかったのは、藤島冴悧だけだった。

「先生は思いを遂げて旅立たれた」

部屋が今度は急激に圧迫縮小し、凍りついたようになった。

「思いを遂げて、とおっしゃいますと、他にも五人の命を」

「正確にはあと二人です。先生が手にかけられたのは」

「だ、誰なんです、相手は」

「残る三人はすでに死亡していました。今でも地獄の炎の中で彷徨っているのではないですか」

「誰だ、あとの二人は？　名前と住所」

谷村警部が、答えろ、というように抑圧した。田村は冷静な顔だ。

「一人は野々村宗吉、元北陸K大学医学部教授。金沢市……。彼は癌の末期で、いつ死んでもおかしくないような状態でしたが、阿山先生とて進行肺癌、いつどうなるかわかりません。現に一昨日急死された。それで自分が先に死んでも困ると、見舞った病院で、予定通りウイルスを注射したとおっしゃってました」

確認しろと谷村が蒲田に顎をしゃくった気配に、乱風はもう一人の名前を田村に要求した。蒲田の動きが中断した。

「芹沢忠継。元病原体研究所長。今年の三月まで私立W医科大学長。住所は泉南市……。こちらは市内のS公園で」

蒲田が飛び出していった。田村に向けられた谷村の顔が真っ赤だ。

「君は阿山重光が殺人を繰り返しているのを知りながら」

「正直なところ、最初は先生が何をしたのか、よくわかりませんでした。私は先生を追いかけていました。冴悧から最近先生が肺癌とわかったことも聞いていました。先生が東京で脇坂隼於を呼び出し、相手が『やあ』と上げた手が下りないうちに阿山先生、脇坂にぶつかるように……。直後、脇坂が土手をまっさかさまに滑り落ちていくらしいのが、暗いなか見えました。脇坂は動かない。突き落としたのかと思ったのですが、阿山先生はさっさと行ってしまうし、脇坂は動かないし、そのうち人が騒ぎだすしで確認もできませんでした。脇坂隼於という名前を知ったのも、少しあとのことです。先生にこちらの素性を明かし、決して邪魔をしないという約束で、先生が話をしてくださったからです。先生はこれ以上はないだろうと思えるような苦しそうなお顔でした。どのような手段を講じてでも、あのときMワクチンを中止すべきだった。マスコミに働きかけ、それがダメなら、自ら全国民に危険性を発信できたはずだ、絶対に阻止すべきだった、できたはずだ、それをやらなかった自分も同罪だと言われました」

話す田村の表情は、心のうちを告白した阿山重光の顔を想像させるものだった。

「だからといって」

気色ばむ谷村警部を乱風は手を上げて制した。

「残り三人、死亡していて別れを告げることが必要なかった三人はわかりますか？」

田村は怪訝な顔をした。横に並んだ冴悧も、どうしてそのようなことを訊くのかと、首を傾げている。

「あ、いいえ。一応、当時のワクチン行政をやった人間、特に当事者の阿山重光さんが標的とした人物を知りたいと思いましてね。あと、田村真奈美ちゃん……」

いきなり妹の名前が乱風の口から出て、田村敏久は目をパチクリとさせた。

「……祥子の、妻の小学校のおさな友達。このごろは毎晩、祥子から悔しい、悲しいと言ってくるのです。私の身近には健康被害を被った方はお見かけしませんが、妻の友達となれば私の友達にもなります。いずれ真奈美ちゃんにお目にかかることができればと思います」

田村は頭を下げた。

「残り三名の名前を申しあげます」

ポケットから取り出した手帳を開いて、田村は三人の名前を告げた。

「佐東夏生、元伝染病研究所長。漆原孝三、元私立K医科大学ウイルス研究所教授。

山川泰平（やまかわたいへい）、元国立Q大学医学部細菌学教授」

「住所はわかりますか」

「いや。この三人は阿山先生が調べて、間違いなく死亡していると言われていました。私が聞いたのは名前だけです」

調べればすぐにわかると捜査官たちは納得した。

外に靴音がして、蒲田が帰ってきた。興奮している。

「芹沢忠継、先月十一月二十七日金曜日、泉南市のS公園で死亡しています。担当の港刑事が急遽こちらに向かうということです。死因は毒殺。訊いてみましたが、毒物の特定がまだで、毒性の強いウイルスのことを話しましたら、驚いていました。芹沢と一緒に公園に入った男性が目撃されているという情報があり、状況はそっくりです。間違いないですね」

「もう一人、野々村宗吉のほうはどうだ？」

「こちらは事件にはなっていませんね。金沢光琳病院で癌による死亡となっています。家族経由で病院に確かめました」

「解剖は？」

「胃癌末期の患者です。病院側では何の不審感も抱かなかったそうですから」

「死亡日は？」

本人からのウイルスの検出は不可能とわかって、谷村がいらついた声を出した。

「あ、十一月の二十五日、水曜日、午後四時二十五分です」

「脇坂隼於が殺害された日はいつだ？」

「十一月二十四日です」

田村の声に乱風の声が重なった。田村が驚いたように乱風を見つめた。

「二十四日東京、二十五日金沢、二十七日大阪泉南。そして三十日新幹線の中で黒川を。肺癌に侵され、しかも同日に死亡するような体で、これほどまでにできるものか」

谷村の疑問に、乱風がしんみりとした声で答えた。

「自分の体調は患者本人が一番よくわかる。進行肺癌です。阿山重光は相当に急いだ様子がある。そして最後の仕事を終えた安堵感もあったのかもしれない。ついに力つきたのでしょう」

しばらくの静寂ののち、乱風の顔がもとに戻っていた。

「田村さん。あなたにもう一つ二つ、お訊きしたいことがあります」

田村の上眼瞼があがった。

「検察庁からの呼び出しと偽って、のぞみのグリーン車で黒川誠一を自分の隣の席におびき寄せたのは阿山重光の計画だったとして、省庁のトップにまでのぼりつめた人物が、検察庁が新幹線の切符まで手配してきたことに疑問を抱かなかったのでしょうか？」

「私は阿山先生のあとを追っていただけです。もちろん、阿山先生の行為の結末までをしっかりと見届けましたが。どのようにして相手に会うのかというところまではわかりませんでした。ですが、阿山先生が新幹線のグリーン指定席を二人分買われていることは、窓口で確かめました。阿山先生は検察庁の偽召喚が疑われないように、タイミングを見計らって黒川に連絡を入れたんじゃないでしょうか。自分は肺癌でもうすぐ死ぬから会いたいとか何とか言って。そのとき、自分に検察庁から召喚状が来ているが、思い当たる節といえば裁判中のMワクチン禍のことしかないと話した。すでに黒川の手元にも同じ召喚状が来ている。それで、一緒に行こう、折角の機会だから昔のことでも話しながら、切符は自分が用意するからとでも言われたんだと思います。しかも、ああいった召喚状の通例として、この件に関する一切の質問は受け付けないと書いてあれば、応じる以外ないでしょう」

「なるほどね。それにしても、阿山重光と真っ向から対立していた人物たちが、呼び出しに簡単に応じている。これも常識から考えれば、よくわからない。でも、裁判がどうなろうと、自分たちに実害がおよぶことはありえないと思っている連中だ。案外、平気だったのかもしれませんね」

「まあ、そうじゃないですか。生涯、反省のない、我が身の出世と保身しか考えていない傲慢な連中ですから」

田村は硬い顔つきで、冷たく言い放った。

「最後に」

乱風の顔もまた、次の追及のために表情を隠した。

「阿山重光がのぞみで横に座った黒川の左大腿部にウイルスを射ち込んだとして、使用したはずの注射器あるいはそれに類似したものが見つかっていません。凶器と呼べるものです。あれは、田村さん、終始阿山重光に付き添っていたあなたが持ち去ったのではないのですか」

部屋が揺れたような……。田村は返答する代わりに、ゆっくりとうなずいて、ジャケットのポケットに手を入れた。出てきた手を開くと、小さな注射器が載っていた。

「指紋は、阿山先生と私のものがついていると思います」

「こ、これはっ！　押収しろ。それに、田村敏弘。一応、証拠隠滅の」

「あの時点で隠しはしましたが、滅という文言は私の意図するところではありません」

「言葉の遊びをしてるんじゃない！」

意気込む谷村警部を、乱風は涼しい声でかわした。

「まあ、警部。そんなにカッカしないで。田村さん。黒川殺害の件は東京M署の担当です。そちらでの事情聴取ということになると思います」

「逃げも隠れもしません。ご存分に」

「あ、警部。注射器の取り扱い、格段の注意をお願いします。中にはまだ強毒性のウイルスが、そうですねえ」

デスクの上におかれた注射器が不気味な光を発している。捜査官たちがぶつかり合いながら後ろに下がった。

「何千万、いや、何十億かもしれない、ウイルスがいると思いますよ」

ギャアと宮下の声がした。注射器から少しでも離れようとした仲間に足を踏まれ、腹を小突かれ、さらには誰かの肘が顎に入ったのだ。背後で扉が大きな音をたてた。

乱風が笑っている。捜査官の狼狽に、冴悧が気の毒そうな顔をした。

「でも、この状態では、ほとんど毒性ありませんよ。すでに二日くらい娑婆の空気に曝されたままだ。見たところ乾ききっている。ウイルスって、こんな状態じゃ、ヘロヘロなんです。しかし一旦、人の体の中に入ると、恐ろしいことが……」

乱風は素手で注射器を注意深くつまみ、じっと見つめたのであった。

後日、泉南M警察署と私立W医科大学から、芹沢忠継の血液ならびに保存臓器に脇坂と黒川の命を奪った西ナイル熱ウイルスと同じDNAが検出されたという報告が入った。

野々村宗吉については、本人の体が火葬された以上、調べようがなかった。

としても、田村が供述したとおり、阿山重光が四人に強毒性の西ナイル熱ウイルスを一挙大量に射ち込んだことは疑う余地のないこととなった。

田村が提出した注射器からは、生のウイルスが検出された。
阿山重光は自らの過ちの償いを遂げて、この世をあとにした。
健康被害者たちに阿山の心が届いたかどうかは、余人の知るところではなかった。

15 汚泥連鎖

「厚生労働省は、C国で新型インフルエンザワクチン、アナフィラキシーショックなどの重篤な副反応が出たため、一社のワクチンを中止した件、担当官を派遣して調査すると言っていたのに、いまだに国民には何の発表もありませんね」

乱風が苦い顔をして、川崎准教授に話しかけている。先日、祥子を通じて、川崎から乱風へ連絡があった。阿山洋教授殺害について、重大な情報を提供したいという主旨だった。

師走も半ばを過ぎて、年の瀬が迫っていた。世界的な経済混乱と新型インフルエンザという、どちらもパンデミックな災厄に震撼させられた地球。いずれは灼熱地獄となるであろう温暖化。文明は間違いなく人類破滅の方向に舵を切っている……。舵を取るべき人間の知恵が、すべて金・金・金の経済優先という大義名分によって捻じ曲げられている……。

「それどころか、同じ製薬会社のワクチンの輸入を許可したようだ。アナフィラキシーの元凶かもしれないと考えられたアジュバント付きのワクチンだ。安全性に問題はない

「そいつをやると、例のMワクチン大災禍のときと同じことを繰り返すことになる。こうなると確信犯だよ」

「まさか、C国で中止になったワクチンと同じものじゃないでしょうね」

という厚労省の判断なのだが」

「このところ、面白い報道がつづきますね。面白いと言ったら不遜か。滑稽というべきか。もちろん科学的に解釈して、ということですが。当初優先的にワクチン投与を決めた人たちでも、二回射つところを一回で充分なことがわかったから、供給できるワクチンに余裕ができた。健康成人にも投与を推奨、と報道がありましたが、実際のところは」

祥子が乱風の言葉を引き継いだ。

「一回ですむといえば、一般人は有効性の高いワクチンと信じるでしょうが、あれは違うと思います。いつも言うように、これだけ患者が出ている。もうほとんどの人は新型インフルエンザウイルスには感染していますよ。徐々に免疫ができてきている。そこにワクチンを射つものだから、さらに刺戟されて免疫がグンと上がったということでしょう。まっさらの人には二回必要かもしれないが、ほとんどみんなすでにウイルスの洗礼を受けているから、どうしてもワクチンやるというなら、一回で充分ということになりますよね。基本的には、一回のワクチンも不必要と思いますがね」

「街に溢れるウイルスにいつも曝されているわけだから、高いお金を払ってワクチンを射たなくとも、流行という自然のワクチンで免疫されているということだな」

「となると、ワクチン行政も、当初見込んだ三千億円という収益が思いのほか」

「さんざん怖がらせておいて、さらにワクチン接種の優先順位を決めて、射てない人に焦燥感を植え付けて、ワクチンをどんどん射っているのにインフルエンザの蔓延を防げないことへの説明もなく、まだまだ流行る、季節型は影を潜めて新型が猛威なんて、やはりワクチンを射たないとダメといつまでも国民を洗脳しつづけている。よく考えれば、大義名分の裏側見え見えなのに。下手な小細工しすぎですね」

「当初の目標達成に躍起となっているのだろう。受験生は絶対射て、とかも出ていたな」

「あれも、現役優先なんて、とんでもない差別を平気でやる。優先という美名に隠れた差別行為だよ。健康成人にも推奨と言っているんだから、浪人生たちは受験生という枠じゃなくて、健康成人枠で射てばいいじゃないか。どうしても射ちたいのなら」

それぐらい知恵がまわらないと、大学受験合格も怪しいなあ、と三人は小さく笑った。

「そういうことね。でも、さっきも言ったように、ワクチンどんどん射っているわりには、インフルエンザの蔓延、防げてませんね。ワクチンの意味、あるんでしょうかね」

言いながら、祥子も乱風も、首を横に振っている。川崎まで否定的な顔だ。

「みんなに言いたいですね。厚労省の発表やマスコミにいちいち振り回されるんじゃないよ、と。現場の医師にしてもそうです。もう少しワクチンの真の有用性について考えてほしいですね。本当に必要なワクチンと、そうでないワクチン、きちんと医師が区別しないと。重大な健康被害者を出してからでは遅いんだ。医師側の責任が大きいですね」

「いや、一般国民も賢くならないと。ここまで情報があるんだ」

川崎の嘆きに、手を大きくひろげ肩をすくめて乱風が言った。

「一般の人々にそのことを期待するのは、この国の情報提供の現状では無理ですよ。政府中心の一方的な情報しか開示されない。メディアにしてもそうだ。集めた情報を自由に報道しようとしても、どうもどこからか圧力がかかる、検閲とも呼べるような報道管制があるような気がしてならない。各メディアの情報処理能力も欠けている、お粗末というべきだ。もしかしたら、金銭がらみの交渉があるんじゃないですか、裏で」

「そういえば、映像を出すのだって、民放はN放送協会の許可が必要なんだそうだ。N放送協会がダメと言えば、報道できない、とある有名な司会者が言ってたな」

三人の話し声は、川崎准教授室の外には伝わらない。

先頭に川崎准教授、後ろに乱風と祥子の二人が並んで、病原体研究所の狭い廊下を進んでいった。昼でも薄暗い。建築されてからずいぶんと年月が経った建物である。壁の中、床の下に細菌や寄生虫、ウイルスなど、さまざまな病原体が潜んでいるかもしれない。

目指すはワクチン製造販売部教授室。事務関係を扱う一階の雑然とした光景とは異なり、二階にある教授室周辺は小ぎれいで、静かであった。

橋本国男教授は自席に体を埋めていた。少し顔が赤い。気管支喘息の持病がある橋本は、手にした吸引スプレーをデスクに置いたところだった。

「川崎くん。何か訊きたいことがあるとか」

「お話ができますか？」

川崎は橋本の様子を窺いながら尋ねた。

「ああ。大丈夫だ。まったく、うっとおしい」

橋本は小さく咳をした。

「阿山洋教授死亡の件です。お伺いしたいことがあります」

「阿山教授……？」

背後で茶髪が動いて、横から前に出てきた。

「橋本先生。これから私が話すこと、間違っていたら、ご指摘ください」

「誰だ、君は？」

乱風は名乗りながら教授が座っている前まで進むと、机に手をかけた。橋本の反応は、乱風に初対面のこれまでの人間たちの類に漏れなかった。

「そちらは？」

祥子に目を向けた橋本は言った。

「ときどき、研究所の中で見かけるな、君は」

乱風の声が橋本の視線を引き戻した。

「これは川崎先生にもご尽力をいただいたのですが、橋本さんは阿山洋教授が新しいワクチンを開発するごとに、自ら安全性を確かめておられたことは、ご存じでしたね」

不愉快そうな橋本の目が川崎に移動した。さん付けで呼ばれたことに違和感を覚えたのだ。

「十一月十日、阿山教授は新型インフルエンザワクチンをこれまでと同様に、自分に注射した。そして二日後、激しい脳炎を発症し死亡した。原因は、五年前に中止になった日本脳炎の劣悪ワクチンに使用されたウイルスと、ムンプスウイルス占部Ａｍ９株の二種類のウイルスでした。ＰＣＲで確認されました」

乱風が示したポラロイド写真を見て、橋本の目が大きく見開かれた。

「どなたかがワクチンの中身をすり替えた。いや、この致死性混合ウイルスが入ったバイアルを新型インフルエンザワクチンのように見せかけて、それを間違って阿山洋さんが射つように仕向けた」

「何のことだ？」

「ワクチンの製造過程に精通している人間です。それもすべての製造過程に」

「そんな人間、この研究所やワクチン製造工場にいくらでもいる」

「可能であることは、お認めになるのですね。しかし、五年前の劣悪日本脳炎ワクチンの保管場所を知る者となると、さらに絞られる」

「これまでにここから出荷されたワクチンは、一部をすべて年代順に保管してある。みんな、知っていることだ」

乱風はポケットから小さなチューブを取り出した。中身が溶けて、透明な液体が少量、底にへばりついている。

「ご存じですよね、このチューブ。ウイルス保管庫から拝借してきました。チューブに書かれたウイルス名、ご覧になりますか」

目の前に差し出されたラベルの文字に、橋本の目の焦点が結ばれた。

「ムンプスウイルス占部Ａｍ９株。ワクチン製造販売部の事務で記録を見て、保管場所で川崎先生が確認されました。五本チューブがなくなっていました」

川崎がはっきりとうなずいた。

「ウイルスの保管は厳重です。あ、これは釈迦に説法でした。で、最後の保管状況の確認は今年の八月一日です。そのあとに、ムンプスウイルス占部Ａｍ９株を凍結したチューブが五本、何者かの手によって持ち出されたことに疑いを挟む余地はありません」

　橋本が身を硬くしている。

「このウイルスがどこに保管されているか知っている人間、外部の人間ではありませんね。しかもウイルスを簡単に扱える手技を身につけている人物。ウイルス操作には格段の配慮を要します。誰にでもできるというわけではない」

「知らん。知らん。ここの研究者なら誰でも、そんなものいくらでも扱える」

「現在、この研究所でムンプスウイルス占部Ａｍ９株を使って研究されている方はいません」

「君は何を言っているんだ？」

「研究以外の目的でウイルスが持ち出されたということです。橋本さんはよくご存じなのではないですか」

「君は私がムンプスウイルスを使って、阿山教授を殺したとでも言いたいのかね」

「違いますか？」

　川崎が恐ろしい目つきで、橋本を睨んでいる。

「勢い込んでやってくるから何のことかと思えば……。では、お尋ねしよう。私が何のために阿山教授を殺すのだ？　動機は何だ？」

「欠陥ワクチンを、あなたはそれと知りながら世に流通させた。阿山教授なら絶対に阻止するはずのワクチン」

「ちょっと待て。言いがかりにもほどがあるぞ。そもそも、欠陥ワクチンを使ってみろ。多大な健康被害が出るぞ」

「かつて、この国のワクチン行政は平気で欠陥ワクチンを使ったではありませんか」

橋本は唇を真一文字にした。

「橋本教授。あなたはこちらの教授になる前は、省庁の人間だった」

「それがどうしたというのだ!?　しかも、過去のワクチン禍など、私には何の関係もないことだ」

たっぷりと言いたいことがある……。乱風は熱くなりかけた頭に涼風を送り込む努力を強いられた。

「製造したワクチンの安全性を自らの身で確認してきた阿山教授と、予防接種という大義名分を背景に、多少の国民が犠牲になってもかまわない、何千億の商売で損をしてはいけないと考える人間とは、所詮、水と油、ということです」

「話にならん」

視線を移動させたときの眼球の動きに、橋本は大きな眩暈(めまい)を感じた。

「そんなことで、人を一人殺したと言いたいのかね。話にならん」

話にならん、と繰り返す語尾が震えた。

「欠陥ワクチンでは、最悪の場合、何人もの人が殺されます」

「何を言っとるんだ、君は!?」

新型インフルエンザワクチン接種後の死亡症例——相変わらずの甘い判定で、ワクチンとの因果関係が評価不能とか無関係と公表されている——が続々と増えてきている。厚生労働省のホームページに出ている報告資料を逐一追跡している乱風としては、大声で叫びたいのだが、別の機会にしようと、自らの炎を鎮めた。

そのあいだに、橋本の目が意識をなくしたように、ぼんやりとしている。

突然、橋本の目が落ち着きなく上下左右に、三人の視線を避けるように動きまわった。ぐるぐると、意思とは別に眼球が動いているようだった。

大粒の汗が橋本の額に湧き出たかと思うと、たちまち顔をつたって流れ落ちた。

ハッハッと忙しない息が、急に紫色に変わった唇を震わせて出てきた。何度か目蓋が絞られた。喘息の発作か……。

三人が駆け寄る間もなかった。

ぐっ、と橋本の喉が鳴った。どん、と大きな音が起こった。橋本の顔面が机の上に落ちた音だった。

「あっ！」

つっぷした橋本の上半身に、激しい痙攣が走った。

「祥子！　救急車など待ってはいられない。祥子の車で救命救急へ運ぶんだ」

驚く研究所員を無視して、乱風と川崎は橋本国男の意識のない体を担ぎ、前を走る祥子を追った。

「こいつは……」

頭を支えた乱風が、川崎に声をかけた。

「先生。橋本さんの熱が急速に上がってきています」

「えっ！」

足首を握っていた川崎は、何とかズボンの下の皮膚に手を移動させた。火のように熱かった。乱風が大声をたてた。

「喘息の重責発作なんかじゃない。変だと思ったんだ」

祥子が振り返りながら叫んだ。

「阿山教授のときと同じよ。同じような気がします」

細かい痙攣、筋肉の攣縮が絶え間なく乱風と川崎の手に伝わってくる。

後部座席に横たえられた橋本の全身が揺れていた。車の振動ではない。痙攣だった。

唇が紫色に変わってきた。

「まずいな、これは。祥子、急げ」

急カーブにハンドルを切った慣性の法則で、乱風たちは狭い車内に大きく身体を揺すられた。

救命救急に着いたときには、橋本国男の呼吸は停止していた。

「まったく、蘇生術にも反応しなかった」

姉川准教授は驚きを隠せない表情で、目を祥子に向けた。見覚えのある美女だった。

すでに川崎から姉川に状況は説明してある。

「死因、不明です」

「解剖が必要ですね」

医師たちは意見の一致を確認した。

青天（せいてん）の霹靂（へきれき）に気を失いかねない橋本の妻の承諾を一時間後に得たあと、橋本国男の死体が冷たい病院病理の解剖台に横たえられた。台の色と同じくらいに、橋本の皮膚はくすんで重たく、鈍い光を載せている。つい先ほどまで生きていた時間と連続した時が流れているとは、とうてい考えられない橋本の体だった。

「阿山洋教授と酷似した状況とおっしゃるのですね」

江藤病理学准教授が困惑と驚愕の色を交えた顔で目をみはった。江藤にも、阿山洋の死因が、強毒性日本脳炎ウイルスとムンプスウイルス占部Ａｍ９株であることが、今、伝えられたばかりだ。奇抜な格好の乱風に驚く暇もない。

「と、とにかく、解剖をはじめますが、ウイルスの感染性については」

「日本脳炎は人人間（ひとひとかん）の感染はない。ここにいらっしゃる全員、予防接種も受けておられるはずです」

　それぞれが理解して肯いた。

「ムンプスウイルスもご承知のとおり、皆さん免疫をお持ちでしょう」

　一人ひとり、自分は小さいころ、たしかにおたふく風邪にかかった、免疫は充分にある、と胸のうちで納得している。

「しかし、阿山教授が二種類のウイルスを同時に大量に射ち込まれたために、激しい脳炎を起こして死亡したのは間違いのない現実だ。通常、教授の年齢では、日本脳炎に対する免疫は充分にあるはず。ムンプスについても同様だ」

「免疫の力を遥かに超す量のウイルスと考えられます。急性のウイルス血症プラス全脳炎」

　乱風の声に自らを納得させるようにうなずいた江藤は、張りのない橋本の胸腹部正中線に、一直線のメスを引いた。

　普段と変わりない手の動きで、あっという間に、橋本の内臓器が露出した。

「ウイルス血症を確認する」

手渡された注射器が心臓に突き立てられた。どす黒い血液が注射器の中に、渦巻いて採取された。

「ウイルス分離と、ＰＣＲを頼む。念のため、毒物検査も行おう。残りは凍結保存してくれ」

指示された助手の男が、トレイに置いた注射器を抱えて、急ぎ足で出て行った。

「内臓器に格別の所見なし」

手際よく、臓器の肉眼所見が次々と江藤のマスクを通って、解剖室内に響く。

異常所見は予想したとおり、脳にあった。阿山洋と同様、脳表面および実質内に無数の点状出血が認められたのである。

「これは、どういうことだ……」

解剖の途中から、いや、研究所で祥子が「阿山教授のときと同じ症状のように思う」と言ったときから、乱風の脳が火を噴きそうだった。頭蓋骨がはずされ、江藤の後ろから覗き込んだ直後、これまでの自分の推理が完全に間違っていたかもしれないと、自分の脳までが出血で占拠された気がした。

首を振ると、祥子と目が合った。

「橋本教授まで、同じ方法で……」

「殺られたかもな」

「岩谷刑事……。倉石先生……」

川崎准教授の眼鏡の奥の大きな目玉が、明らかに非難と怯えの交じった色をよどませている。江藤の冷静な声がした。

「倉石先生。橋本教授の脳、君のほうでＰＣＲかけてもらえないかな。阿山教授のときと同じように。プローブが残っているだろう？」

「わかりました」

「阿山教授については、まだご自身が間違って強毒性のウイルスを射った可能性があったが、こうなると」

江藤の声が乱風の耳には入らなかった。乱風がぶつぶつとつぶやいている。

「橋本教授が阿山教授を殺害したと思ったのだが……。今回の新型インフルエンザワクチンがらみと考えたのだが。しかも、日本脳炎、ムンプスウイルス占部Ａｍ９株。一番近い人間は……。どこがおかしいのだ？」

思考がまとまらない。祥子がＰＣＲでウイルスを確認するまでもない、と乱風は頭の中で叫んでいる。橋本教授までもが阿山洋を倒した強毒性の日本脳炎ウイルスとムンプスウイルス占部Ａｍ９株によって死亡した。そうなると、いったい誰が二人を……。橋本が自殺するはずもなく……。

液体窒素に浸されて白い煙を巻いた橋本国男の脳の一部が、江藤から祥子に渡されている。

「乱風。これからすぐに、ウイルスの検出にかかるけど」

時計に目が行った。

「仕上がりは、大急ぎでやって、深夜か……」

頭蓋骨をもとの位置に納め、頭皮を縫合するのを待たず、二人は遺体に一礼して、解剖室を飛び出した。

暗室にぼんやりと青白い光が溜まっている。乱風と祥子は顔を寄せ合って、防御眼鏡の奥から、紫外線を当てたゲルを覗き込んだ。

「あ。出てる！」

鮮やかな輝線が一本、浮かび上がっている。ゲルの中から飛び出してきそうだ。

「でも、変だわ」

祥子が首を傾げた。

「日本脳炎ウイルスは出てない」

光るＤＮＡは一本だけだ。

「たしかに、出ていないな。これは、どういうことだ？」

「それに……」

「どうした？」

「ムンプスのほう、このＤＮＡ、大きさが違う」

「え？　でも、はっきりと出ているよ」

「いえ、私が設計したプローブで増幅されるのは、２３６ベースペア（塩基対）よ。前にも見たでしょ」

「ああ。そういえば」

「このＤＮＡ、どう見ても３５０はある」

一番左端にＤＮＡの大きさの目安になるマーカーが十本ばかり、梯子状に光っている。

「阿山教授の脳から出たムンプスウイルス占部Ａｍ９株とは違うというのか」

「理論上はそうなるわね。類似したムンプスウイルスなら、つかまる可能性がある。同じ塩基配列のＤＮＡを持っていれば」

「いや、祥子。ちょっと考えていることがある。江藤先生のところでウイルスを分離できたら、全ＤＮＡ配列、調べてみたほうがいい」

「え？　どういうこと？」

「今、つかまったこのＤＮＡ。以前に阿山教授の脳から検出されたものより長いということだろ」

「そう……」

「ウイルスが感染して、橋本教授が全脳炎を起こし死亡したことは確実。所見は、ムンプスウイルス脳炎、あるいは日本脳炎。しかし、日本脳炎ウイルスは検出されない」

乱風の目が暗室の闇の中にきらきらと輝いているのは、紫外線の反射光が当たっているせいではない。

「ムンプスウイルス占部Ａｍ９株に細工がされて、遺伝子が大きくなっているんじゃないかな」

「何ですって!?」

「阿山先生のときは、強毒性の日本脳炎ウイルスの手助けが必要だった。ムンプスウイルス単独では、確実に人ひとりを倒すことはできない。だが、今度の橋本教授は」

「日本脳炎ウイルスは要らなかった。それは、遺伝子変異を起こした占部Ａｍ９株が強毒性を持ったから、ということなの？」

「と、僕は思う。遺伝子変異を起こした、自然に、というのではなく、誰かが人為的に遺伝子を挿入し、毒性を強くした」

「そ、そんな……」

「保管庫から消えていた占部株。その人物が遺伝子変異の目的に使用したと考えてもおかしくない」

乱風は祥子の耳に口を近づけた。

「今年の新型インフルエンザ騒動。スペイン風邪ウイルスの合成が成功するほどの時代だ。毒性を自由に操れるウイルスなど、どこかで誰かが手にしている可能性が充分にある」

「何を考えているの……」

「いや、今年のインフルエンザさえ、誰かの意図が働いたのじゃないか、と言いたいんだ」

二人は暗室を出た。研究者たちは全員、帰ってしまっている。病原体研究所全体も、この真夜中、静まり返っている。

ゲルを写したポラロイド写真が、二人の目の前にあった。検出されたDNAが、本来のウイルスのものより長いことは間違いのないことだった。

「別物か、あるいは遺伝子を組み込まれた変異株か……。僕は後者に賭けるな」

「明日、ゲルを切り取って、増幅されたDNAの塩基配列を調べてみる」

二人は目を合わせたまま、瞬きもしない。

「しかし、誰が変異株を……。遺伝子操作をしたとしたら、この研究所の人？　しかも、それを橋本教授殺害目的に使った？」

「偶然にウイルスの遺伝子変異が起こり、さらにそれが偶然に橋本教授に感染した、などという可能性は、まずあり得ないだろう」

祥子は目を動かさずに、肌で所内の沈黙を探っていた。ぞくっと、全身に鳥肌が立った。

「橋本教授は、どこから感染したのだ？　いや、感染させられたのだ？」

翌朝、乱風は祥子と朝食を摂りながら、首を傾げた。

「今日はどうするの？　署のほうは？」

「有給休暇」

ひと悶着があった。事件で忙しいのに、休暇とは何事だ、と埼玉署の上司から怒鳴られた。小難しい科学理論を殺人方法の説明に加えたものだから、怒った脳がさらに掻きまわされた相手は、

「帰ってきたら、きついお灸が待ってるからな。覚悟しておけ。他所の事件ばかり解決しやがって」

と電話をわざと大きな音をたてて置いた。怒鳴り声とは逆に、顔は笑っている。

「まったく、妙な奴だ」

受話器からのわめき声など皆目意に介さず、ペロリと舌を出した乱風は、部屋を出る前に長いキスを祥子とかわした。

「じゃあ、行きますか」

研究所に着いた二人は、祥子は研究室に、乱風は橋本教授室に足を向けた。教授室を調べてから、昨日からの一部始終をT市警察署谷村警部に伝えるつもりだ。

ここに来るまでに、乱風の推理に拍車がかかっている。教授室の扉を開けた乱風は、入り口で立ち止まって、中をぐるりと見渡した。書類、書物が詰まった書架が壁を埋めている。奥の窓を背景に橋本のデスクがある。閉じられたノートパソコンと電話が載っているだけだ。

「ん？」

目的としてきた物がデスクの上になかった。たしかに昨日はあった……。

「引き出しの中はどうだ？」

ゴチャゴチャと文房具やらメモ帳やらが詰め込まれていた。それらを除けながら、中を探っても、無駄だった。

「急に倒れたんだ。それまでは、机の上にあった。そのとき落ちたか」

腰をかがめて床に目を這わせた。

「ありました。ありましたよ」

手をデスクの下に突っ込んだ乱風は、目的の物をつかみかけて、手を引いた。

「おっと。一応、強毒性のウイルスだ。危ない、あぶない」

乱風は先ほど調べたデスクの引き出しの中に、研究用のビニル手袋を見つけている。

「まあ、素手でつかんだところで、感染るとは思えないが……」

喜色満面、立ち上がった乱風の指の間に、気管支喘息用のスプレーがつかまれていた。

橋本が使用していた喘息治療用スプレーから、新型ムンプスウイルス占部Ａｍ９変異株が分離同定された。これは解剖時に採取された血液から見つかったウイルスと一致した。

遺伝子の全塩基配列が解明されるまでには、さらに時間が必要だったが、その前に祥子がＰＣＲで得たＤＮＡの塩基配列解析結果から、従来のウイルス株遺伝子の途中に百余りの塩基が連なっていることがわかった。

誰かが意図的にＤＮＡを挿入したと考えられた。

「自然に起こった突然変異とは考えられないのでしょうね」

祥子は言いながら否定している。

「それもありうるが、人工的に挿入することも充分に可能だ」

乱風、祥子と川崎准教授が額を突き合わせていた。

「挿入されたＤＮＡ配列、ヒトの脳脊髄膜と極めて親和性が高い蛋白毒の遺伝子コードだ」

「とすれば、ウイルスの脳、脊髄への感染性が強くなりますか」

「そういうことになる。それも、格段に、だ」

「誰がこのようなことを」

祥子の声が震えた。

「占部株を持ち出した人物の仕業なのだろうが……」

「阿山教授のときも占部株。こちらは、少なくともPCRで検出された部分については、遺伝子変異はないウイルス株が使われていますが、これも間違いなく誰かの仕業です。元の株と遺伝子変異を加えた株、毒性の少ない本来のウイルスには強毒性の日本脳炎ウイルスが混ぜられていた。ウイルスの毒性に精通した人物が二人を殺害したと考えたほうがいいような気がします」

「ワクチン製造販売部と阿山教授との確執ではないと」

「ええ。そのワクチン製造販売部の橋本教授まで殺害された、それも気管支喘息治療用のスプレーに仕掛けられていた。橋本教授の日常をよく知る者ということにもなります」

乱風は川崎の目をじっと覗き込んだ。川崎は乾いた声を出した。

「やはり、この研究所の内部の者……。しかし、そうなると、二人を殺害した動機は？」

「まだわかりません」

乱風は祥子だけには別のことを伝えていた。

「我々に見えない組織が動いているような気がしてならない」

「何のこと？　見えない組織って？」

祥子が怯えた顔を見せた。

「致死性新型ウイルス開発計画」

「な、なんですって？」

「ムンプスウイルス占部Ａｍ９変異株のことがわかってから、前から漠然と考えていたことが現実のものになってきた気がしたんだ」

「…………」

「以前に、今年の新型インフルエンザ、実は自然の災害ではなくて、人工的な、誰かの意図したパンデミックというようなこと、話したことがあっただろう。ウイルスを人工的に合成できる時代になったんだ。いや、これまでにも何度か合成ウイルスで世界が汚染されたと解釈できるような感染が発生している。ワクチンでの金儲けが目的かもしれない。だが……」

真剣な目つきの祥子の顔が真っ白だ。乱風の言いたいことが何となくわかる。

しばらく乱風は言いよどんでいた。小さなささやくような声が出た。

「バイオテロ」

「うっ!」

祥子は手を口にあてて、それ以上の音が出るのを防いだ。

「日本を代表するウイルスワクチンの研究所、病原体研究所。テロを目論む組織の人間が入り込んでいると考えてもおかしくはない」

「そ、そんな……」

「ムンプスウイルス占部Am9株の遺伝子変異株。解析すれば、新型のウイルスなど簡単に正体がわかる。新型ウイルスが存在することが我々にばれてしまう。にもかかわらず、橋本教授殺害に使ってきた。殺すならば、他の手段がいくらでもある。阿山先生のときには、まだ新型ムンプスウイルスの合成には成功していなかったとも言える。だから、二つのウイルスを混ぜて、毒性を強くした。いや、ムンプスウイルス占部Am9株本来の毒性を確かめたかったのかもしれない。ウイルスを手に入れたとき、誰かに試している可能性もある。占部株単独では人ひとりを殺害するには弱かった。それで阿山教授を殺害するときには、強毒性の日本脳炎ウイルスと混合した。だが、遺伝子挿入に一度成功したとなると、次々と新型を造ることができるだろう。橋本教授を倒したウイルスが解析されたところで、次のさらに強毒性のウイルスができているとすれば、組織にとって、何も問題がないわけだから」

話しながら、いつものように乱風は次々と新しい思考を展開してくる。

「二人を急いで殺害しなければならない状況になったのかもしれない。他の手段でもいいのにウイルスを用いたのには、殺害方法を見つけてみろという挑戦のようにも思える。いや、そうに違いない。祥子たち研究者の力を試しているとも言える」

祥子の白かった顔が赤くなってきた。怒りが湧いてきたのだ。

「犯人は、間違いなくこの研究所の中にいる。祥子たちの行動、橋本教授を倒した病原体を突き止めたことも、もう知っているかもしれない」

「川崎先生……？」

乱風は首を振った。

「それは、ないだろう。川崎先生の経歴は調べてある。O大学大学院卒業後、阿山教授のもとで准教授になっている。ここにもう長い」

「どういうこと？」

「研究所でのウイルスなどの病原体保管については、橋本教授のところで話したように、今年の八月一日が最終確認だ。ムンプスウイルス占部Ａｍ９株がなくなったのは、そのあとだ。そこに遺伝子が組み込まれて、強毒性になった。遺伝子操作は、夏以降、この何カ月かのことになる。このようなことを目論む者がいるとして、新型インフルエンザのこともある、最近の動き、要するに、最近この研究所に入ってきた人物の仕業という可能性が一番高い」

祥子には頭の整理が必要だった。

「川崎先生ほか、病原体研究所員と研究実績を調べてみた」

「いつの間に」

乱風はウインクした。思いついたあとの行動の速さは、祥子も充分に承知している。

「ワクチン製造販売部の人間たちからは論文はまったく出ていない。彼らは研究者というよりは、製造と営業が本職だ。論文など書く必要がない。橋本国男教授名で年に一報ずつ、その年のワクチン業績についての報告があるだけだ」

「他の研究室からは」

「こちらは大変な数の論文、学会発表がある。内容を全部見たわけではないが、なかなかの研究成果だと思う。さすが、と言うべきだ。もっとも、当然といえば当然なのだが」

「それで……」

「こちらに来て、さほど時間がない、ということもあるのだろうが、数名については、まだ論文も学会発表もない」

「でも、研究所に来たら、それぞれテーマをもらって、その研究に忙しいでしょう。指導教官でもある教授たちがうるさいはずよ、他のこと、やっていたら」

「その辺のところ、何とでもなるでしょう？　僕だって、研究者時代には教授の言うこと無視して、好き勝手にやったし、祥子だって」

「私は教授から与えられたテーマを」

「もちろんだ。だが、教授の死因を調べるために、研究からはずれたＰＣＲ、やったじゃない？」

「あれは……」

「いや。要するに、研究者は結構自由にやれるということを言いたいんだ。実験やっている手元を覗き込んでも、ウイルスに挿入する遺伝子が見えるわけでもないし」

「人に見つからずに、好き勝手にできる、ということね」

「そういうこと」

「で、誰かに目星をつけたの、乱風」

乱風はジーンズの後ろポケットからメモ帳を取り出して、中をひろげた。細かい文字がページを埋めていた。

「ここに、この二年のあいだに病原体研究所に就職した人物五名を抜き出して書いてある。研究成果があがっていないのか、それともムンプスウイルスにいたずらをするのに忙しく、研究どころではないのか。いずれにせよ、極めて要注意だ」

メモの文字に視線を流していた祥子は、驚いたように目をあげた。

「一人は日本人だけど、他はみんな、海外の方？　誰も知らないわ」

東雲(しののめ)太郎(たろう)、アドルフ・ルンゲヘルツ、張拾萬(ちょうじゅうまん)、ジュリアーノ・アスカリアス、ベラスケス・ポスペルト……祥子は小さく声に出して、名前を頭に刻み込んだ。

「ムンプスウイルスが保管庫からなくなったのが、八月一日以降。毒性を強める遺伝子を挿入するのに適当なウイルスを探していたとして、いや、むしろ最初からムンプスウイルス占部Ａｍ９株を使おうとしていた可能性のほうが高いか、ウイルスの保管場所を探していた時間を加えると、見つけるのにそれほどの時間が要るとも思えないから」

「以前からいる人ならば、今さらというわけね」

「そう。在籍期間が短いほうが怪しい、ということも考えられる」

祥子は再度メモに、五名の研究所入職期日を探した。

「それぞれが病原体研究所に来る前に所属していた研究所あるいは大学も調べたほうがいいのだが」

「身元確認ということ？」

「祥子には頼まないよ」

「え？」

「研究所の事務に行けばわかるだろう。だが、そんなことを調べていることが相手に知られてしまうと、非常に危険だ。これまでのウイルス解析だけでも、相当に相手を刺激している可能性がある。何をしてくるかわからない。もっとも、あちらさんも自信過剰気味だがね」

「どうするの？」

「外国人の四人については、入国管理局などを通じて、経歴がわかるだろう。日本人も調べればすぐにわかる」

いやな気分だと、乱風は口に手をあてた。

「この五人以外の人間がやっている可能性も残っている。祥子は研究に集中したほうがいい。自然に振る舞いながら、もし妙なことに気がついたら、誰にも話さず、僕に知らせてくれ」

祥子は硬い表情でうなずく以外になかった。

16 見えざる敵

乱風から「病原体研究所橋本国男教授が殺害された、方法は致死性ウイルスを含んだ気管支喘息治療用スプレー」と聞かされたT市警察署谷村警部は、以前の阿山洋教授死亡事件をも視野に入れて、ただちに病原体研究所に捜査員を送ると意気込んだ。

「阿山重光の事件と関係はないのか？」

「まったく無関係と考えてよいと思います」

「無関係……？」

「強毒性の新型ムンプスウイルスが何者かの手によって創られ、背後にバイオテロ組織が絡んでいるかもしれないのです」

まず、谷村には新型ムンプスウイルスが理解不能だった。次に、バイオテロという言葉がまったく現実からかけ離れた響きで、脳がただちに拒否反応を起こした。

「バイオテロ？　組織？　何だ、それは？」

乱風の長い説明がかえって谷村の思考を混乱させた。途中、何度も「よくわからん」と谷村は頭を抱えた。

「ですから、新型ウイルスを創った人物を特定するまで、捜査は慎重にお願いしたいのです」

「そう言ったって」

「一両日中に、僕が目星をつけた五名のこれまでの経歴がわかると思います。病原体研究所に来る前に所属していたところを調べれば」

谷村が乱風を遮った。

「そんな人物ならば、経歴を詐称していることも考えられるぞ」

「たしかに……」

しばらく考えていた乱風は谷村に要望を出した。

「T市警察署の科学捜査班の方で、どなたか研究員として、潜入捜査をお願いできませんか」


川崎研一郎准教授はIDカードをセンサーにかざした。緑色の小さな光が点灯するとともに、カチリと機械音がして、目の前で銀色に光る鉄扉がゆっくりと左に移動した。中にも頑丈な扉がある。こちらはIDカード以外に暗証番号が必要だった。

この奥にウイルス株管理室がある。厳重に一般研究室から隔離されている。病原体研究所地下一階の一角を占めていて、いま川崎が通ってきた二つの扉を通り抜けない限り、中には入ることができない。

液体窒素内に凍結保存された、種々のウイルス。これまで地球上で見つかったウイルスのほとんどが、病原体研究所のこの場所に保管されている。悪意のある人間が強毒性のウイルスを持ち出し世間に撒き散らせば、間違いなくバイオテロが可能なのだが、下手をすると自身までが感染して、ウイルスの餌食になる。充分な準備がないと、バイオテロなど起こせるものではない。

大型の液体窒素タンクが五基、整然と並んでいた。川崎が近づくと、映った身体が縦に長く引き伸ばされた。

以前に調べたときなくなっていたムンプスウイルス占部Ａｍ９株は、Ｂタンクに保管されていた。タンクの上蓋を慎重に取り外すと、真っ白い気体が巻き上がった。液体窒素取り扱い用の分厚い手袋をはめた手で握った気体吸引機を突っ込んで白煙を吸い込むと、何とか中の金属ラックが見えてきた。ラックには数字が書いてある。

「こいつだ」

川崎は３の数字がふられた大型ラックを取り出した。

「上から三つ目」

10×10に区切られた三段目の保存ラックを引き出して、五本のチューブがないことを再確認した川崎は、元どおりラックを納めると、すべてを液体窒素の中に落とし込んで、蓋を閉めた。

「ここにあった占部株が使われたことは間違いないとして、橋本教授を倒した新型ムンプスウイルス占部Am9変異株、どこかに保存されているに違いない」

川崎にはウイルスを持ち出した人物に何となく心当たりがあった。ムンプスウイルスが持ち出されたことを知ったあと、川崎は何度かこのウイルス保管室に出入りしていた。

誰が持ち出したか？　橋本教授がムンプスウイルス変異株で殺害されてから二日が経った。

変異株を創った人物がそのウイルスを保存するには、この場所しかない。一時的には、研究室で細胞に感染させておけるが、時間が経てば不安定になる。ましてや、新たに人工的に創ったウイルスとなれば、自然に存在するウイルスと比べて、地球上での安定性は保証の限りではない。液体窒素の中で完璧に凍結しておくことが、最良の保存方法として間違いないことであった。

保管室の内部、あるいは周辺で、何度か見かけた人物がいた。アドルフ・ルンゲヘルツという、D国国立科学研究所から新年早々に派遣されてきた男であった。事務局で調べた資料によると、日本でのワクチン開発製造に関する技術取得が目的とあった。

川崎の知識では、D国のワクチン製造技術は世界でも最高のものと評価されている。日本と双璧である。

「そんなところから、わざわざ病原体研究所に何の用だ？」

ルンゲヘルツが新型ムンプスウイルス、地球上に存在しない強毒性のウイルスを創ったとすれば、川崎でなくとも、そこにはとてつもない悪意が存在すると気がつく。

「こんなウイルスが世界に撒き散らされたら……。ムンプスなど、簡単に感染する。このウイルスなら、おたふく風邪、耳下腺炎どころか、ほとんどが髄膜脳炎に罹患する。今年の新型インフルエンザどころではない」

川崎は一人、とんでもない考えに至って、身震いした。

「確証がいる」

保管されているウイルスの一覧は、研究所事務局に記録されている。川崎はコピーしてきたものを取り出した。

「変異株を登録しているはずがない」

保存ラックで本来空枠であるところにウイルスを入れたチューブがあれば、それが怪しいと考えて、タンクの中の保存ラックを一つずつ確認するつもりだ。

それぞれのタンクには、先ほど川崎が取り出して確認した、チューブが百本保存できるラックが十段積める大型ラックが五つ入っている。登録記録では、Cタンクの4番までのラックは満杯で、5番の数字が振られたラックの七段目以下が空欄であった。六段目九十本までにウイルスの名前がある。

「どれかを取り出して入れ替えたとも考えられるが、そうなると本人しかわからない」

とりあえずは余分なチューブがないか、調べてみよう、と川崎はCタンク5番の大型ラックを、液体窒素から取り出した。

「六段目のラック……」

ラックについた液体窒素の結晶が指でなぞられて、筋を引いた。

「そこまでだ！」

大きな日本語が、保管室内に響いた。

「あっ！」

振り向いた川崎の指が止まった。ウイルスに気を取られて、保管室の扉が開いたことに気がつかなかった。

「そこまで、です。ドクター川崎。それ以上は」

男が人差し指を立てて、三十度の角度の間を振りながら近づいてきた。

「元にお戻しください。私は素手ですので」

今度は素肌の両手を顔の前にひろげて、男はニヤリと笑った。

「やはり君が……」

「ともかく、ラックを元の位置にお戻しください。ご想像どおり、Cの5番ラック六段目91番以降、さらに七段目八段目に、このたび遺伝子操作されたムンプスウイルス占部

Ａｍ９変異株が凍結保存されています。ざっと二百チューブあります」

「そ、そんなに……。君が創ったのか。しかし、いったい何のために」

男は青く光る虹彩を収縮させた。

「それに、このウイルスを使って橋本教授を殺したのは何故だ？」

沈黙を保ったまま、男はラックをタンクに納めるよう、顎をしゃくった。

川崎の厚い手袋をした手が震えて、ラックの上を滑った。

「早くしてください。室温に長く置くと、ウイルスが駄目になる」

男の声が少しばかり焦っているように聞こえた。

誰か保管室に入ってこないか……。川崎の絶望的な視線が男の背後の扉に注がれたが、外に人の気配すらなかった。

「ドクター川崎。その記録にあるとおり、ＤとＥのタンクは、まだラックは入っていない。空です。ですがＤタンクには液体窒素だけは入っている」

「な、何を考えている」

声が震えて、川崎は何を言っているのか、自分でもよくわからなかった。

「人ひとり、その中で凍らせておいても、しばらくはわからないということです。さ、早くラックを戻してください」

静かにしゃべる男の声がタンクの間隙に反射して、妙な音を響かせた。

川崎はのろのろとラックをタンクにしまい込んだ。期待に反して、誰一人、保管室に入ってくる者はなかった。男は表情を隠し、口も閉じたままだ。

川崎の腕を巻いて、液体窒素の白煙があがった。重い蓋を閉めようとして、川崎はとっさの行動に出た。蓋の取っ手を握る川崎の指に力がこめられた。渾身の力が腕の筋肉に伝わった。男めがけて蓋が回転しながら、最短距離を飛んだ。

「わうっ！」

腕を上げて、予期せぬ攻撃の直撃を免れた男は、腰を折って、転がった蓋におもむろに手をかけた。そのままの格好で男は顔を曲げて、絶望的な顔をした川崎が出口に向かって走り出した足もとに蓋を滑らせた。すくわれた足が絡んで、川崎は悲鳴をあげて床に倒れた。

騒動で起こった音と声は、地下室からはどこにも漏れなかった。


「アドルフ・ルンゲヘルツ。三十五歳。D国籍。D国国立科学研究所所属。昨年十二月二十八日、入国。何？　M国から？」

乱風は届いた報告書に鋭い目を光らせている。

「D国はヨーロッパだ。それが、どうして中南米M国なんだ……」

つぶやきが長く尾を引いた。

「M国……」

　ハッとした乱風の目が一度報告書から離れたが、すぐに戻っていった。

「非常に問題がある。で、この男、年明け一月四日から病原体研究所に入っている。研究目的は、日本でのワクチン開発製造に関する技術取得？　ふん」

　乱風は鼻をならした。

「何とも、大雑把な研究目標だな。滞在予定は一年か……」

　金髪、広い額、深い眼窩、鋭い目、青い虹彩、黒い瞳孔、高い鼻、強く結ばれた口唇。やや面長の顔を乱風は記憶に刻み込んだ。

「次、ジュリアーノ・アスカリアス。三十二歳。こちらも欧州か。I国G社製薬研究所所属。日本への入国は昨年二〇〇八年十二月三十日。I国から直行便だな。年末に忙しいことだ。病原体研究所には、ルンゲヘルツと同じ日、今年の一月四日。まあ、互いに面識はないのだろうな？」

　乱風はしばらく、顔写真を見ながら考えていた。

「三十二にしては、髪の毛が薄いな。太い眉、陽気な眼差し、鼻は少しずんぐりか……」

　唇はいささか分厚い。

「で、研究テーマは？　もっとも、本人申請なのだろうから」

ジュリアーノ・アスカリアスの病原体研究所での研究内容が書かれた部分に、乱風の目が止まった。

「無毒ウイルスの開発。有毒ウイルスの遺伝子を改変し、免疫原性は保ったまま、毒性のないウイルスをワクチン用として開発」

なるほどねえ……と乱風は科学者として感心している。

「こいつがワクチンには一番なんだがなあ。だが、言うは易し。そこがなかなかむずかしいんだなあ」

それにしても、と乱風は机に放り上げていた長い脚を組み替えた。

「遺伝子をいじくるのは、得意中の得意、だな。滞在予定は二年か」

再度顔写真に目をやって、細かい特徴まで神経回路に流し込み、乱風は三人目の報告書に手を伸ばした。

「ベラスケス・ポスペルト。三十三歳。すごい眉毛だね」

目が隠れるほどに黒く太い眉毛が、真一文字に顔を横切っていた。

「出身はP国。王立科学研究所員。昨年秋九月か、入国は。P国からA国経由で来日。病原体研究所には十月一日から。研究テーマは……ワクチン製造過程の実地研修か。これは研究はあまりやっていないかもしれないな。一年経っているのに、研究発表や論文がないのは、そのせいかな」

つぶやきながら乱風は、実地研修と称して、手の空いた時間に、悪意の遺伝子操作をウイルスに加えている可能性は充分にある、その知識と技術があるかどうかだな、と警戒を怠らない。

「この顔じゃ、仮に誰かに変装するとしても、無理だな」

滞在申請期間三年を確認して、乱風は写真の顔とにらめっこしたが、プッと吹き出して、敗北を宣言した。

「さて、四人目は」

張拾萬、三十五歳、アジアK国蛋白質総合研究所員。黒髪を油でぎらぎらに光らせた東洋人の顔が写っている。賢明そのものといった目までが光っている。表情のどこにも抜け目がない、と乱風はこの男の写真ともにらめっこした。今度は吹き出さなかった。

「そんなに硬い顔をしていたら、研究の自由な発想が全部飛んじゃうよ」

張拾萬は病原体研究所では、すでに二年近くを過ごしている。

「入国経路には問題はないようだが、二年もいて、成果なしか?」

研究テーマは、ウイルスを分解して、構成蛋白質を単離、これらの組み合わせで、免疫を獲得するワクチンを開発。なるほど、とまた乱風は声をあげた。

「ウイルスを使わない方法で、ワクチン開発か。しかし、毒性を発揮する蛋白質の取り扱いがむずかしいだろうなあ。実現の可能性、あるのかね?」

しばらく科学者の思考を展開した乱風は、自分を無理やり業務に引き戻した。

「この人物も、蛋白質を扱う以上、蛋白質をコードする遺伝子の取り扱いには、充分に慣れている可能性が高い。残りは一年足らずか」

さて、最後の一人、と取り上げた紙には、やさしげな表情の日本人男性が、こちらを見て笑っている。

「東雲太郎さん。何だ？　同窓か」

出身は国立T大学理学部、とあった。

「歳も、ありゃあ、同じじゃん」

二十八である。

「今年一月から病原体研究所。その前は」

何も書いてなかった。

「おいおい、ちゃんと調べたのかよ。普通に卒業していたら、もう六年も経っているぞ。そのあいだ、どこで何をしていたんだ？」

報告書を裏返しても、白いままだ。

「手を抜きやがったな」

乱風は目の前の電話を取り上げて、調査部を呼び出した。声に棘が交じった。

「先日お願いした人物調査ですが」

「あ、すみません。時間が足らず、まだ東雲太郎については調査中です」

「T大を卒業したあと、六年間ぷー太郎かい。よろしくお願いしますね」

「いえ。日本にその人物の記録がないのです」

「え？　どういうこと？　日本人でしょ」

「それはそうだと思います」

「だって、国立T大学理学部卒業って書いてあるじゃない」

「それ、病原体研究所の登録です。それ以前の経歴がわからないのです。住所も。たしかにT大を六年前に卒業しているのは名簿で確認したのですが、卒業時の住所から辿ってみようにも、下宿か何かだったようで、住民登録もなく。大学に照会中です。卒業後、どこか外国にでも出たのではないですか」

「じゃあ、出入国記録は」

「ええ。それも今あたっている途中です。週明けには、ご報告できると思います」

「わかりました。では、なるべく早くお願いしますね」

乱風は東雲太郎の写真にじっと目を凝らした。

「外国で研究……ね。どこにいたんです、東雲さん。妙なこと、やってたんじゃないでしょうね」

近いうちに病原体研究所に行かなければならないな、と乱風は、今は誰もいない捜査員室を見まわした。

帰ったら熱いお灸が待っていると思ったのに、誰も乱風を見ても何も言わなかった。谷村警部から連絡が届いていたのだ。

乱風に、所轄の壁を乗り越えて、他の事件に手を出すなと言っても、まったく馬耳東風、暖簾に腕押しであることをみんなよく知っている。しかも医学科学がらみの難しい事件となると、乱風に任せておくことが最善の捜査方法であることに全員が納得していた。

放っておいたほうが事件が片づく。埼玉署署長以下、いや埼玉署のみならず大阪T市警察署でも全員がそう思っていた。

「何事もなく、研究所は平和よ」

夜の電話で、祥子の変わりのない声を聞いて、乱風はほっとした。今日の報告書を見ただけでも、胡散臭い研究者が祥子のまわりにゴロゴロしている。危険なこと、この上ない。

「五人の身元確認、どう？」

乱風はすべての情報を祥子に話した。祥子は黙って聞いていた。話し終わって乱風は念を押すように言い渡した。

「祥子は彼らと出会っても、知らぬ顔をしていること。谷村警部に頼んで、潜入捜査官を送り込む予定だ」

「潜入捜査？　じゃあ、今日いらした女性の方、そうかしら」

「お、早速。どんな女性だ」

「三十くらいの、K薬科大学からとおっしゃってたけど」

「祥子の研究室にか？」

「ええ」

「なるほど。谷村警部、気を遣ってくれたな。祥子の護衛でもある」

「まあ……」

「たぶん、どこか別の部署にも、誰かが」

「危険なのね、ここ」

「バイオテロだよ。よほどの注意が必要だ」

気を取り直したように、乱風は話題を変えた。

「藤島先生は？」

「あのあと、田村さんもいろいろと取り調べを受けたようだけど、特に話はないわ。先生も研究に没頭」

「川崎先生は？」

「そういえば、今日は朝見かけたきり、会わなかったわ」

「ムンプスウイルス変異株を創った犯人が今後、どう動いてくるかだが」

意識はすぐに凶悪ウイルスに戻ってくる。

「ばら撒かれでもしたら」

「大いに危険だね。たちまち髄膜脳炎を発症する危険性がある」

「でも、単純にばら撒いたら、自分も危ないんじゃない」

「うん。そうかもしれない。いや、そうに違いない。あのムンプスウイルスが盗まれたのは、どう早く見積もっても八月一日以降だ。ウイルス保管室が検閲されたあとだ。で、橋本教授が殺されたのが十二月十七日。それより少し前に変異株ができていたとして、ワクチンを造るには時間が必要だ。阿山先生のときには、まだ変異株はできていなかったと思えるから」

「橋本教授のスプレーに混入させるくらいは大丈夫なのね」

「もちろん、犯人は自分に感染しないように最善の注意は払っているだろう。だが、テロを起こそうとすれば、ムンプスウイルスなら空中散布ということになる。自分を護るためには、ワクチン、予防接種が必要だ。一人だけ助かろうとすれば、ワクチンもさほどの量はいらないだろうが、バイオテロ組織となると、相当量のワクチンがいるだろう。準備に時間がかかる」

「そんなことまで、ここでやるのかしら」

「なるほど、祥子、いいところに気がついたね。実はね、先ほど伝えた五人、いや、日本人の東雲太郎についてはまだ情報がないから、四人か、この中でアドルフ・ルンゲへルツだけが、なぜかM国経由で日本に入っている」

「どうしてM国に行ったのかしら。ちょっと変に思ったんだけど。M国って、今年の新型インフルエンザが発生した国じゃないの」

「そうだ。そこなんだよ。ひっかかるんだなあ、バイオテロということを考えるとね」

「今年の新型インフルエンザがバイオテロ、と言いたいのね。それにしては、毒性が弱いわねえ。世界じゅうにひろがる速度は、なかなかのものだったけど」

「毒性が強ければ、間違いなく世界はパニックだ。かつてのスペイン風邪のように。一九一八年と比べると、今日では情報が伝わるのが一瞬のうち、格段に速いから、世界人民がパニックになるのも、それこそ爆発的になるだろう」

「パンデミック……」

乱風の咳払いが聞こえた。

「実はね、こういうことも考えられないか」

「何?」

「人々は鳥やら豚にインフルエンザウイルスが感染して、毒性が強くなることばかり強調するが」

「それは、強毒性のウイルスにやられたらたまらないもの」

「弱毒化することもあるんじゃないか」

「え？」

「遺伝子、自然の中では、なんとでも変異する。弱毒化したウイルスはヒトに大きな被害を及ぼさない。我々は困らないから、そんなことは起こっていないと考える。いや、何事もないから、考えることすらしない。そんなことはないと思っている。だが、強毒性のウイルスができるならば、逆に強毒性のウイルスが弱毒化してしまう、あるいは潰れてしまうことだって、いくらでも起こりうると思う。ウイルスがいなくなる。ヒトには悪さをしない。ヒトに被害は出ない」

「乱風……」

何ともよく頭がまわる人だ……。祥子はあらためて感心している。

「今年の新型インフルエンザ、当初はスペイン風邪の再来とまで恐れられた。僕は、まさに誰かが、人工的に合成されたスペイン風邪ウイルス、あるいはさらに毒性を強めた、いわばスペイン風邪ウイルス変異株を撒き散らしたんじゃないか、と考えた」

「それじゃあ……」

「テロじゃないかもしれない。どこかの製薬会社が撒き散らして、ワクチンで稼ごうと思ったのかもしれない」

「…………」

「テロ組織か、あくどい製薬会社か知らないが、いずれにせよ、連中の思惑に反して、ウイルスは弱毒化してしまった。世界じゅうを恐怖に陥れ、大金を儲けようとした、あるいは多くの人民の命を奪おうとしたものが、むしろ自然の力で阻止されたんじゃないか……」

祥子は言葉が出なかった。

「失敗したバイオテロ。失敗した金儲け。犯人組織は新たなウイルス開発を目論んだ。かつてのワクチン禍で悪名高いムンプスウイルス占部Ａｍ９株を利用しようとした。最近では、さかんにムンプスの予防接種を推奨している。それがＭ国経由で病原体研究所に入り込んだ」

「アドルフ・ルンゲヘルツ、というの？」

「可能性が極めて高い。事実、ムンプス変異株で橋本教授が殺されている」

「教授の体で毒性を試したということ？」

「阿山教授にも、元株だが投与されている。ウイルスの毒性を試すため、とも言えるが、それなら阿山先生にも、遺伝子変異させたウイルスが完成してから射ち込めばいい」

「それは新型インフルエンザワクチンをご自身に試すというタイミングが」

「そう。怪しまれないように、阿山教授を殺すためには、絶好のタイミングだ。そのタイミングを利用しなければならないほど、犯人は阿山洋を手早く殺す必要があった」

「どうしてよ?」

「ウイルスに遺伝子操作をしているのを怪しまれたからじゃないかな」

「阿山先生が気づいたということ?」

「ああ。橋本教授にしても、同じような状況じゃないかな」

乱風たちは知らなかったが、阿山洋は死亡前に妻令子に向かって、「研究所で何か妙なことが起こっている、気になる」と心配顔で話していた事実がある。

「アドルフを厳重に監視する必要がある。すでに谷村警部には伝えてある」

「じゃあ、捜査官が」

「たぶんね。わからないように、それとなく研究員の顔をして、入り込んでいるのではないかな」

ウイルスに感染しなくとも、熱が出そうだった。

春から大騒ぎをした新型インフルエンザのことなど、すでに世間の人々の頭からはほとんど消えている。政権交代で、壊れた政治経済の建て直しに人々の関心は移ってしまっているのだが、職がない、給料が減ったといっているわりにはクリスマスで街は賑わっている。

そう、人間はたくましいのだ。何とかして生きていくのだ。生きていけるのだ。社会にどのような問題が起ころうと、自然界がどう変わろうと、いくらでも生き残っていけるのだ。

週明けの病原体研究所にけたたたましい音を突き当てて、救急車が滑り込んだ。急に大きくなって停止したピーポー音に、祥子と冴悧は話していた口を閉じた。

「どうしたのかしら？」

何となく研究所玄関のほうが騒がしい。

「O大学救命救急に」

救急隊員の声が響いた。

「救命救急!?」

二人は顔を見合わせた。咄嗟にウイルスのことが頭に浮かんだ。また、誰かが……。

研究室の窓から玄関は見えない。祥子は椅子から腰を浮かせた。

「見てきます」

「私も行くわ」

途中、研究室から廊下に出て、不安そうな顔で立ち話をしている研究員が何人かいた。

二人が研究所玄関に着いたとき、ちょうど救急車にストレッチャーが運び込まれるところだった。足が見えた。男性だ。

「どなたが？　何があったんです？」

祥子は玄関脇に立っていた研究所員らしい女性に尋ねた。女性は手を口にあてて、心配顔だ。

「うちの研究室にいる東雲太郎さんです」

今しも救急車の後ろ扉が閉じられようとしている。

「待ってください！」

祥子は救急隊員を突き飛ばすように、上半身を救急車の中に突っ込んだ。

「な、何をするんだ！」

気色ばむ救急隊員は、振り向いた美女に一瞬息をのんだ。

「私、O大学の医師です。乗せてください」

中で患者に酸素マスクを取り付けていた隊員が、患者から目を離さず叫んだ。

「ダメです。危ないから、離れてください」

祥子はほとんど突き飛ばされるように、車から離された。目の前で扉が大きな音をたてて閉じられた。祥子の顔に再度視線をやった隊員が助手席に飛び乗ると同時に、救急車はまた大きなピーポー音を空に跳ね上げ、遠ざかっていった。

「東雲さんって!?」

祥子は女性研究員のＩＤカードを覗き込んで、書かれた名前を呼んだ。

「上田さん。東雲さん、いったいどうしたの？」

祥子のきらきら光る目に、何度か瞬きした上田愛子は、唇を震わせた。

「急に、うわーって大声をあげて、倒れたんです」

「急に？」

「意識がないようで、私、すぐそばにいたんですけど、何度呼んでも返事がなくて」

「東雲さん、何をしていたの？」

「クリーンベンチの中で、いつもの実験だと思います」

「何か危険なもの、扱っていたの？」

「わかりません」

「東雲さん、たしか、今年から研究室に来られたのよね」

祥子は上田に質問しながら、乱風から昨夜聞いた東雲太郎に関する乏しい情報を思い出していた。

「よく、知ってますね」

上田は驚いた目を丸めた。祥子は慌てた声を強めた。

「上田さん。教授は？」

「今日はご出張です」

「准教授は？」

「准教授も」

じれったい。祥子は冴悧に顔を向けた。

「藤島先生。川崎先生にお知らせして、とりあえず、東雲さんが仕事をしていた研究室、誰も入れないようにしていただけませんか」

「倉石先生……」

上田愛子は二人の会話に怪訝な顔つきだ。

「川崎先生、今日はまだお顔を見ていないわ。ともかく、研究室のほう、上田さん、案内して」

「どうしたんです？　どうして、研究室を」

「念のためよ。念のため」

祥子は冴悧に強くうなずいた。

「そんな……。研究ができなくなる」

上田を無視して、祥子は駐車場に向かって走りだした。

「藤島先生。救命救急に行きます。東雲さんの様子、見てきます」

アドルフ・ルンゲヘルツに注意、と冴悧に伝えようかと一瞬足を止めた祥子は、また走りだした。今の時点では、危なすぎる……。

いた。

運転席に身体を滑り込ませ、エンジンをかけようとして、たしかに祥子の指が震えていた。

乱風の携帯がポケットの中で大きく振動した。捜査会議中だ。

「何!?　祥子!?」

まずい……。乱風は隣にいる服部刑事に携帯画面を開いて見せた。乱風のお守役のような服部弥太郎は、よほどの緊急以外は、祥子と乱風が携帯使用作法を遵守し、このような時間に携帯電話をかけてくるようなことがないことを知っている。しかも、バイオテロの可能性を乱風から知識を与えられていたから、服部の顔色まで変わった。

携帯は乱風の手の中でふるえつづけている。

行け、というように服部は顎をしゃくった。乱風が大きな音をたてて飛び出していった。

しばらくのざわめきのあと、捜査会議に五分間の休憩が告げられた。

三分もしないうちに携帯をパチンと閉じた乱風は、会議室から出てきた服部らに青ざめた顔を向けた。

「やられました、また一人」

「何!?」

「東雲太郎という、目星をつけていた五人のうちの一人です。祥子から連絡が入りました。さらに激しい脳炎で、たった今、死亡したそうです。こうなると」

まわりに集まってきた捜査官たちは黙ったまま、今度は乱風が携帯に相手を呼び出したのを見ている。

「ああ、谷村警部ですか」

東雲太郎死亡、現在解剖、死因を確認中の情報を伝えたあと、

「病原体研究所の、先日お願いした」

四名の名前をあげて、

「身柄の拘束をお願いできませんか」

と言った乱風の目の前に、服部が顔を突き出した。

「そいつはむずかしいぞ。何の容疑だ」

わずかな時間、考えるあいだに、携帯からは「もしもし、もしもし、岩谷刑事」と谷村の大声が漏れてきた。

「身柄の確保が無理だったら、とにかく厳重に見張っていただけませんか。僕も急遽、そちらに向かいます」

乱風を取り巻いた刑事たちがざわめき、副署長が声を張り上げた。

「こらあ、岩谷。お前、いったいどこの刑事なんだ」

「すみません」

声だけが残っていた。乱風は風を乱して、もう駆けだしていた。

17　病原体追跡

自席に戻り、椅子にかけてあったジャンパーを引っつかむと、乱風は急ぎ足で署の入り口に向かった。

「あっ！」

危ない。廊下の曲がり角から出てきた女性警官とぶつかりそうになった。

「あ、岩谷刑事！」

通り過ぎようとした乱風は、鋭い声に呼び止められた。

「調査報告、出来上がってます。今、お持ちしようと」

「なに？　あ」

グッドタイミング……。東雲太郎の名前を報告書に確認した乱風は、ありがとう、と大声をあげて駆け去った。

「本当に、風のような人……」

女性警官の驚きの声は乱風には届いていない。

以後の大阪までの四時間あまり、名古屋を過ぎたとき祥子から連絡が入るまで、乱風は自由自在に思考回路を走らせ、いくつもの推理を組み立てては崩し、崩しては組み立てていた。

東雲太郎がT大学を卒業してから病原体研究所に現れるまでの空白の六年間を埋める経歴の欄には、乱風も知らない研究所の名前が一つ書いてあるきりだった。所在地は東欧W国内で、昨年末に日本に入国、年頭から病原体研究所に勤務とあった。

「解剖の結果、これまでの阿山教授、橋本教授と同じ、激しい全脳炎。脳全域に微小出血点と、浮腫もひどい。髄液がこれまで以上に濁っている」

祥子の声を聞き逃さないように、乱風は携帯を耳に押し当てて、反対側の耳の穴に指を突っ込んだ。

「他の臓器は？」

声が大きくなる。

「著変なし」

「とすれば、やはりムンプスウイルスの変異株かな。さらに毒性が強くなったものができたとも考えられる」

「やはりルンゲヘルツかしら」

「その可能性が一番高い。だが、先ほど署を出るときに、東雲太郎の調査報告が間に合った。非常に面白い……」

新幹線のデッキは轟音がこもり響く。おまけにトンネルにでも入ると、途端に電波が悪くなる。京都近くまではトンネルはないはずだ……。少し話せる時間がある。

「祥子から連絡があったあと、ただちに谷村警部に連絡を取った。少なくとも、例の四名は厳重に監視するよう頼んである」

「これから研究所に戻るけど」

「迎えに来てくれないの」

「あ。でも、仕事中よ」

「少しぐらい、いいじゃない。そもそも、仕事中に研究所を抜け出して、祥子は解剖に付き合ったんだろう？　その延長で、研究所に戻る前に迎えに来てよ。新大阪到着時刻は――」

時間を告げて、乱風は電話を切った。少しでも危険な研究所から、祥子を遠ざけておきたかった。自席に戻っても、推理はそれ以上進まなかった。思考がぐるぐると同じところを回りつづけている。

病原体研究所に着いた途端に、強毒性ウイルスが二人に襲いかかってくるようで、乱風は軽い眩暈を覚えていた。

「先に、病院病理に寄ってくれないか」

祥子から、夫で、医学部を出た刑事だから、遠慮なく専門的に話していただいて結構だと紹介された乱風に目を丸くしながら、江藤病理学准教授は、興奮を隠せないように、東雲太郎解剖所見を説明してくれた。

「これまで以上にひどい全脳炎だ。ウイルス血症もあるだろう。ウイルスについては急いで分離中だ。先ほどは倉石先生がすぐに消えちゃったから」

「この人を新大阪に迎えに行っていたんです」

江藤は眩しそうに祥子を見て微笑んだ。

「脳のＰＣＲですね」

「お願いできるかな」

祥子がうなずいた横から乱風が口を挟んだ。

「ムンプスウイルス占部Ａｍ９変異株だとすると、さらに毒性が強くなっているのではないかと」

「うむ」

「例の橋本教授から分離されたウイルス、脳脊髄膜に結合しやすい親和性の高い蛋白質の塩基配列が組み込まれていたのですが、東雲太郎を殺したウイルスは、さらに遺伝子操作が加えられているのではないかと思います」

「そんなことが、病原体研究所で……」

「バイオテロ組織」

乱風は声をひそめて、恐ろしい一言を残した。

病原体研究所の玄関には、パトカーが二台停まっていた。得体の知れないウイルスで、研究所の人間が三人までも殺害されたことが間違いのない状況で、もはや潜入捜査という段階を越えていた。

「祥子。PCRをただちに」

「わかった。乱風は？」

「谷村警部たちと合流する。気をつけろよ」

「乱風も、注意して」

階段を研究室に向かって駆け上がった祥子を見ながら、乱風は携帯を取り出した。

「谷村警部」

「おお、着いたか。待っていたんだ。こちらは最上階の会議室を提供していただいている。例の四人だが、アドルフ・ルンゲヘルツだけが所在不明だ」

「何ですって！」

「他三名は任意だが、部屋に来てもらっている。連中」

声がひそやかになった。

「おとなしくしているよ。いずれも、きつねにつままれたような顔をしている。芝居とも取れないこともないが」

谷村の声を聞きながら、乱風の脳細胞が急加速している。

「どこに行ったんでしょうか？　ルンゲヘルツ」

「いま捜している」

声が手の中に揺れた。乱風は祥子の研究室を目指して、長い脚をぞんぶんに開き、可能な限りの階段をすっ飛ばしていた。

見覚えのある研究室に感慨を覚える間もなく、乱風は大声を張り上げた。

「祥子！」

「なに！　大声で。どうしたの？　谷村警部は？」

ほっとする時間が嬉しかった。

「ルンゲヘルツが行方不明だ」

「ええっ！」

祥子の手がＰＣＲ用チューブの上で止まった。

「やはり、彼が……」

「気をつけろ、祥子。僕は警部と合流して、奴を追う。新しく入った人は」

乱風は潜入捜査官と思われる女性を捜した。

「さあ？　見かけなかったわ。谷村警部と一緒じゃないの」

「行ってくる」

「気をつけて。ＰＣＲ進めておくわ」

駆け出した乱風の姿が研究室のドアから飛び出したか飛び出さないうちに、うわっ、と声が響いた。

「ああ、先生。すみません」

「やあ、久しぶりだね、岩谷君。君も捜査に合流か」

川崎准教授の声だ。乱風が現れて、少しばかり驚いた表情だ。

「また一人、やられました」

「知っているよ。東雲太郎だろう。さっき聞いたよ」

「すみません。話はあとで。一人、容疑者が行方不明で」

「えっ!?」

「アドルフ・ルンゲヘルツという、Ｄ国からの研究員です」

「アドルフ？」

「いま、行方を追っています」

川崎の静かな声が聞こえた。

「彼なら、地下のウイルス保管庫にいるんじゃないかな」

「えっ！　ウイルス保管庫？」

祥子まで近づいてきた。

「先生。ルンゲヘルツをご存じなんですか」

川崎はゆっくりとうなずいた。

「一緒に行こうか」

「はあ……」

「ウイルス保管庫は、入るのにＩＤと暗証番号がいる」

「お願いします」

乱風は通話中のままにしておいた携帯を口にあてた。

「谷村警部。何人か、地下のウイルス保管庫に」

声を張り上げた乱風を川崎が制した。

「その必要はないよ」

「え。どういうことです、先生」

「まあ、行けばわかるよ」

「はあ？　もしかして、先生」

こいつは逆だったかな、と乱風は祥子にウインクを投げた。これまでに立てた推理の中から、ひとつだけがピカリと光った。

「気をつけて、乱風」

「いや、もう、脅威は去ったということですかね、川崎先生」

川崎はニヤッと笑って、乱風の前を歩きはじめた。

「どういうこと？　乱風」

「祥子。ＰＣＲ、ゆっくりやっていいよ。たぶん、もはやすべてが安全だ」

地下から人のざわめきがする。谷村の声が階段を上がってきた。

「開かないぞ。岩谷刑事はまだか」

「お待たせしました、警部」

そちらは、とＩＤカードをかざして、地下保管庫への扉を開けた川崎を見て、谷村は乱風に紹介を求めた。川崎は内側の扉を開こうとしている。

「アドルフ」

白衣の背中が、保管庫中央あたりの銀色に光るタンクの横に見え隠れしている。

「ああ、ドクター川崎」

鋭く光る目がこちらを向いた。澄み通った海を思わせるような真っ青な虹彩が、高い鼻梁の両横で輝いた。

乱風は調査報告で見たアドルフ・ルンゲヘルツの顔を、記憶から引っ張り出している。

丸太のような分厚い手袋でおおわれたルンゲヘルツの指が、白い煙をうすくあげている金属ラックをさした。

乱風と川崎が近づく後ろを、薄気味悪そうな顔つきで谷村以下数名がつづいた。容疑者を見つけたのに、まったく騒がない二人に、谷村は焦燥感を覚えている。

「Cタンク……」

川崎のつぶやきが聞こえた。十段重なったラックの下二段が引き出されて、床の上にある。

「アドルフ。それは？」

「先日、ドクターと確認した五番目の保管用大型ラックです」

少し片言だが、日本語だ。

「それは九段目と十段目か？」

「ええ。ご覧のように、すべてウイルスが入っています」

谷村には、真っ白く氷結したチューブの丸い上蓋しか見えない。まさか、あの霜のようなものがウイルスじゃないよね……。乱風の顔を覗き込むが、平気な顔をしているので、谷村もひとまず自分を納得させている。

「たぶん、新しいウイルス」

ルンゲヘルツの声に、ギョッとした谷村たちの顔が引きつった。

「前にはなかった……。さらに強毒性の占部株か」

川崎の確信したような質問に、金髪が肯定の動きをした。

「たぶんそうでしょう」

「東雲太郎が創ったものですね」

茶髪ピアス、ジャンパーにジーンズの男が川崎の横から口を出したので、驚いた碧眼が揺れてさらに青く輝いた。

「これまでのウイルスは？」

川崎の日本語を間違いなく理解していることを確認するように、少しの間をおいて、金髪碧眼の下の口が動いた。

「ちゃんと残っています。使われた様子はない」

ルンゲヘルツは二つのラックを元の位置にはめ込むと、その上の七段目、八段目を引き出して、すべてのチューブがラックを埋めていることを川崎に示した。

「六段目も大丈夫です」

「とすると、東雲は新たに遺伝子変異を加えたウイルスで、自身が感染して死亡したということか」

「いや。たぶん、ワクチンじゃないかと」

ルンゲヘルツの言葉に、驚いたのは川崎と乱風。谷村たちは、あとで詳しく聞こうと、脳を休ませている。

「ワクチン？　ワクチンを造っていたのか？」

「バイオテロを目論む者ならば、当然の行為でしょう」

「やはりね」

ルンゲヘルツは青い目を乱風に向けた。

「そちらの方も、事情を理解しているようだ。あとは上でお話ししましょう」


「東雲太郎は、テロ組織の一員です」

ルンゲヘルツの最初の一言に、部屋が揺れた。驚かなかったのは乱風と川崎研一郎准教授で、PCRをしかけて合流した祥子までもが、あんぐりと口を開けた。川崎は地下保管庫から出るときに、つい先日ルンゲヘルツから、今回の遺伝子操作の首謀者が東雲太郎であり、自分はバイオテロ組織を追っている国際科学捜査官であることを打ち明けられた、と話した。ただし、詳しい所属は明かすわけにはいかない、すべて口外無用と念を押されたのである。

「今年の新型インフルエンザ。あれはそもそも東雲たちが開発し、昨年冬、M国に潜入、ばら撒いたものです」

「やはりね。ルンゲヘルツさんは昨年から東雲を追っていたのですね。それで十二月二十八日、同じ日にM国から日本に入国し、年が明けて、同じ日に病原体研究所に入ったことがうなずける」

乱風はルンゲヘルツにもわかるように、ゆっくりと話した。他の日本人たちにも、理解の助けになったようだ。

「新型インフルエンザ。実は一九一八年に発生し、世界をパンデミックに巻き込んだスペイン風邪ウイルスA型、H1N1亜型。これに手を加えて、さらに強毒性にしたものです」

「それは妙だな」

ルンゲヘルツの説明に、川崎准教授が首を傾げた。

「それにしては、毒性が弱い」

「自然に弱毒化してしまったのではないですか？」

乱風の一言に、ルンゲヘルツは感心したような、驚いたような、妙な色の目を向けた。

「そう。テロ組織の思惑は完全にはずれた。どういうわけか、ウイルスの毒性がなくなってしまったのです」

乱風はにこりと笑って、祥子にウインクした。二人の親しげな様子は、ルンゲヘルツの興味を引くのに充分だったが、金髪碧眼、聡明な顔だちの科学捜査官は静かに気持ちを戻した。

「テロ組織。バイオテロ組織ですが、世界じゅうから優秀な研究者が集まっています。ただし、今回のインフルエンザに関しては、依頼元がはっきりとしない。ワクチン販売で大儲けをたくらんだ製薬会社か、それこそ人類殲滅を狙ったテロ集団か、あるいは軍事目的か」

だれもが口をつぐんでいる。

「東雲太郎は組織の中でも最も優秀な研究者です。彼を追いかけて、組織の全貌を把握し、中枢を見極めることが私のミッションだったのですが、彼が死亡してしまって、手がかりが途絶えてしまいました。組織は常に場所を変えて研究しているようで、これまで何年にもわたって追っているのですが、どうしても」

「東雲太郎がこの病原体研究所に来た目的は、ムンプスウイルス占部Ａｍ９株ですか」

ルンゲヘルツは的確な質問をしてくる乱風に顔を向けた。

「あなたは？」

身分と経歴を聞いたルンゲヘルツは、東雲と同じ大学、とつぶやいて目を丸くしながらも、質問に答えてきた。

「ええ。ムンプスワクチン。髄膜脳炎の発症率から見れば、やってもやらなくてもいいようなワクチンです。最近世界じゅうで推奨されています。ムンプスウイルス占部Ａｍ９株は、日本でも起こったＭワクチン禍で元凶となったウイルスです。こいつの遺伝子に手を加えると、ご承知のとおり、さらに激しい脳炎で高率に死亡する」

「ワクチンで儲けるためだけではないように思いますが」

「ええ。今回は文字通りバイオテロを目論んだ可能性があります」

「人類殲滅……」

「もっとも、首謀者たちは生き残らねばなりませんから、ワクチン製造も急いだ。実際、東雲が使っていた研究室とクリーンベンチ、遺伝子操作を繰り返した跡が残っています」

ギョッとした顔つきの谷村たちに、ルンゲヘルツは笑顔で手をあげた。

「いえ。大丈夫。安全です。東雲が倒れたあと、すぐに私が安全処理をしておきましたから」

谷村は乱風に視線を投げた。乱風は川崎に意見を求めた。川崎はルンゲヘルツに安全処理という内容を英語の専門用語で確認している。

川崎の納得したうなずきに、二人の応答言語を同時進行で理解していた乱風は、すぐさま気になっていた疑問を口にした。

「先ほど地下のウイルス保管庫にあったのは、新しいウイルスということのようですが」

「遺伝子解析をしてみないことには確実なことは言えませんが、ムンプスウイルス占部

Ａｍ９変異株にさらに毒性蛋白質遺伝子を組み込んだものと考えます」

谷村は頭が痛くなっている。熱が出てきたようで、額に手をあてて……安心した。

祥子が手をあげた。

「じゃあ、ＰＣＲでは出ませんか？」

プローブを設計した塩基配列が、遺伝子挿入によって乱されて別の配列になってしまうと、ＰＣＲで増幅することはできない。

「いや、あのウイルスは、遺伝子挿入できる部位が決まっています。どこにでも入るというものではない。下手なところに入れると、ウイルスとして存在できないのです。以前に橋本教授から分離されたウイルスで遺伝子が挿入された部位、あの近くが最も遺伝子を入れやすく、安定しています」

「祥子。とすると、さらに長いＰＣＲ産物が出るかもしれないよ」

しょうこ……。ルンゲヘルツは目の前の輝くような美女の名前を、嬉しそうに口の中で反復した。


谷村警部たちが何となくわかったような、釈然としないような顔つきで、研究所から引きあげたあと、祥子は乱風とともに、川崎の前にＰＣＲの結果を提示していた。

見事な輝線が一本、ポラロイド写真に光っている。

「でも、ルンゲヘルツさんがおっしゃったとおり、七十塩基対ほど長いです。やはり遺伝子が挿入されたものに違いありません」

「塩基配列は？」

「明日調べますが、保管されているウイルス、東雲太郎の血液から分離されるウイルスなど、突き合わせる必要がありますね」

「まず、確実だろうがね」

「ワクチンを造るの、失敗したのでしょうか」

「毒性の処理が不充分だったのだろう。自らの身体に射ったワクチンで死ぬなんて、阿山先生が復讐されたみたいだ。こんなこと言ったら、阿山教授、お怒りになるだろうがね」

「邪悪な思い。人を呪わば穴二つですかね」

「それにしても、東雲太郎は死んだが、テロ組織はまだまだ存在するわけだ。ルンゲヘルツさんも大変だろうが、科学の進歩で、何とも恐ろしい世界になってきたものだ」

「人間は強毒性の病原体ばかり気にしているけど、自然って、案外、ちょうどいい具合にできているのかもしれませんね。もっと致死的な病原体ができていても、自然が処理しているのかもしれない。僕たちが知らないだけで」

　乱風は祥子と目を合わせたあと、遠い彼方に視線を泳がせた。

18 病原体拡散

二〇〇九年六月。某国某製薬会社幹部室。

「インフルエンザウイルスの毒性は、一九一八年のスペイン風邪を上まわるものということではなかったのか」

「そうだったはずですが。となると、毒性を強化したスペイン風邪ウイルス変異株に対するワクチンはすべてパアですか」

「そのような無駄なことをすると思うのかね、この私が。いの一番にワクチンを配ってある。もちろん有償だ。どこがどうなったのか、自然に変異が起こって弱毒化してしまったインフルエンザウイルスだ。予想だにしなかった事態だ。こうなると、ワクチンには何の効果もないがね。しかし、ワクチンの投与を受けた連中に、何がわかるというのだ。あのようなものでもワクチンと聞けば、ありがたく感謝されるわけだ」

「抗原性が変わってしまえば、ワクチンなど、やぶにらみの免疫をつくるだけです。何の効果もないのに、そうとも知らず」

「それでいいのだ。全部売りさばいた。何カ国かの政府が買い取ってくれたよ。何もわかっちゃいない国民の不安を、とりあえず取り除くためにも、奇特な行為、いや、好意というべきものだよ」

　男は緩めた表情を戻した。

「もちろん変異株、弱毒性の、新型でもないのにJ国ではいまだに新型新型と、いかにも恐怖を煽っているが、この、いわゆる新型インフルエンザに対するワクチンは急ピッチで製造中だ。J国でも病原体研究所や関東K研究所で、すでに製造に取りかかったとの情報が入っている。急がないと、流行の時期がすぎてしまう。インフルエンザの流行は、ほぼ三カ月と決まっておる。過去の記録から見ても、はずれたことはない。儲けるだけ儲けないと、話にならない」

「ごもっともで。各国政府との契約は、ほぼ取得済みです。万が一にも、購入不要となった場合でも、買い取らないと契約違反。違約金のほうが高額ですから」

　男はギロリと大目玉を顔の真ん中で、二つ動かした。

「ワクチン製造過程を正しく整備しておくことが必須なのだ。いざというときのために、きちんと準備しておかねばならない」

　男は相手の反応を計るように、鋭い視線を一閃突き放った。

「新造ウイルスを流しても、今回のように、我々が予期しない遺伝子変異が、いついかなるときに起こるとも限らない。自然界のいたずらには、我々は太刀打ちできない。とすれば、真のバイオテロを計画し、人類の殲滅を企図した場合において、ワクチンで予防していた我々の生命も、自然変異したウイルスによって脅威に曝されることになりかねない。ただちに適合したワクチンを得る必要がある。ワクチン製造工程を整えておくことは、我々自身のためでもあるのだよ。いや、我々だけのためだ。人類愛、すなわち自己愛ということだ……」

二〇一〇年一月。J国、高層ビル……一室……。

「ワクチン行政は、このところ失策つづきだ」

「後手後手にまわっているということですか。ワクチンが間に合わないという」

「青いな、君は」

「は？」

「インフルエンザワクチン、過去二年間、季節型のほうだよ、いっこうに成果があがらなかった。目算が狂った。当初期待したほどの収益がない。メディアを使い、盛んに流行蔓延を国民に伝えても、ワクチンを射つ人間が、昨年、一昨年と思ったほど伸びなかった。大量のワクチンがゴミ箱行きだ」

「しかし、今年の新型インフルエンザでは、春から国民に恐怖と流行をたきつけたではありませんか。準備万端。しかもワクチンが足りない、接種に優先順位をと、ワクチン絶対の心理を国民に植えつけた。それでも、とおっしゃいますか」

「恐れたほどの症状が出ない。ほとんどの国民はワクチンなど不要と考えたようだ。この不景気に六千円はもったいない。健康よりは、ふところ具合優先だな、一般国民諸君は。春先には流行りもしていないのにマスクだらけだった世間が、大流行のはずの今、ほとんど誰もつけていない。何とも、嘆かわしい……」

「各病院が購入した新型インフルエンザワクチン、どこもたっぷりと余っているそうです。このうえ、さらに外国のワクチン購入の契約も。断れないんですかね」

「知っていて訊いているのか、君は。今さら購入しませんなんて言えるわけなかろうが。たとえ言ったところで、契約先の製薬会社が、はい、そうですか、と引き下がるはずもない。あちらも金と時間をかけてワクチンを製造しているのだ。商売だよ。ビジネスだ。ワクチンは大いなる事業、製薬業界にとっては確実に儲かるビジネスだよ」

「ワクチン購入はすでに、終わっていますかね」

「どうせ、もはや国民には関心のない話だ。それに、余ったワクチンをどぶに捨てても、国庫から出る金だ。誰も痛みはせん。末端の病院、クリニックでも、一度購入すれば、返品には応じないシステムになっている」

「しかし、毎度のことですが、赤字……です。大誤算だ、国としては」

「やむを得まい。私としては歓迎すべき動向ということだがね」

「この場所、この国の中心で、最高の地位を狙うあなたの立場としては、対抗馬が失敗すればするほど」

「そういうことだ。ワクチンを一手に取り仕切っているあの男としては、焦りに焦っての今回の新型インフルエンザ対策なのだろうが、さらに裏目に出たということだな」

「これであなたのほうが、一歩も二歩も優勢ですね」

「何を言っている。もはや勝負はついたということだよ」


地球の上のどこかでウイルスが耳にした、人間という生物、いや、社会の病原体、のささやき……。

ウイルスたちは細胞がないと、仲間を増やせない。細胞の中でないと、姿かたちを変えることはできない。しかし、細胞がなくとも、しばらくは空間を旅することができる。

ウイルスたちは自由気ままだ。まわりの変動にも、柔軟に応じる能力がある。

人間の邪(よこしま)な思いを遥かに超えたところで、ウイルスたちは今日も新たな化粧に新たなドレスをまとい、我が世を満喫しているのだ。


これが自然の姿というものである……。

◎本作品はフィクションであり、文中に登場する個人名や団体名その他の名称は全て実在のものとは一切関係ありません。

◎編集協力／K＆Cコミュニケーションズ（神林千尋）

ザ・ミステリ・コレクション

感染爆発（パンデミック）　恐怖（きょうふ）のワクチン

著者　霧村悠康（きりむらゆうこう）

発行所　株式会社 二見書房
東京都千代田区三崎町2-18-11
電話 03(3515)2311［営業］
03(3515)2313［編集］
振替 00170-4-2639

印刷　株式会社 堀内印刷所
製本　合資会社 村上製本所

落丁・乱丁本はお取り替えいたします。
定価は、カバーに表示してあります。

ISBN978-4-576-10056-2
http://www.futami.co.jp/